カーシア国三部作 II

消えた王

ジェニファー・A・ニールセン

橋本恵 訳

THE ASCENDANCE TRILOGY #2 : THE RUNAWAY KING

Japanese translation rights arranged with
Scholastic Inc., 557 Broadway, New York, NY 10012, USA
through Japan UNI Agency, Inc., Tokyo.
Japanese language edition published by Holp Shuppan Publications, Ltd.,Tokyo.
Printed in Japan.

カーシア国 三部作 II

消えた王

ジェニファー・A・ニールセン
橋本 恵 訳

ほるぷ出版

頂点をめざせと身をもって教えてくれ、
わたしにはそれができると
つねに信じてくれた父さんへ。

ジェリン国
バイマール国
半月峠
エランボール海
イゼル港
イゼル
カーチャー
ゲルビンズ
ダイチェル
沼地
盗賊団の
キャンプ
ターブレード・
ベイ
国境
ライベス
ファーゼンウッド
ティシオ
イーバスティン
ドリリエド
ファルスタン湖
ロービング川
カーシア国
スパーリング
ネーブンスティル
ベントン
パース
アベニア国
N
カーシア国と周辺地図
K. LEFAIVER

馬小屋
むち打ちの木
武器と
食料品のテント
食堂
広場
海賊幹部の小屋
牢屋
崖の階段
やぐら
浜辺
エランボール海
ターブレード・ベイ
K. LEFAIVER

これまでのあらすじ

カーシア国の貴族コナーは、孤児院《こじいん》から四人の孤児を集めた。ねらいは、そのうちのひとりを行方不明のジャロン王子に仕立てあげて国王の座につかせ、自分が背後からあやつって実権をにぎること。

コナーの悪だくみを知った孤児のセージは猛《もう》反発する。じつはセージこそ、行方不明になっていたジャロン王子本人だった。海賊《かいぞく》に襲《おそ》われた船から逃《に》げだし、名前を変えて生きのびていたのだ。セージは身分をかくしたまま、計画を阻止《そし》しようと知恵をしぼった。コナーの召使《めしつか》いのモットとイモジェンはそんなセージの聡明《そうめい》さに気づき、しだいに協力するようになる。やがてセージは、ある重要な秘密に気がついた——自分の家族の国王一家を暗殺したのは、ほかでもないコナーだったのだ！

コナーに「偽《にせ》の王子」に選ばれ、セージは城《しろ》へと向かった。仲間であり競争相手でもあった孤児のローデンとトビアスの命を救いたい一心で、セージはふたりもいっしょに連れていった。しかしローデンは自分が選ばれなかったことに納得《なっとく》がいかず、セージに戦いを挑《いど》み、負けて逃げていった。

セージは新国王の就任式《しゅうにんしき》で本物のジャロン王子だと名乗りをあげ、評議会《ひょうぎかい》議員たちに認めさせることに成功した。そしてコナーを牢獄《ろうごく》へ入れ、カーシア国の新王誕生を高らかに宣言したのだった——。

1

おれは、自分の〝暗殺現場《げんば》〟に早く着きすぎてしまった。

おれの家族の葬儀《そうぎ》がいとなまれる夕暮《ゆうぐ》れ。本来なら教会にいるはずだが、お高くとまった連中と参列するのはうんざりだ。おれが国王でなければ、親しい者だけで、暗殺された父上、母上、兄上の思い出にひたりながら、心をこめて弔《とむら》うことができたのに。

カーシアの新国王となって一カ月――。正直、国王になるとは思っていなかった。国民の大半からもふさわしくないと思われているが、反論《はんろん》できない。そもそも就任《しゅうにん》後は葬儀の準備《じゅんび》などに追われ、国民の人気など眼中《がんちゅう》になかったし、おれにはもっと重要な仕事がある。さけられない戦争にそなえるよう、評議員《ひょうぎいん》たちを説得するという大仕事が。

最大の脅威《きょうい》は西のアベニア国だ。アベニア国のバーゲン王が葬儀にやってきたのは、計算外だった。最後のお別れをしたかっただけ、という王の言葉はきこえはいいが、おれはだまされない。あの男は、おれの両親や兄上の死より食後のケーキを食べられないことのほうがつらいはずだ。バーゲン王の目的は、おれの弱点をつかみ、実力を見きわめること。ようするに、おれを吟味《ぎんみ》しにきたのだ。

バーゲン王と対決する前に、じっくり考え、自分に自信をつける時間がほしい。そこで葬儀には参列せず、おれ抜《ぬ》きで始めるようにつたえ、城《しろ》の庭へとやってきたのだった。

人目をさけたいときは、よくここへ来る。高くて目の細かい生け垣《がき》が色あざやかな春の花ばなをとりかこみ、さまざまな草木が植えられている。ほぼ一年中、季節にかかわらず、どうどうたる木々が頭上からの視《し》線《せん》をさえぎってくれ、芝生《しばふ》は土足厳禁《げんきん》にしようかと思うくらいやわらかい。庭の真ん中には大理石の噴水《ふんすい》があり、その中心にはカーシア国の独立《どくりつ》を勝ちとったアトーリアス一世の彫像《ちょうぞう》がある。おれの本名、ジャロン・アトーリアス・エクバート三世の〝アトーリアス〟は、この祖父《そふ》にちなんでつけられたものだ。

あとから思えば、この庭は、暗殺にもってこいの場所だった。

庭でおとなしくすわっているつもりは、さらさらなかった。家族の葬儀《そうぎ》への複雑《ふくざつ》な思いとバーゲン王の予期せぬ参列で心が乱《みだ》れ、体がこわばり、気持ちがささくれだっていたので、気晴らしに高いところにのぼりたかった。

ごつごつした壁《かべ》に手と足をかけ、城の二階まですばやくよじのぼった。いちばん低い位置にある出っ張《ば》りは幅《はば》があり、ツタにうもれているが、そこがいい。ツタのしげみにかくれ、庭の一部になった気分で、庭全体を見わたせる。

と、一分もしないうちに、下にある庭師《にわし》用のドアがあいた。おかしい。庭師が出てくるには時間が遅《おそ》すぎるし、ここはおれの許可《きょか》なしには入れない。おれは壁の端《はし》まで静かに移動《いどう》し、一名の黒ずくめの人物が警戒《けいかい》しながら前に出るのを目撃《もくげき》した。召使《めしつか》いではない。召使いなら、たとえ無断《むだん》で立ち入るとしても、声かけくらいはするだろう。侵入者《しんにゅうしゃ》はあたりをざっと見わたすと、長いナイフを引きぬき、おれの真下にある低木の茂《しげ》みにかくれた。

おれは怒《いか》りよりも好奇心《こうきしん》をおぼえ、首をふった。今夜、おれが物思いにふけりたくてここに来るのはだれでも予想できただろうが、ふつうは葬儀のあとで来ると思うはずだ。暗殺者とおぼしき男は、おれの不意をつこうとしたのだろう。けれど、そうはさせない。

マントがじゃまにならないよう音を立てずにはずし、暗殺者にならってナイフを引きぬいた。それを左手で握《にぎ》りしめ、壁の出っ張りの縁《ふち》にしゃがんでから、暗殺者の背中《せなか》をめがけて飛びおりた。

その瞬間《しゅんかん》、暗殺者が動いたので、肩《かた》を切りつけるのがやっとだった。先に立ちあがり、暗殺者の足にナイフをくりだしたが、思ったほど深くは切れない。逆《ぎゃく》に蹴《け》りたおされ、左手をひざでおさえられた。ナイフをもぎとられ、放りなげられる。

あごに強烈《きょうれつ》な一発を食らった。起きあがるのが遅《おく》れたが、暗殺者を強く蹴とばしたら後ろによろめき、背《せ》の高いつぼに激突《げきとつ》して地面にたおれ、動かなくなった。

城の壁のほうを向き、なぐられたあごをさすった。このとき顔に手をあてていたおかげで、命びろいした。第二の暗殺者がどこからともなくあらわれて、おれの首にロープを巻《ま》いてしめあげ、窒息《ちっそく》させようとしたのだ。ロープと首のあいだに手がはさまっていたおかげで、息はできた。

新たな暗殺者の胸《むね》をひじでついたら、息をつまらせた。さらに三発、ひじ鉄砲《でっぽう》を食らわせてようやく、暗殺者が下がってロープをゆるめた。そのすきに、おれはそいつのほうへ向きなおり、なぐってやろうと腕《うで》を引き――動けなくなった。

暗殺者と目があった瞬間《しゅんかん》、時間がとまった。

暗殺者はローデンだった。かつての友で、いまは敵《かたき》となった男が、暗殺者として目の前にいた。

2

あれから一カ月しかたっていないが、何カ月もすぎた気がする。ローデンを最後に見たのは、王座《おうざ》をかけて、やつがおれを殺そうとしたときだ。しかし今夜ローデンは、さらに邪悪《じゃあく》な理由からここに来たらしい。

おれとローデンは、ベビン・コナーという名の貴族《きぞく》の元で教育された。コナーは、おれとローデン、トビアス、ラテマーという少年四人をカーシア国内の孤児院《こじいん》から連れだした。そのなかのひとりを、行方不明のジャロン王子に仕立てるつもりだったのだ。四年前、カーシア国のジャロン王子は海外留学《りゅうがく》という名目で、バイマール国の寄宿《きしゅく》学校へ送りこまれた。だが王子はバイマール国行きの船から逃《に》げだしたあと、行方不明となった。その後、船はジャロン王子の殺害をもくろんだ海賊《かいぞく》に襲《おそ》われ、沈《しず》められた。じつは連れだされた孤児《こじ》のひとりであるおれこそ行方不明のジャロン王子だったのだが、そのときはコナーもローデンもだれも気づかなかった。ローデンはいまもそのことを知らず、おれのことを自分と同じ孤児で、偽《いつわ》りの王子だと思っている。

コナーがローデンをジャロン王子に仕立てなかったのは正解《せいかい》だった。ローデンは、ほんのわずかなあいだに、本物の王子のおれとは似《に》ても似つかない外見に変わっていた。茶色の髪《かみ》は色がうすくなり、肌《はだ》はいっそう日に焼け、見た目もしぐさも以前より大人びている。最後に見たときもいらだった顔をしていたが、いまの表情《ひょうじょう》に比《くら》べればかわいいものだ。いまは、怒《いか》りを通りこしてすさまじい形相をしている。

ローデンはロープを手放し、腰《こし》をのばして剣《けん》を引きぬいて、生まれたときから剣を持っているかのように、慣《な》れた手つきで腕《うで》をまっすぐのばした。おれのナイフは、ローデンの背後《はいご》の闇《やみ》の中だ。さすがに勝ち目はない。

「立てよ、セージ。戦え」

「おれはセージじゃない」まだ、立ちあがる気はない。

「ファーゼンウッド屋敷《やしき》で、いっしょに暮《く》らしたんだぞ。正体を偽《いつわ》ってもむだだ」

そう、その正体をきちんと明かしたい。できるだけ落ちついて語りかけた。「剣をおろせ。そうしたら、すべて説明する」飛んでいったナイフは見つかったが、距離《きょり》がありすぎて、たどりつく前に切られてしまう。とにかく話をしたい。

「おまえの説明をきくために来たんじゃない」ローデンの声には、すごみがあった。

ローデンが剣をかまえたままなので、おれは両手を見せながら、ゆっくりと立ちあがった。「じゃあ、殺しに来たのか？」

「おまえのペテンは終わりだ。いいかげん、裏《うら》で糸を引いてる人物に気づけ」

おれは鼻を鳴らした。「はっ、おまえか？」

ローデンは首をふった。「いまのおれは海賊《かいぞく》の仲間だ。おれたち海賊はいずれおまえを襲《おそ》う。個人《こじん》的にはこの場で始末してやりたいが、その前に海賊王がおまえに用があるそうだ」

死の宣告《せんこく》がのびたのはありがたいが、海賊王と会ってなにかがよくなるとは思えないので、にやりとしていった。「へーえ、海賊の一味になったのか？　おまえを受けいれてくれる集団《しゅうだん》なんて、編《あ》み物クラブしかないと思ってた」

「海賊は喜んで受けいれてくれた。いずれは、おれが海賊王だ。ジャロン王子は海賊が殺したが、おまえのことは、しかるべきときにおれが殺す」

「海賊はおれを殺しそこなったんだ。おまえが入ったのは負け犬の集団だぞ。四年前に海賊から逃《に》げおおせたおれが、今度も逃げられないと思うか？」

といったら、ローデンの顔がこわばった。「今日はおまえへの要求をつたえにきた。素直《すなお》にしたがったほうが身のためだ」

ローデンの要求をのむくらいなら、便所掃除《そうじ》の召使《めしつか》いの要求をのむほうがまだましだが、気にはなる。「なんだ？」

「おれはこれから十日間、海にいる。おれたちの船がイゼルに停泊《ていはく》するとき、おまえもイゼルでおれに降伏《こうふく》しろ。そうすれば、海賊はカーシア国には手を出さない。だがこばむなら、国ごとおまえを滅《ほろ》ぼしてやる」

アベニアの海賊は力があるが、戦えばやはりカーシア国が勝つだろう。となると、海賊の背後にきっとだれかいる。すぐさま、アベニア国のバーゲン王が頭にうかんだ。ひょっとしてバーゲン王は、おれを吟味《ぎんみ》しにきたわけではないのかもしれない。バーゲン王が城《しろ》に入った直後に襲撃《しゅうげき》を受けるなんて、偶然《ぐうぜん》とは思えない。

「別の案のほうがいい」と、おれはローデンにつげた。

「というと？」

「海賊《かいぞく》は九日後におれに降伏《こうふく》する。もしそれより前の八日後なら、情《なさ》けをかけてやる」

ローデンは、じょうだんでもきいたように声をあげて笑った。「王の衣装《いしょう》を着ているくせに、あいかわらずばかな孤児《こじ》だな。海賊の要求はもうひとつ。ベビン・コナーを釈放《しゃくほう》しろ」

おれは、また鼻を鳴らした。「コナーも仲間にする気か？」

ローデンは首をふった。「おれにわかるのは、コナーの死を願っている者がいることだけだ。やつの身柄《みがら》の引きわたしには、反対しないよな？」

もちろん反対だ。コナーは友だちでもなんでもない。おれの家族を殺した張本人《ちょうほんにん》だ。海賊が四年前におれを殺そうとしたのもコナーの差し金だし、ファーゼンウッド屋敷《やしき》にいた二週間、コナーにはひどい仕打ちを受けつづけた。それでもローデンに降伏する気がないのと同じく、コナーを引きわたす気もない。「コナーが死んでも、海賊はなんの得もしない。復讐《ふくしゅう》のためだけに、おれとコナーの命をねらってるんだろ」

「だとしたら？　セージ、おまえの人生は終わりだ。どうどうと運命を受けいれ、国を救え。応戦《おうせん》したら、目の前ですべてを破壊《はかい》してやる。農地を焼きはらい、町という町をたたきつぶし、じゃまする者は皆殺《みなごろ》しだ」

ローデンは、さらに近づいてきた。「かくれようとしたら、おまえが大切にしている連中を拉致《らち》し、臆病《おくびょう》なおまえの代わりに処刑《しょけい》する。おまえにとってだれの死がいちばんつらいか、おれはよーく知ってるぜ」

「いちばんつらいのは、おまえの死だ。さっさとおまえ自身を処刑しろ」

と、いいかえしたとたん、ローデンに飛びかかられた。剣《けん》をうばおうとしたがうばえず、逆《ぎゃく》に腕《うで》を切られ、おれは声をあげてローデンから離《はな》れた。背後《はいご》で衛兵《えいへい》たちのさけび声が響《ひび》く。やっと来た！　おれの悲鳴で、うたた寝《ね》からようやく目ざめたのか？　さすがに気づいてもいいころだ。

近くにおれのナイフが転がっているはずだが、ローデンが剣をふりまわすので、やむなく後ずさった。だがさらに一歩下がったら、つまずいて噴水《ふんすい》につっこんだ。ローデンは噴水の縁《ふち》に立ったが、衛兵たちがかけつけてきたので、そっちと戦いはじめた。その顔には、みじんの恐怖《きょうふ》もうかんでいない。おれは噴水の中にすわったまま、短期間にここまで剣の腕をあげたローデンを、おどろきの目で見つめることしかできなかった。ローデンは雪でも蹴《け》ちらすように衛兵たちをやすやすとたおしていく。

噴水からいそいで出て、たおれた衛兵の剣に飛びつこうとした。そのとき、ローデンが切った別の衛兵がおれにぶつかり、脚《あし》にのしかかってきた。

飛びつこうとした剣をローデンが蹴とばし、おれののどに刃《やいば》をつきつけ、そばにしゃがんだ。「決めるのはおまえだ。十日後に降伏しろ。さもないと、カーシア国を滅《ほろ》ぼす」

おれは毒のある言葉を吐《は》きかけたが、とちゅうでローデンに頭をなぐられ、気絶《きぜつ》した。

3

意識《いしき》がもどったら、ローデンは仲間とともに消えていた。腕《うで》を切られ、頭がずきずきと痛《いた》むので、消えてくれたのはありがたいが、ローデンの脅《おど》しは耳に残っている。気絶《きぜつ》しているあいだに殺されなかったのは、不幸中の幸いだ。

ずぶぬれで腕から血を流しつつ、ふらふらと噴水《ふんすい》から離《はな》れたら、別の衛兵《えいへい》の一団《いちだん》がかけつけてきた。その中のひとりからマントを借りた。医者をすすめられたが、おれは敵《てき》にやられた衛兵たちを先に診《み》せるように頼《たの》み、せめて葬儀《そうぎ》が終わるまで、この一件《いっけん》はふせておくように命じた。

腕の切り傷《きず》を手でおさえながら、葬儀会場の教会へゆっくりと歩いていった。そもそも城《しろ》の庭ではなく、葬儀会場に行くべきだったのだ。どっちみち襲《おそ》われただろうが、葬儀に出ていれば、少なくとも家族をきちんと見送れた。家族なのだから、それくらいは当然だ。

孤児院《こじいん》で暮《く》らしていたときは、つねに家族が恋《こい》しかった。城にもどってからは、その家族がいないことにつねに苦しめられている。家族の死をきちんと悲しめる教会へ、無性《むしょう》に入りたくなった。しかし、こんなかっこうではむりだ。家族がおれをゆるしてくれるように祈《いの》りながら、教会のあけっぱなしの小窓《こまど》の下にスパイのようにちぢこまって、耳をすました。

教会の中から、侍従長《じじゅうちょう》のジョス・カーウィン卿《きょう》の声がきこえてきた。カーウィン卿は父上の相談役で、祖《そ》父《ふ》の相談役でもあった。もしかしたら、曾《そう》祖父の相談役もつとめたのかもしれない。おれにとってカーウィン卿は、昔からそこにいるのがあたりまえの存在《そんざい》だった。そのカーウィン卿が、いま、兄上のダリウスについてしゃべっていた。カーウィン卿の語る兄上は、おれの知らない別人だった。兄上とは四歳《さい》ちがいで、最後に見たときは、ちょうどいまのおれと同じ年だった。もしカーウィン卿の言葉に少しでも真実がふくまれているのなら、現《げん》国王のおれは、エクバート王の不出来なほうの息子ということになる。わざわざ念おししてくれなくても、それくらいわかっているが。

つづいて評議員《ひょうぎいん》たちが順番に演壇《えんだん》に立ち、予想どおり、おれの家族をおおげさにほめちぎった。中には、自分の政治《せいじ》的な主張《しゅちょう》をおりまぜた耳ざわりな演説《えんぜつ》もあった。たとえば、最高齢《さいこうれい》の評議員のターマウス卿。「いま、われらには、ジャロン王がおられます。ジャロン王はかならずや、先代の慎重《しんちょう》なる通商協定をすべて尊《そん》重《ちょう》するでありましょう」。あるいは前首席評議員サンシアス・ベルダーグラスの友人で、おれをあざける口調《ちょう》をかくしきれないレディー・オーレイン。「ジャロン王よ、万歳《ばんざい》。もしジャロン王がわたくしたちを楽しませる技量《ぎりょう》の半分でもうまく国をつかさどってくだされば、カーシア国の将来《しょうらい》は真の意味で輝《かがや》かしいものとなるでしょう」

こんなかっこうでも、葬儀に乱入《らんにゅう》してやろうかと思った。頭にうかんだ無礼な言葉を声に出したら、宮廷《きゅうてい》は何週間も楽しい噂話《うわさばなし》に花が咲《さ》くだろう。

そのとき——「ジャロンさま？」

ふりかえったら、イモジェンがいた。喜んでいいのか？　恥《は》ずかしがるべきか？　なぜおれが教会の中ではなくここにいるのかと、とまどった様子で、こわごわと近づいてくる。

イモジェンはコナーのファーゼンウッド屋敷《やしき》で働いていた台所女中で、おれの命の恩人《おんじん》だ。おれは王に就《しゅう》任《にん》後、まっさきにイモジェンを貴族《きぞく》にし、ささやかな礼をした。イモジェンは貴族になっても、おもしろいくらい、前とほとんど変わらなかった。服は上等になり、女中時代のようには焦《こ》げ茶色の髪《かみ》をゆわえず背中《せなか》に垂《た》らしていることが多いが、あいかわらず相手の身分に関係なく、だれにでも親切だ。

イモジェンが夜空を見あげた。「雨でも降《ふ》りました？　なぜ、ずぶぬれなのです？」

「夜の水浴びだよ」

「服を着たまま？」

「つつしみ深い性格《せいかく》なんでね」

イモジェンのひたいにしわがよった。「葬儀《そうぎ》に参列なさらないので、探《さが》してくるよう、姫《ひめ》さまにおおせつかったんです」

アマリンダ姫は、カーシア国のゆいいつの同盟国《どうめいこく》であるバイマール国の王の姪《めい》にあたる。その縁《えん》で、両国の関係を深めるため、カーシア国の次期国王と結婚《けっこん》することが生まれた時点で決まっていた。この約束は兄上が果たすはずだった。兄上は次期国王として喜んで結婚したと思うが、その前に暗殺されて亡《な》くなってしまい、こっちにお鉢《はち》がまわってきた。だがおれは、兄上のようには喜べない。アマリンダ姫も、おれに負けないくらいつらく思っているのは明らかだった。兄上と比《くら》べたら、おれは残念な身代わりでしかない。しかも、ろくでなしの身代わりだ。

ようやくイモジェンがおれの腕《うで》の傷《きず》に気づき、あっと小さな声をあげて近づいてきた。無言でしゃがんでドレスの裾《すそ》をめくり、アンダースカートを細長くやぶって包帯がわりにし、腕をしばる。

「たいした傷じゃない」おれは、布《ぬの》を巻《ま》いてもらいながらいった。「血が出てるから、ひどく見えるだけだ」

「だれのしわざです？」おれがためらっていたら、イモジェンはさらにいった。「姫さまをお連れしますね」

「やめてくれ」

イモジェンが、いぶかしげに目を細めた。「重大なことです。姫さまと話をなさらなければ」

アマリンダ姫には、これまでに習ったていねいな言いまわしを総《そう》動員して「すてきなドレスですね」とか「この夕食はおいしいですね」といった言葉をかけてきたが、本当の意味で話しあうべきことは、おたがいずっとさけてきた。

それでもイモジェンは引かなかった。「ジャロンさま、姫さまは味方ですよ。あなたのことを心配しておられます」

「話すことがない」

「うそです」

「姫《ひめ》には話すことがないんだ！」気まずい沈黙《ちんもく》のあと、おれはつけくわえた。「アマリンダ姫の味方は、すでに教会の中にそろってる」アマリンダ姫は、おれを完全にばかにしている評議員《ひょうぎいん》たちと親しい。昨晩《さくばん》の夕食でも警護隊《けいごたい》の総《そう》隊長とばかり談笑していて、とうとうおれはじゃましないよう、自分の部屋に下がったほどだ。姫を信じたいが、姫の態度《たいど》を見るかぎり、とても信じられない。

さらに沈黙が流れ、イモジェンがつぶやいた。「では、あたしに話してください」おずおずとほほえんで、つけくわえた。「ほかのだれよりもあなたと親しいと、まだ思っていますので」

そう、イモジェンはだれよりもおれと親しい。だからこそ切なかった。いまの言葉をきいて、イモジェンがだれよりおれと親しいことを知っている人物がほかにもいることを、いやでも痛感《つうかん》した。ローデンは、おれにとってだれの死がいちばんつらいかよく知っている。

答えは、イモジェンだ。おれを傷《きず》つけたければ、海賊《かいぞく》はきっとイモジェンを拉致《らち》する。

イモジェンがそばにいない人生など、一日たりとも想像《そうぞう》できない。でも、もし海賊の侵入《しんにゅう》を防《ふせ》げなかったら、ローデンは仲間を引きつれて、まっさきにイモジェンをねらうだろう。そのあとのことは、想像しただけで耐《た》えられない。

イモジェンがここにいるのがどれだけ危険《きけん》か悟《さと》った瞬間《しゅんかん》、心にぽっかりと穴《あな》があいた。イモジェンをつなぎとめておいたら、死なせかねないのだ。

いやでいやでたまらなかったが、するべきことはわかっていた。イモジェンを宮廷《きゅうてい》の外へ出さなければ。

いや、本人がおれからできるだけ離《はな》れたいと思うようにしむけるのだ。そうすれば、イモジェンを傷つけても意味がないと、だれもが考えるようになる。

胃がきりきりと痛《いた》んだ。これからうそをつくたびに、内臓《ないぞう》をナイフで切り裂《さ》かれるような痛みを感じるのだ。おれはゆっくりと首をふって、切りだした。「なにいってるんだ、イモジェン。おれたちは友だちじゃないし、友だちだったこともない。おれは王座《おうざ》をとりもどすために、きみを利用しただけだ」

イモジェンは耳を疑《うたが》い、一瞬《いっしゅん》体をこわばらせた。「あの、どういうことか――」

「きみだって、城《しろ》に残るためにおれを利用したんだろ。きみにはふさわしくない、この城に残るために」

「ちがいます！」イモジェンはおれに平手打ちでもされたように驚愕《きょうがく》した顔で後ずさり、ショックから立ちなおると、すぐにいった。「セージだったころのあなたは――」

「おれはジャロンだ。セージじゃない」最低の言葉を思いつき、くちびるがゆがんだ。「このおれが、きみのような人間を気にかけるなんて、本気で信じてたのか？」

イモジェンが必死に感情《かんじょう》をおさえるのが、手に取るようにつたわってくる。おれはくじけそうになったが、たじろがなかった。たじろいではならない。イモジェンは、立ちさろうとおじぎをした。「わかりました。夜が明けたら城を出ます」

「すぐに出ていけ。家まで馬車で送らせる」

イモジェンは首をふった。「もし、あたしにいっておきたいことがあるのなら――」

おれは本心が顔に出ないよう、そっぽを向いた。「きみの顔など見たくもない。荷物をまとめて出ていけ」

「荷物なんてありません。ここに来たときのままで、出ていきます」

「好きにしろ」

イモジェンはふりかえらず、どうどうと前を向いて立ちさった。心の傷《きず》をかくす姿《すがた》は、感情《かんじょう》をむきだしにされるよりも、見ていてつらい。他人にここまでつらくあたったのは初めてだ。自分が、ほとほといやになった。イモジェンも、おれに嫌気《いやけ》がさしているにちがいない。こんなに冷たく、敵意《てきい》すらちらつかせて追いはらうのは、きみの命を救いたいからなんだ、などと説明する機会は一生ないだろう。

心の中で、新たな痛《いた》みが燃《も》えあがった。これまでに感じたことのない痛みだ。

もしこの世におれが想いを寄《よ》せる相手がいるとしたら、おれはいま、その人を永遠《えいえん》に遠ざけてしまった。

4

ひとりきりの時間は、長くつづかなかった。イモジェンが去ってわずか数分後に、アベニア国のバーゲン王が教会から出てきたのだ。腰《こし》が痛むのか、手をあてている。あたりがうす暗く、向こうからはこちらが見えないのをいいことに、少しのあいだ、観察させてもらった。バーゲン王は背《せ》が高く、体格《たいかく》もよいが、老いはかくせなかった。顔には深いしわが刻《きざ》まれ、髪《かみ》はまだ長くて豊《ゆた》かだが、色あせてつやがない。

城《しろ》の中庭を飢《う》えた目で見わたすバーゲン王をながめながら、拳《こぶし》を握《にぎ》りしめた。暗殺事件《じけん》は、ほんの一時間前だ。それに関与《かんよ》していた人物が目の前にいるのに、無力なおれにはなにもできない。海賊《かいぞく》はおれの命をねらい、バーゲン王はおれの国をねらっているのに、わが国の評議員《ひょうぎいん》たちは現実《げんじつ》をはかない夢物語《ゆめものがたり》でおおいかくし、すべて順調だといいはっている。

服がかわいてきたので、泥《どろ》まみれでだらしないかっこうだが、ずぶぬれではなくなった。布《ぬの》を巻《ま》いた腕《うで》をマントでかくし、顔から髪をかきあげ、前に出た。

足音をききつけたバーゲン王がぎょっとしてふりかえり、腰をおさえた。「おお、ジャロン王、外におられたとは。教会の中でお見かけするとばかり思っておりましたのに」

「教会がかなり混《こ》んでいたもので。おれの席は、だれもとっておいてくれないんじゃないかと思いましてね」

バーゲン王は、おれのジョークににやりとしていった。「わしの席をおゆずりしましたのに。教会の信者席は腰痛《ようつう》持ちには酷《こく》ですな。ご家族の葬儀《そうぎ》をとちゅうで抜《ぬ》けた無礼を、どうかおゆるしいただきたい」

「自分の家族の葬儀という気がしないんですよ。教会の中で語られる人物は、おれの知ってる人とは思えないんで」

バーゲン王は声をあげて笑った。「おお、死者になんたる無礼！　アベニア人ならいざ知らず、カーシア人はそんな無礼は働かぬと思っておりましたのに」真顔になって、つけくわえた。「行方不明だった四年間、アベニア人になりすましておられたのだとか」

「行方不明になどなってませんよ。自分の居場所《いばしょ》はちゃんとわかってましたから。アベニア人とまちがえられることが多かったのは事実ですが」

「まちがえられるとは、なぜ？」

「アベニアなまりでしゃべれるんで」

「ほう」バーゲン王は顔に指を一本あてて、おれをしげしげとながめた。「お若《わか》い王だ。わしにもこんなに若いころがあったとは思えん」

「いまの発言は、おれの若さじゃなく、あなたの老いについての感想ですよね」

バーゲン王の顔から、ゆかいそうな笑みがすっと消えた。「お母上に似《に》ているようだ」

おれは体格《たいかく》こそ父上似でがっしりしているが、ほかは母上に似ている。毛先がくるっと丸まる豊《ゆた》かな茶髪《ちゃぱつ》や、明るい緑色の目もそうだが、いたずらや冒険《ぼうけん》好きな性格《せいかく》がなによりそっくりだ。

母上のことを思いだすと悲しくてつらいので、別の質問《しつもん》をした。「バーゲン王、おれの国とあなたの国は友好的ですか？」

バーゲン王は肩《かた》をすくめた。「友好的という言葉の意味によりますな」

「アベニア国の侵略《しんりゃく》から国境《こっきょう》を守ることについて、どのくらい真剣《しんけん》に心配したらいいかと質問してるんです」

バーゲン王の笑い声はいかにもわざとらしく、見下されている印象を受けた。おれがにこりともしないので、王はすぐに笑いを引っこめた。「今夜は、わがアベニア軍のことよりも、もっと憂慮《ゆうりょ》すべき問題が起きるはずですぞ」

「えっ？　というと？」おれへの襲撃《しゅうげき》が予定よりも早く起きてしまったことを知らないらしい。ならばと、父上に授業《じゅぎょう》をさぼったいいわけをするときによく使った、無邪気《むじゃき》な口調でたずねた。さすがに今回は、尻《しり》をひっぱたかれるていどではすまされないだろうが。

バーゲン王は口元をひくひくさせたが、笑っているわけではなかった。「噂《うわさ》どおりに賢《かしこ》ければ、さしせまった危険《きけん》が見えぬわけがあるまいに」

「いま、おれの目の前にいるのは、あなただけですよ。あなたのことを危険と思えってことですか？　それとも、おれと因縁《いんねん》のある海賊《かいぞく》のほうが危険とか？」意味を悟《さと》らせるために一息入れて、つけくわえた。「あなたと海賊は同じ立場なんですかね？」

バーゲン王の声に乱《みだ》れはなかった。「海賊《かいぞく》はわが領土《りょうど》内に住んでいるが、独立《どくりつ》し、独自《どくじ》の王もいる。協力することもあるが、それは利害が一致《いっち》する場合だけだ」

なるほど、おれに関しては、明らかに利害が一致しているわけだ。

「海賊たちにつたえてもらえませんか？　おれの国に戦争をしかけるという噂《うわさ》だが、もし本当にそんなことをしたらたたきつぶしてやる、と」あっけにとられて見つめる王に、おれはさらにいった。「こっちからは戦争をしかけないが、しかけられたら受けて立つ。そう、つたえてください」

バーゲン王は軽く笑ったが、いらだちをかくしきれなかった。「まるで脅《おど》しだな」

「そんなはずありませんよ、そちらがおれを脅しているのでなければ」おれは片方《かたほう》の眉《まゆ》をつりあげた。「そうは思いませんか？」

バーゲン王の顔からふっと力が抜《ぬ》けた。「ほう、なかなか覇気《はき》がありますな。すばらしい。若《わか》いころのわしにそっくりだ。気に入りましたぞ、ジャロン王。横柄《おうへい》な態度《たいど》は大目に見るとしよう……いまのところは」

ありがたいかぎりだが、おれはバーゲン王を好きになれない。息が生ぐさいのだ。

バーゲン王がおれのほうへ身を乗りだした。「じつは提案《ていあん》がある。わかりやすい協定から始めようではないか。生前、そなたのお父上とは、御国《おんこく》のライベス近くの国境《こっきょう》にある小さな土地について交渉《こうしょう》していた。その土地には、わがアベニア国の農民に必要な泉《いずみ》がある。カーシア国には近くに泉が複数《ふくすう》あるゆえ、そこがなくても困《こま》ることはあるまい」

「父上は困らなかったかもしれませんが、おれは困ります」具体的にどの泉かわからないが、いってやった。「あれはカーシア全土の中で、おれのお気に入りの泉なんで。手放すつもりはありませんよ」

バーゲン王は顔をしかめた。「いまは協力すべきときだ。お父上同様、わしに協力して、カーシア国を平和に保《たも》つのだ」

「自由を犠牲《ぎせい》にする平和に、なんの意味があるんです？　自由と平和を天秤《てんびん》にかけるつもりはないですよ」

バーゲン王は一歩前に出た。「ジャロン王よ、よくきけ。これは警告《けいこく》だ」

「じゃあ、おれも警告します。おれの国に戦争をしかけないでもらいたい。アベニアの軍隊も、軍隊がわりの海賊もごめんです」

海賊という言葉を口にしたとき、今度はバーゲン王の目がぎらついた。本心をかくしきれなかったのだ。

バーゲン王は、おれの暗殺計画を知っている。まちがいない。

そのとき「陛下《へいか》？」と、カーシア警護隊《けいごたい》のグレガー・ブレスラン総《そう》隊長が教会からあらわれ、警戒《けいかい》しながら近づいてきた。「どこにいらしたのです？　だいじょうぶですか？」

グレガーは見るからに総隊長の風格《ふうかく》がある。背《せ》が高く筋肉質《きんにくしつ》で、髪《かみ》は黒く、生まじめで、いかめしい顔に性格《せいかく》がにじみでている。噂によると、短いあごひげを生やしているのは、何年も前に戦闘《せんとう》で負った傷《きず》をかくすためらしい。有能《ゆうのう》で切れ者だが、少々鼻につく男だ。おたがい欠点には目をつぶっているが、がまん勝負では正直おれよりグレガーのほうが苦労している。もとはといえばグレガーがおれの神経《しんけい》にさわるからで、悪いのは向こうのほうだ。といっても、いま、最悪のタイミングであらわれたのは本人のせいじゃないが。

おれは王のほうを向いたまま、いった。「ふたりだけの時間は終わりのようですね。腰痛《ようつう》がよくなられますように。腰痛のせいで侵略《しんりゃく》をあきらめてくださるのなら、別ですが」

バーゲン王は声をあげて笑った。「では、どうか侵略の口実を作らないように。もし作ったら、多少の腰痛など、なんの歯止めにもなりませんぞ」

おれはバーゲン王と握手《あくしゅ》し、グレガー総《そう》隊長に合図した。「来てくれ」

グレガーはおれとならんで、広びろとした庭をつっきった。「しかし、まだ葬儀《そうぎ》が――」

「あんなものは、鏡に映《うつ》った自分の姿《すがた》しか愛せない貴族《きぞく》たちのお披露目《ひろめ》会だ」

「お父上の葬儀でのふるまいを王に進言するのは、まことに僭越《せんえつ》なのですが――」

「そのとおりだね、グレガー。まことに僭越だ」

怒《いか》りで爆発寸前《ばくはつすんぜん》なのがつたわってきたが、グレガーはけんめいにおさえた声でいった。「侵略の口実を作るな、というバーゲン王の言葉は、どういう意味です？」

「バーゲン王に取引を持ちかけられた。わが国の平和と引きかえに、領土《りょうど》を一部さしだせだと」

「それは、ゆゆしき取引ですね。ですが、先代のお父上はつねに応《おう》じておられました」

「おれは応じない。カーシア国の国境《こっきょう》は守ってみせる」

「どの軍隊で守るおつもりで？　すでに陛下《へいか》は予備《よび》の兵士をほぼ全員、ファルスタン湖に送りこんだではありませんか。これといった理由もなく、土を移動《いどう》させるためだけに。まさに人員のむだづかい。不要な配備《はいび》です」

兵士をファルスタン湖へ送りこんだのは、もし本当に戦争になった場合の予備策《さく》として練った戦略《せんりゃく》だった。おれはこの戦略をグレガー総隊長や評議員《ひょうぎいん》たちにも打ちあけたかったが、侍従長《じじゅうちょう》のカーウィン卿《きょう》にとめられた。評議員たちはおれを王としてみとめていないので、戦略を明かしても不信を招《まね》くだけだというのだ。

「陛下、兵士たちを首都ドリリエドにもどしていただきたい。兵士たちは、ここにいるべきです」

「なぜだ？　靴《くつ》をみがき、隊列を組んで行進するために？　それがだれの役に立つ？」

「お言葉ですが、質問《しつもん》をおゆるしいただけるのであれば、なぜ陛下が衛兵《えいへい》のマントをつけ、そのマントで腕《うで》をかくしているのか、お教えいただきたい」

おれは足をとめてグレガーのほうへ向きなおり、わざと大きくため息をついてしぶしぶマントをひらき、布《ぬの》を巻《ま》いた腕をあらわにした。布の先の袖《そで》は、血がしみこんで真っ赤になっている。

グレガーは顔をこわばらせ、布を見つめた。「襲《おそ》われたのですね」

さすがは切れ者の総隊長さまだ。イモジェンが軽く布を巻いてくれたが、すきまから傷口《きずぐち》が空気にふれて痛《いた》い。またマントでおおった。

「海賊《かいぞく》が二名、城内《じょうない》に忍《しの》びこんだ」と説明した。「バーゲン王が手引きしたにちがいない」

「それは、たしかな事実ですか？」

「ああ」

「証拠《しょうこ》をお持ちで？」

「いや、それは……ない」

グレガー総《そう》隊長は、反感をかくそうともしなかった。「陛下《へいか》、戦争になるというお考えが、ただの妄想《もうそう》にすぎなかったらどうするのです？　今夜の襲撃《しゅうげき》とバーゲン王は無関係かもしれませんのに。バーゲン王がわが国を侵略《しんりゃく》すると決めつけておられるから、そのように見えるのです」

「バーゲン王はかならず侵略してくる！」グレガー総隊長は目をそらしたが、おれはかまわずつづけた。「アベニア国は、わが国の土地と資源《しげん》をねらってる。カーシア国の財産《ざいさん》を根こそぎ略奪《りゃくだつ》し、おれたちを根絶《ねだ》やしにする気だ」

「陛下、アベニア国とは長年平和を保《たも》ってきたのですよ。あなたがもどられても、なにも変わりません」

「変わるに決まってるだろ。四年前、父上はおれが海賊《かいぞく》の襲撃で死んだと周囲に信じこませた。そのおれがもどってきた以上、周囲の国々は父上がうそをついたと思い、おおいに侮辱《ぶじょく》されたと感じてる。だから、悪《あく》影響《えいきょう》が出てるんだ。それにちゃんと向きあわないと」

おれがしゃべっているあいだ、くちびるをきつく結んでいたグレガーが、口をひらいた。「陛下が成人ならば、いますぐ兵士に開戦の号令をかけられたでしょう。そのときは、自分が先頭に立ちます。ですが成人になられるまでは、評議員《ひょうぎいん》たちの支持《しじ》がなければゆるされない行動があることを、わかっていただきませんと。僭越《せんえつ》な意見をおゆるしいただけますならば、先月、宰相《さいしょう》について論《ろん》じることなく陛下を王にしたのは、あまりにも早計で、その場のいきおいだけの決断《けつだん》でした。評議員たちは帰還《きかん》したあなたを王子として歓迎《かんげい》したあと、王国の全責務《せきむ》を負わせる前に、国王というものに慣《な》れる時間をもうけるべきだったのです」

「でも評議員たちは、おれを王にした。総隊長であるあんたの助けがあれば、おれはこの国を守れる」

グレガーは不快《ふかい》そうに目を細めた。「陛下は、まだ配下や評議員たちの心をつかんでいません。陛下の直感にしたがって戦争にくりだす者など、ひとりもいないでしょう。証拠が必要です。暗殺者はつかまったのですか？」

「暗殺者というか……使者だ」そう、いまのところは。

「使者の伝言とは？」

「だから、いっただろ。戦争になるってことだ」おれは負傷《ふしょう》した腕《うで》をのばした。「証拠というなら、これだ」

しかし、グレガーの解釈《かいしゃく》はちがった。「海賊は交渉《こうしょう》を持ちかけているのですよ。そうでなければ、すきをついて陛下をあっさり殺したはずです」

「最後の仕上げは、海賊王が直接《ちょくせつ》やりたいらしい」どんな仕上げか、あえて考えなかったが、おれにとって至福《しふく》の体験とはならないだろう。

また歩きだし、城《しろ》の裏口《うらぐち》へと向かった。囚人《しゅうじん》の搬送《はんそう》と、面会に来た家族と、牢獄《ろうごく》の衛兵《えいへい》ぐらいしか使わない出入り口だ。

「陛下《へいか》、どちらへ？」

「ベビン・コナーと話をする」

グレガーは目を見ひらいた。「いますぐに？　こんな状態《じょうたい》で？」

「コナーは、もっとひどい状態のおれを知っている」

「コナーにどんなご用件《ようけん》で？」

「王は、なにをするにも、いちいち配下の許可《きょか》をとらなければいけなくなったのか？」

「いえ、もちろん、そのようなことは。ただ――」

「なんだ？」

「陛下は、あの男の野望をこっぱみじんに打ちくだいたのですよ」グレガー総《そう》隊長は、なだめるような口調になっていた。「あの男が陛下を見たらなにをするか、おわかりですよね」

おれは、反抗《はんこう》的にあごをつきだした。「今夜、さんざんな目にあったのに、コナーからさらにひどい目にあわされるというのか？」

「もちろんです」グレガーは、いかにもまじめそうにいった。「コナーは陛下を傷《きず》つけられますし、そのつもりです。用件をおっしゃってください。陛下が眠《ねむ》っておられるあいだに、きいておきますので」

今夜、おれがゆっくり眠れるとでも？　ばかも休み休みいえ！

「四年前、なぜ海賊《かいぞく》がおれを殺そうとしたか知ってるか？」

「コナーがすべて白状《はくじょう》したじゃないですか。国境《こっきょう》を守る戦争にお父上をかりたてるため、自分が海賊をやとったのだと」

「海賊は、おれを殺すというコナーとの約束をまだ忘《わす》れていない」

グレガーがチッと舌打《したう》ちした。「では、今夜の襲撃《しゅうげき》は戦争とは関係ないですね。陛下の命をねらった海賊のしわざです」

おれは足を速めてつぶやいた。「コナーがすべての始まりだ。けりをつけるためなら、やつをとことん使ってやる」

5

王に就任《しゅうにん》した晩《ばん》に逮捕《たいほ》して以来、コナーとは会っていない。やつの顔など二度と見たくなかった。今回も会いたくて会うわけじゃない。会いたくないのは、向こうも同じだろう。おれは緊張《きんちょう》をかくせたが、コナーはかくすそぶりすら見せず、明らかにおびえた。

コナーが有罪《ゆうざい》を宣告《せんこく》されたとき、おれはいっさい同情《どうじょう》しなかった。裁判《さいばん》のあと、城内《じょうない》のほかの囚人《しゅうじん》とは別にしてほしいという本人の願いどおり、いまは塔《とう》の部屋に幽閉《ゆうへい》している。ひとつしかない汚《よご》れた小窓《こまど》から外を見おろしながら、一日の大半をすごしているらしい。

コナーは、足首に錠《じょう》をはめられていた。食事をあたえ、最低限《さいていげん》の衛生状態《えいせいじょうたい》は保《たも》つように命じてあったが、最後に会ったときよりやせている。あごひげはぼうぼうにのび、ゆらめくたいまつの薄明《うすあ》かりにうつる髪《かみ》には、白いものがまじっている。ファーゼンウッド屋敷《やしき》にいたころは、白髪《しらが》など見たことがなかった。

コナーは軽くおじぎした。「ジャロン王。ご機嫌《きげん》うるわしくといいたいところですが、正直なところ、以前はもっとましな姿《すがた》をしておられましたぞ。ついでにいえば、そんなに汚《きたな》くはありませんでした」

「おかげさまで、機嫌はまったくもってうるわしいぞ」

「わざわざお越《こ》しいただいたのは、いかなるご用向きで？」

「ここは下水道かと思うほどくさいので、手短にいう」おれはコナーをまっすぐ見つめた。「四年前のおれの殺害計画に、アベニア国のバーゲン王はからんでいたのか？」

コナーの顔から恐怖《きょうふ》が消え、満面に冷たい笑みがひろがった。「いいえ。海賊《かいぞく》はアベニア国がからむのを好みませんでした。必要にせまられないかぎり、バーゲン王と協力したくないのです。わたしの計画にアベニア国は関わりたくないだろうと考えておりましたし」

だがいまは、アベニア国はまちがいなくからんでいる。王本人もいっていたとおり、バーゲン王と海賊の利害が一致《いっち》したからだ。

「おれの家族を殺した晩の話を、もう一度しろ」

コナーは、疲《つか》れきった様子でため息をついた。「何度もくりかえしお話しした以上のことは、なにもありませんよ」

「ダバーニス・オイルについて調べたぞ。あの毒をたった一滴《いってき》作るのに、百本以上の花が必要だと知っていたか？　だからこそダバーニス・オイルは貴重《きちょう》で、めったに手に入らないんだ。あんたがひとりで段取《だんど》りをつけたとは思えない」

グレガー総《そう》隊長が剣《けん》に手をのばす。「ジャロンさま――」

おれはグレガーを無視《むし》した。「どこから手に入れた？」

コナーはふんぞりかえって、高笑いした。「正しい質問《しつもん》をしなければ、ここに来ても、おたがい時間のむだですな」

「国王になんと無礼な！」

と、グレガーが剣《けん》を引きぬいたが、おれはおさめるように合図した。コナーは、おれを侮辱《ぶじょく》したくていったのではない。質問《しつもん》がずれているといったのだ。でも、どうずれているのかわからない。

おれは動揺《どうよう》し、床《ゆか》におかれた空っぽの皿を軽く蹴《け》った。折りたたまれたナプキンが一枚《まい》かかっている。「この食事はなんだ？」

コナーがにやりとした。「今夜、あなたに食事をすっぽかされたと、姫君《ひめぎみ》がいっておられましたぞ。陛下《へいか》のぶんの食事を運んできてくれたのです」

アマリンダ姫が来た？　どうでもいいふりをしようとしたが、コナーに本心を見ぬかれた。アマリンダ姫がここに来る理由はない。あるとしたら、それは好意を寄《よ》せているグレガーにそうしろと――。

急にここがいやになった。

グレガーが前に進みでた。「姫は陛下が気になさらないと考えたのです」

「姫をかばうな！」姫には友人がおおぜいいるが、グレガーだけは友人にくわえたくない。

グレガーはだまって頭を下げ、壁《かべ》ぎわに下がった。が、剣から一度も手を離《はな》さない。

コナーのほうをふりかえったら、腕《うで》を組んでどうどうと立ち、おれの権威《けんい》に無言の抵抗《ていこう》を見せていた。おれが同じ不敵《ふてき》な表情《ひょうじょう》でコナーに反抗《はんこう》していたころから、まだ一カ月しかたっていないとは思えない。

コナーが口をひらいた。「そろそろ、感謝《かんしゃ》しに見えるころかと思っていました」

「感謝だと？」縛《しば》り首の輪という形で礼が来ないだけ、運がいいと思え。

「約束どおり、王になったではないですか。わたしがしたことをうらんでいるかもしれませんが、わたしがいなければ王になれなかったのですぞ」

その瞬間《しゅんかん》、おれの中でなにかが爆発《ばくはつ》した。怒《いか》りをこらえるだけで、せいいっぱいだ。ようやくしゃべれるようになったときは、辛辣《しんらつ》な言葉が口をついて出た。「おまえの悪事を知ってなお、おれが心から感謝するとでも？」

「カーシア国の民は、こぞってわたしに感謝するべきです！」と、コナーはあごをつきだした。「お父上は弱かった。あのままでは、いずれカーシア国は周辺諸国《しょこく》にのみこまれたでしょうな。ダリウス皇太子《こうたいし》も危険《きけん》だった。お父上に近すぎて、父上の本当の姿《すがた》が見えなかった」

「おれの家族を侮辱するな！」

「その家族に、こばまれたではありませんか。一度ならず二度までも、すべてをとりあげられ、世間に放りだされた。それを、わたしが元にもどしてさしあげたのです。このわたしが、あなたを王にしたのです」

おれは怒りを抱《かか》えたまま、首をかたむけた。「いまのおれはすべてを手に入れたとでもいうのか？」

「ええ、ひとつをのぞいて」と、コナーは空っぽの皿のほうへあごをしゃくった。アマリンダ姫が運んできた皿だ。

床《ゆか》におかれたその皿を、また見つめた。姫《ひめ》は、おれが気にしないと本気で思ったのか？　城内《じょうない》のだれよりも、おれの味方になってくれるはずの人なのに——もし姫との関係をよくすることができるとしたらの話だが。でもどうしたらいいのか、さっぱりわからない。おれとアマリンダ姫は友だちですらないというコナーのあてこすりは、まさにそのとおりだ。

コナーが声を落とした。「あなたに対する罪《つみ》は、もうつぐないました。釈放《しゃくほう》してくだされば、いますぐお仕えしますぞ」

おれはかちんときて、わざとにやりとした。「刑罰《けいばつ》について、考えなおしたほうがいいかもな。さっき海賊《かい ぞく》がやってきたんだ。あんたの身柄《みがら》を引きわたせといわれたよ」

コナーは、予想どおり、恐怖《きょうふ》の表情《ひょうじょう》をうかべた。目を見ひらき、のどに岩でもつまったような顔をしている。「ジャロンさま、ど、どうか、引きわたさないでいただきたい。そのあとどうなるかは、おわかりのはず」

「具体的にはわからないが、ま、痛《いた》い目にあうだろうよ」おれは冷たくいった。「やはり、釈放するかな」

立ちさりかけたおれを、コナーがうろたえた声で「ジャロンさま！」と呼《よ》びとめ、おれがふりかえるのを待たずにつづけた。「わたしは、たしかに、あなたの家族を裏切《うらぎ》った。しかしカーシア国を裏切ったことは、ただの一度もない。いまなお、だれよりも祖国《そこく》を愛していますぞ！」

おれはふりかえった。「よくもぬけぬけと。海賊をやとった時点で、国があぶなくなるとは考えなかったのか？」

コナーはくちびるを引きむすび、布《ぬの》を巻《ま》いたおれの腕《うで》のほうへあごをしゃくった。「海賊は国王のあなたの身柄ももとめているのですな？」顔に刻《きざ》まれた長いしわがのびた。「つまり、わたしの命だけでなく、あなたの命もねらわれているわけだ」

「ねらわれているのはカーシア全土だ。あんたがあけちまった水門は、おれにはしめられないかもしれない」おれを見かえすコナーの瞳孔《どうこう》がひろがるのがわかる。「おまえがおれを殺すためにやとった海賊の名前をいえ。いますぐ白状《はくじょう》しろ。さもないと、今夜、海賊につきだすぞ」

コナーは負けをみとめてささやいた。「デブリンです。あなたを殺せば、海賊の中で名誉《めいよ》ある地位につけると自慢《じまん》していました。あなたが生きていると知れば、さぞ自尊心《じそんしん》を傷《きず》つけられるでしょう」

「あんただって、おれが生きているのがくやしいくせに」

コナーはひるまなかった。「あなたの命を心配しているのは、わたしだけですぞ！　この城《しろ》で海賊と関わったことがあるのも、わたしだけ。あなたには、わたしが必要だ」

おれは首をふった。「カーシア国にとって、あんたは疫病神《やくびょうがみ》だ」

コナーの口調に怒《いか》りがまざった。「自分のほうが国民にもとめられているとでもお思いか？　もめごとばかり起こしてきた少年のために、戦う者がいるとでも？　あなたにもどってきてほしいと願っていた者が、どこにいるのです？　ジャロンさま、あなたは、この国でひとりぼっちだ」

コナーの言葉は平手打ちのように痛かった。コナーはおれの感情《かんじょう》が高ぶってきたことに気づいたらしく、さらに攻撃《こうげき》を強めた。

「四年前のお父上の声明をおぼえていますぞ。あなたの身に起きたことをしめす証拠《しょうこ》がないので、戦争をしかけるわけにはいかないといっておられた。もちろん、うそだ。しかし、国民に対し、すすんでうそをつく王などいない。あのとき、あなたが実際《じっさい》に死んでいたほうが、万事うまく運んだのでは？　お父上は、ある意味、あなたの死を望んでおられたのでは？」

気がついたらナイフを握《にぎ》っていた。そのままコナーにつかみかかった。怒《いか》りのあまり手がふるえ、ナイフの切っ先がコナーの首をかすめた。「あんたが、すべてをぶちこわしたんだ！」

コナーは、あごをそらして息を吸《す》った。「いま、あなたを救えるのはわたしだけですぞ。評議員《ひょうぎいん》たちは、頼《たよ》りにならん。もしあなたが海賊《かいぞく》にやられたら、評議員たちは万々歳《ばんばんざい》だ」

残念ながら、コナーのいうとおりだった。評議員たちにしてみれば、おれが死ねば万事解決《かいけつ》だ。

「国民も頼りになりませんぞ」と、コナーはつづけた。「耳をかたむけてごらんなさい。みんな、あなたをあざ笑っていますぞ」

おれはコナーの目をまっすぐ見つめてたずねた。「あんたも、おれをあざ笑うのか？」

コナーは少し沈黙《ちんもく》したあと、ようやく緊張《きんちょう》をといた。「いいえ、ジャロンさま」その声は暗かった。「呼吸《こきゅう》するたびにののしっていますが、あざ笑いはしません」

グレガー総《そう》隊長は、さっきから背後《はいご》にひかえている。ふと、グレガーはおれがこのナイフを使っても止めないのではないか、と思った。コナーを処刑《しょけい》せずに投獄《とうごく》するというおれの判断《はんだん》に、もともと反対だったのだ。しかしグレガーは、コナーの件《けん》にかぎらず、おれのたいていの判断をよしとしない――。

手を放したら、コナーは首をさすりながらひざをついた。

おれは息を吸って落ちついてから、たずねた。「ダバーニス・オイルをどこから手に入れたか、まず答えろ」

「それも、海賊のデブリンからです」コナーはつぶやくように答えた。「しかし、いまさら知っても、どうにもなりませんぞ。どうにかできるのは、わたしだけ。カーシア国をともに救おうではありませんか。さあ、いますぐ、この場でわたしにおゆるしを」

おれは舌打《したう》ちしていった。「おれの家族をとりもどせるなら、すぐにゆるしてやるよ。じゃあな、コナー」

独房《どくぼう》の扉《とびら》がしまったときも、コナーはおれの名前をさけんでいた。階段《かいだん》をおりるおれに、グレガーが無言でついてくる。グレガーが衛兵《えいへい》を元の配置にもどすあいだも、おれは先に進んだ。

通路に出たら、手がふるえていた。コナーは、予想だにしなかった方法でおれにゆさぶりをかけた。鎖《くさり》につながれていてもなお、おれの弱点をつけるとは――。

グレガー総隊長はおれに追いついたとたん、だいじょうぶかと声をかけてきた。答えずにいたら、さらにいった。「コナーはバーゲン王と海賊との関係を否定《ひてい》しました。やはり陛下《へいか》の思いちがいなのでは？」

「いや、思いちがいじゃない。おれがなにを見落としているのか、教えてくれ。コナーは、おれの質問《しつもん》を正しくないといっていた」

「コナーは陛下《へいか》の弱点をもてあそび、あやつろうとしているのです。信用してはなりません」

おれは、グレガーの顔を見るために立ちどまった。「グレガー、あんたはおれを信用してるのか？」

「信用していいんですか？」グレガーはぶしつけだったと思いなおしたのか、もじもじしてから、へりくだった口調でつづけた。「今夜はいろいろありましたから、さぞお疲《つか》れでしょう。どうか、お休みください。自分がお守りしますので」

「今夜の襲撃《しゅうげき》から、おれを守ってくれたようにか？」おれは皮肉をいい、一息ついて、つけくわえた。「ひとつ教えてくれ。もし海賊《かいぞく》に襲《おそ》われたら、カーシア国に勝ち目はあるか？」

グレガーが目を見ひらく。「陛下、まさか――」

「知っておきたいんだ」

「わが軍のほうが多勢《たぜい》ですが、海賊と戦うのはクマと戦うようなものですよ。カーシア国は生き残れますが、ひどい傷《きず》を負うでしょう。そのあと、もしアベニア国が攻《せ》めてきたら、かっこうのえじきになってしまいます」

思ったとおりの答えだった。「生き残っても、結局はやられるわけか」おれはそうつぶやき、さらにたずねた。「海賊に先制攻撃《せんせいこうげき》をしかけたら、どうなる？」

グレガーは首をふった。「海賊はアベニア国内にかくれているのですよ。見つけるためには、アベニア全土を攻撃することになります。海賊とアベニア国を両方敵《てき》にまわしたら、カーシア国は数週間も持ちません。今夜、陛下を襲ったのが海賊だとしても、戦争など論外《ろんがい》です」

戦争――。考えただけで寒気がする。しかしそれ以上に、守備《しゅび》がまったく整っていないのが情《なさ》けなかった。父上は戦争を恐《おそ》れていたくせに、兵士たちを戦士ではなく、パレードの飾《かざ》りのようにあつかった。母上はわが国にせまる危険《きけん》をつねに意識《いしき》していたが、父上の意見をとうとう変えられなかった。もし父上が生きていたら、おれとはきっと永遠《えいえん》にわかりあえない。それが、なによりつらかった。おれと父上は、つねに相手に失望しつづけただろう。

グレガーに礼をいい、ひとりで部屋にもどることにして、じゃあまた明日、と別れた。おれはその場を立ちさったが、だれもいない場所を見つけると、冷たい壁《かべ》によりかかって休んだ。コナーの意見は、ひとつだけ、正しい気がした。コナーの指摘《してき》どおり、いまのおれはこれまでになく孤独《こどく》で、どうしようもなくせっぱつまっている。夜がふけるにつれて死が近づき、選択肢《せんたくし》がかぎられていく。やるべきことは見えてきた。だが、このおれにできるのか――。いや、とにかく、海賊に立ちむかうしかない。

6

自分の部屋にもどったら、モットとトビアスが入り口で待っていて、おじぎをした。城《しろ》にいる者におじぎをされるのは気にならなくなったが、モットとトビアスに頭を下げられるのは、いまだに居心地《いごこち》が悪い。

トビアスはコナーが連れてきた最後の孤児《こじ》、モットはコナーのかつての使用人だ。ファーゼンウッド屋敷《やしき》にいたころは、ふたりにさんざん痛《いた》い目にあわされた。ファーゼンウッド屋敷での絶望《ぜつぼう》的な状況《じょうきょう》を思うと、ふたりを友と呼《よ》べるなんて夢《ゆめ》のようだ。この一カ月はふたりをカーシア国内の各地に派遣《はけん》し、ローデンを探《さが》させてきた。でもそれがいかにむだだったか、いまは痛いほどわかる。

トビアスはおれよりも背《せ》が高く、髪《かみ》の色が濃《こ》く、最近はおれが食欲《しょくよく》を失ったからそうでもないが、前はおれよりやせていた。モットは、トビアスより少なくとも頭ひとつぶんは背が高い。頭ははげていて、肌《はだ》は浅黒く、隆々《りゅうりゅう》の筋肉《きんにく》と苦りきった顔をのぞけば、これといった特徴《とくちょう》はない。

モットは布《ぬの》を巻《ま》いたおれの腕《うで》にめざとく気づき、心配そうに眉《まゆ》をひそめた。「怪我《けが》をしておられる」

「気にしないでくれ。いつもどった？」

「ついさきほど」モットの視線《しせん》は、おれの腕にそそがれたままだ。「ご家族の葬儀《そうぎ》が終わるころにもどりました。参列なさらなかったようで」

「わざわざ出るまでもなかったんで。自分の権力《けんりょく》を失うことばかりなげき、王族の死を悲しむのは二の次の連中ばかりだったし」おれはトビアスのほうを向き、目の下のくまに気づいた。「かなり疲《つか》れてるようだな、トビアス。寝《ね》てないのか？」

「ええ、まあ」

「少し休んでくれ。話はひとまずモットからきいておく。明日、話そう」と、トビアスをうながした。「さあ、トビアス、休んでくれ」

トビアスはまた頭を下げた。「ありがとうございます、陛下《へいか》」

「陛下じゃなくて、ジャロンだ。おまえとおれの仲だろ」

「はい、ありがとうございます……ジャロンさま」トビアスはそうそうに引きあげた。

モットが顔をしかめておれを見た。「国王だから陛下と呼んだだけなのに、たしなめることはありますまい」

「その国王陛下に説教するなんて、何様のつもりだ」おれはぴしゃりといいかえした。

「ひどく機嫌《きげん》が悪いとはきいておりましたが、あまく見ておりました」

「今日はそういう気分なんだよ」

モットの声と表情《ひょうじょう》がやわらいだ。「なにがあったのです？」

おれの部屋のドアをおさえている召使《めしつか》いは彫像《ちょうぞう》かと思うほど動かないが、耳をすましているにちがいない。

「聞き耳を立てる者がいない場所で話をしよう」

モットがおれのあとから入ってきた。すぐにでも寝《ね》られるよう、寝間着《ねまき》とローブが用意してあった。ふかふかのキルトの布団《ふとん》にもぐって眠《ねむ》り、悪夢《あくむ》のような今夜のことを忘《わす》れてしまいたいが、もう二度と眠れない気もする。

ドアがしまったとたん、モットがおれの裂《さ》けた袖《そで》を引きちぎり、腕《うで》に巻《ま》かれた布《ぬの》に手をのばした。「だれのしわざです？」

「おれの味方は、思った以上に少ないってことがわかったよ」

布をほどいて傷口《きずぐち》をたしかめるあいだ、モットはぶつぶつと文句《もんく》をいっていた。「アルコールが必要ですな」

「そこまでひどくないって」

「いや、これはひどい。利き腕でなくて幸いでしたぞ」

「おれの場合、左も右も利き腕だぞ」もともとは左利きだが、父上に右利きに矯正《きょうせい》された。子どものころはそれが不満だったが、大きくなるにつれて、両手で戦えるのは貴重《きちょう》な才能《さいのう》だとわかった。「利き腕でなくてよかったたって、どういうことだ？」

「王は、ひまさえあれば、庭で剣術《けんじゅつ》の稽古《けいこ》にはげんでいるときききましたので。なぜ、そこまで稽古を？」

「剣《けん》をふるうおれの姿《すがた》に、女の子たちが喜んでくれるからさ」モットがばかにしたように笑うので、つけくわえた。「単純《たんじゅん》な理由だよ。この四年、稽古をしてなかったからだ」

「陛下《へいか》の場合、単純などということはありえません」

「いてっ！」モットが傷《きず》に触《ふ》れた瞬間《しゅんかん》、おれは腕をいきおいよく引っこめた。「もういい、やめろ！」

「傷口をきれいにしているんです。今度切られたら、傷口に泥《どろ》が入らないようにしてください」

「次回の手当ては、煙突《えんとつ》の掃除《そうじ》屋みたいに傷口をこすらないやつに頼《たの》むよ」

モットは明らかにむっとした。「こちらもがまんしているのですから、感謝《かんしゃ》してもらいませんと。国王になれば、行儀《ぎょうぎ》の悪さも直るかと思っていましたのに」

「へーえ、おもしろいなあ。父上はおれを王室から追いだせば、行儀がよくなると思ってたのに」そういいかえしてから、おだやかにたずねた。「旅の話をきかせてくれないか」

モットは肩《かた》をすくめた。「陛下が王位についた直後、ローデンがアベニアに行ったことまではつかみました。いまはカーシアにもどっていると思いますが、断言《だんげん》はできません」

おれは断言できるので、自分の腕のほうへあごをしゃくった。「この傷は、ついさっきローデンにつけられたんだ」

「えっ、ローデンがここに？」モットが濃《こ》い眉《まゆ》をひそめた。「だいじょうぶですか？」

「だからいっただろ、ひどい傷じゃないって」

モットは首をふった。「そういう意味ではありません。ジャロンさま、ご気分は？」

かんたんに答えられる質問《しつもん》なのに、胸《むね》をしめつけられて苦しくなり、静かに答えた。「今日は一日が異様《いよう》に長く感じるよ。これ以上悪いことは起こらないでくれと願うたびに、起こるんだ」

「ファーゼンウッド屋敷《やしき》での日々を切り抜《ぬ》けたではありませんか。だいじょうぶ、今回も切り抜けられますとも」

おれはうなり声で応《おう》じてから、いった。「あそこでの日々は地獄《じごく》だったけど、忍耐力《にんたいりょく》があればなんとかなった。コナーとのがまん比《くら》べに耐《た》えられれば勝てるという見通しは立っていた」と、モットを見た。「でもいまは、やらなければならないことが山ほどあって、行きつく先が見えない。というか、見たくないんだ」

傷口《きずぐち》の手当てをするあいだ、沈黙《ちんもく》が流れた。布《ぬの》を巻《ま》きなおしながら、モットがたずねた。「なぜわれわれにローデンを探《さが》させたのです？　なぜ放っておかなかったのです？」

「なぜって、ローデンは……もとは友だちだったから。対立したのはクレガンのせいだと思ってたし」

「いまは、どうお思いで？」

「かんちがいだったようだ。あいつとは、修羅場《しゅらば》をくぐり抜けてきた仲なのに……。そんなことは関係なかった。今夜、あいつの目には、憎《にく》しみしかうかんでいなかった」

布を巻きおえたモットがいった。「陛下《へいか》のことが心配です」

「よかった。おれの身を案じてるのが、おれひとりじゃなくて」ゆっくりと息を吸《す》って、つけくわえた。「耐えられないか、ありえないか、どちらか選ぶしかないとしたら、どうしたらいい？」

「陛下が生き残るのはどちらです？」

そのとき、ドアをノックする音がした。話を中断《ちゅうだん》されて、おれはほっとした。モットはおれの答えが気に入らなかっただろうから。モットはドアをあけ、おれのほうをふりかえった。「カーウィン卿《きょう》がお目にかかりたいそうです」

うなずいたら、カーウィン卿が入ってきた。モットは、消毒薬をとってくるといって部屋を出た。ちらっとこっちをふりかえったとき、少しいらついているように見えた。が、おれと話をした相手はたいていいらつくので、気にするほどのことではない。

侍従長《じじゅうちょう》のカーウィン卿はおじぎをして、近づいてきた。「ジャロンさま、腕《うで》が」

「わかってる」

「襲《おそ》われたとグレガーからききました。そのていどですんで、本当になによりです」

「事がおさまらないかぎり、このていどじゃすまなくなる」そうそう運に恵《めぐ》まれるとは思えない。

カーウィン卿の顔のしわが深くなった。おれのせいで、何本のしわが刻《きざ》まれたのだろう？　必要以上に多い気がする。

おれはカーウィン卿にいった。「明日の朝、評議員《ひょうぎいん》たちを集めてくれないか？　グレガーは味方してくれそうにないんで、評議員たちに直接《ちょくせつ》うったえたいんだ」

カーウィン卿は顔をしかめた。「じつはそのこともあって参ったのです。グレガーが先ほど評議員たちを召集《しょうしゅう》しまして、目下、評議会《ひょうぎかい》がひらかれております」

「国王抜きで？」おれは小声でつぎつぎと新しい悪態《あくたい》をついてから、着がえるために立ちあがり、ぬれた上着を脱《ぬ》ぎはじめた。腕《うで》の痛《いた》みにひるむのを見て、カーウィン卿《きょう》が近づいてくる。

「評議員《ひょうぎいん》たちは、ぐずぐずしていられなくなったのです。王の座《ざ》にあるかぎり、あなたさまがねらわれるのですから」

「いや、王であろうとなかろうと、おれ個人《こじん》がねらわれるんだ」おれは力をこめてつけくわえた。「カーウィン卿、着がえを手伝ってくれ。評議会に出る」

7

数分後、おれは謁見室《えっけんしつ》のドアをいきおいよくあけた。十八名の評議員は全員そろっていた。失脚《しっきゃく》したベルダーグラスの席にはグレガー総《そう》隊長がちゃっかりすわっている。だがおれはベルダーグラスとコナーの後任《こうにん》をまだ選んでいないし、しばらく選ぶつもりもない。少なくとも、おれを見かけるたびに、ぜひ自分を後釜《あとがま》にと売りこむやつがいるうちは選ばない。どんな会話がかわされていたのか知らないが、謁見室は水につっこんだ炎《ほのお》のように瞬時《しゅんじ》に静まり、全員しぶしぶという感じでおれにおじぎや会釈《えしゃく》をした。ついでに呪《のろ》いの言葉をつぶやいて、高貴《こうき》な息を汚《けが》しているにちがいない。

「この会議におれを招《まね》くのを忘《わす》れたやつは、打ち首だな」王座《おうざ》に乱暴《らんぼう》にすわりながら、おれはいった。「で、どいつだ？」

大多数の評議員は、とつぜん、衣服の折り目を真剣《しんけん》にながめはじめた。それとも、おれを見ないようにしているのか。沈黙《ちんもく》が流れても、おれはちっともかまわない。右側のいちばん近い席には、ヘンタワー卿がすわっていた。おれはヘンタワー卿を冷たく見すえ、落ちつきをなくす卿の様子を楽しく見物させてもらった。

グレガー総隊長が緊張《きんちょう》をとこうと声をあげた。「陛下《へいか》、なにぶんにも急な会議でしたので。お気を悪くしないでいただきたい。陛下が出席をお望みだとわかっていれば――」

「望んだことは一度もない」おれはグレガーの言葉を訂正《ていせい》した。「それでも来てやったんだ。で、議題は？」

評議員《ひょうぎいん》たちはまたしても、衣服や、自分の手や、床《ゆか》のタイルに心をうばわれた。おれの質問《しつもん》に答えずにすむなら、なんでもいいのだ。

「レディー・オーレイン」と、おれは指名した。「マダラフクロウの交配について話しあうために集まったと考えて、よろしいですかね？」

女性《じょせい》評議員のレディー・オーレインは口ごもってから、落ちつきをとりもどし、早口でしゃべった。「あの、陛下《へいか》、今夜、暗殺未遂《みすい》事件《じけん》がございました」

「知ってますよ。その場にいたんで」おれはグレガー総《そう》隊長を見つめた。少なくともグレガーは、おれを見かえすだけの勇気があった。「なぜ城《しろ》に海賊《かいぞく》が入りこめたんだ？」

「いま、こうしているあいだにも、調べております」

「でも、あんたが直接《ちょくせつ》調べてるわけじゃない」と、おれはあたりを見まわした。「ここにいる評議員のだれかを、疑《うたぐ》っているのでないかぎり」

「めっそうもない」と、グレガーはせきばらいをした。「犯人《はんにん》は、かならず、つきとめます」

「犯人は海賊。アベニア国のバーゲン王が、城内《じょうない》へ手引きした海賊だ」

おれの言葉に、息をのむ音がつぎつぎとあがる。レディー・オーレインがたずねた。「証拠《しょうこ》はあるのですか？」

「証拠を見つけるのは、総隊長の仕事だ」おれはグレガーを指さしながら答えた。「グレガーからきいていないかもしれないが、さっきバーゲン王と話をしたんだ。バーゲン王には、いずれカーシア国を攻撃《こうげき》すると脅《おど》された」

「バーゲン王がなぜそんなことを？」と、グレガーがたずねた。

「わかっているくせに。おれを脅して、領土《りょうど》をせしめるためだろ」

グレガーは動揺《どうよう》するかと思いきや、平然としていた。「バーゲン王はまちがいなく〝攻撃〟という言葉を使ったのですか？　別の意味でそういったのでは？」

「つまり、前向きな意味でいったってことか？　愛情《あいじょう》のこもった攻撃とか、善意《ぜんい》にもとづく攻撃とか？　おいおい、グレガー、相手の真意はわかってるさ」

「思いこみではないのですか」テーブルの奥《おく》にすわっていた若手《わかて》の評議員ウェッスルブルックが、異《い》をとなえた。「そのていどの理由では、確信を持てません」

グレガーがテーブルに両手をついて、身を乗りだした。「ジャロンさま、われわれがもっとも心配しているのは、もちろん御身《おんみ》の安全です。すでに評議員の方々には、陛下の身が危険《きけん》にさらされたことを説明しました。われわれに案があります」

「案？」さぞ名案だろう。

評議員のターマウス卿《きょう》が声をあげた。「まず、海賊にベビン・コナーを引きわたすことに決めました。海賊ともめたくなければ、あるていど譲歩《じょうほ》しなければなりません」

テーブルの向こうからグレガーがつづけた。「もちろん陛下《へいか》の命は、お守りしなければなりません。ですので、陛下は海賊《かいぞく》に引きわたさないと決めました」

おれはにやりとした。「えんえんと議論《ぎろん》して、しぶしぶたどりついた結論《けつろん》なんだろ」

おれのじょうだんに数人はほほえむと思ったのに、だれひとり、にこりともしない。そもそも議論すらしなかったのかと、首をかしげたくなった。

「さしせまった脅威《きょうい》がすぎさるまで、陛下には身をかくしていただくのがいちばんだと、評議員《ひょうぎいん》の方々は強く思っています」と、グレガー。「たとえどれだけ長引こうとも、われわれは陛下の身をお守りします」

「長引くって、いつまでだよ？」そろそろ堪忍袋《かんにんぶくろ》の緒《お》が切れそうだ。「また四年か？　それとも今度は四十年か？」

グレガーはそれに答えることなく、つづけた。「最後になりますが、海賊が陛下の身柄《みがら》をもとめる原因《げんいん》を、とりのぞかなければなりません」深呼吸《しんこきゅう》をはさんで、切りだした。「陛下が成人するまで宰相《さいしょう》を立てるべきだと、自分が提案《ていあん》しました。陛下に王の権限《けんげん》がなければ、海賊は陛下を殺しても得るものはありません」グレガーは返事をもとめてこっちを見たが、おれがだまっているのでつけくわえた。「お気に召《め》さないかもしれませんが、すべては陛下の命をお守りするためです」

宰相ときいた瞬間《しゅんかん》、胸《むね》の中で心臓《しんぞう》がぴたっと止まった。むくむくとわきあがってきた新たな怒《いか》りを、どこにぶつけたらいい？　事前にこうなると教えてくれなかった侍従長《じじゅうちょう》のカーウィン卿《きょう》にか？　おれを王座《おうざ》から引きずりおろす計画を立てているのに、いちばん忠実《ちゅうじつ》な家来のふりをしているグレガーにか？　評議員たちがおれよりグレガーのほうを信頼《しんらい》する原因を作った、おれ自身にか？　やはり、グレガーだ。グレガーには、これまでもさんざんいやな思いをさせられてきた。

そのとき、ターマウス卿が口をひらいた。「ジャロンさま、この計画に賛同《さんどう》していただけますか？」

おれは、ひじかけを指でたたいた。「ことわる」

「どの部分がお気に召さないのです？」と、グレガー。

「あんたが話しはじめたところからだ」おれは立ちあがり、部屋の中を歩きはじめた。「第一に、おれの家族の暗殺の全貌《ぜんぼう》をつかむまで、コナーは引きわたしてはならない。コナーは、真実をつかむゆいいつの手がかりだ。ダバーニス・オイルは――」

「そんなことはどうでもいいと、コナー本人がいっていたではありませんか」と、グレガーが声を張《は》りあげた。「なぜどうでもよいことばかり、やっきになって追いかけるのです？　本当の問題は、海賊をどうやってカーシア国から遠ざけておくかということなのに」

「同じことだろ！」おれは、どなりかえした。「全部つながっているのがわからないのか？　コナーの話は、どこかおかしいんだ！」コナーとかわした会話が、ずっと心に引っかかっていた。あのとき、おれはなにかに気づくべきだった。コナーの言葉に裏《うら》があるのか？　それとも口調か？　気になるのに、手がかりがまったくつかめない。

「コナーの話におかしなところなどありません。陛下《へいか》はあまりにも情緒《じょうちょ》不安定です。おかしいのは陛下のほうです！」グレガーははっとし、声をおさえた。「つい声を荒《あら》らげてしまいました。陛下、どうかおゆるしを。心にもないことをもうしあげてしまいました」

心にもない、というのはうそだ。評議員《ひょうぎいん》たちもコナーと同じ意見なのは一目でわかる。おれの味方は、部屋の隅《すみ》にひっそりと立っている侍従長《じじゅうちょう》のカーウィン卿《きょう》だけらしい。

さまざまな感情《かんじょう》をのみこんで、静かにいった。「おまえは、海賊《かいぞく》がおれの命をねらう理由を誤解《ごかい》している。おれがかくれようがかくれまいが、王であろうがなかろうが関係ない。海賊はコナーから四年前に頼《たの》まれた仕事をやりとげる気なんだ。おれを殺さないかぎり、連中は満足しない。交渉《こうしょう》でどうにかなる話じゃない」

「お父上は、つねに交渉で事をおさめてきましたよ」と、レディー・オーレイン。

「父上のやり方は、まちがっていた！」はっきりいうのは、初めてだ。そんなこと、まともに考えたこともなかったのに——。背筋《せすじ》をのばしてつづけた。「そもそもわが国を滅《ほろ》ぼすことしか考えていない相手と、交渉できるはずがないんだ。おれについてきてもらいたい。いま、この国を守らなければ、海賊だけでなく、すぐにアベニア軍も襲《おそ》ってくる」

「だからこそ、海賊が襲ってくるそもそもの理由をとりのぞくことが、解決策《かいけっさく》になるのです」グレガーは、まっすぐおれのほうを向いて立ちあがった。「ジャロンさま、評議員の方々は、いかなる戦争もこの問題の解決策とはみなしません」

おれは、がくぜんとして評議員たちを見つめた。「海賊はすでに今夜から、わが国と戦争を始めたんだ。現実《げんじつ》から目をそむけても、平和にはならないんだぞ」うなずきかえす顔もあったが、数は少ない。

「戦争をさける方法を見つけますよ……陛下抜《ぬ》きで」グレガーの声は冷たかった。

牢獄《ろうごく》でのコナーの言葉が頭をよぎった。おれが死ねば、カーシア国はたぶん戦争をさけられるだろう。だれにとっても都合のいい選択肢《せんたくし》だ。そう、おれ以外にとっては。

おれは反抗《はんこう》的にあごをつきだした。「もう、決をとったのか？」

グレガーは首をふった。「陛下に城《しろ》の外にかくれていただくのがいちばんですが、それがおいやならば、成人して王座《おうざ》に復帰《ふっき》されるまで宰相《さいしょう》を立てることもできます。ジャロンさま、どうか抵抗《ていこう》しないでいただきたい。ここに陛下の味方はおりません」

これもコナーがいったとおりだ。「あんたが宰相になるのか？」

グレガーはまたせきばらいをした。「戦時とあらば、自分がふさわしいでしょう。いずれこの国の王妃《おうひ》となられるアマリンダ姫《ひめ》が全力で応援《おうえん》してくれますし、評議員の方々も太鼓判《たいこばん》をおしてくれるはずです」

「姫はまだ妃《きさき》じゃないだろうが」

侍従長のカーウィン卿がおれとグレガーのあいだに進みでて、グレガーのほうへ向きなおった。「目下、評議員には空席がふたつある。ひとつは、ファーゼンウッド屋敷《やしき》でジャロンさまを見つけたら殺していたであろう評議員のもの。もうひとつは、実際《じっさい》にジャロンさまの家族を殺した評議員のものだ。なのに、決をとってしまってよいものか？　たしかにジャロン王はお若《わか》いが、わたしはこの部屋にいるだれよりも、ジャロン王のことを信頼《しんらい》しておる」

「願わくば、いつの日かわれわれも、ジャロン王を信頼できるようになりたいものです」グレガーはそういうと、またおれのほうを向いた。「成人になられるまでのことですよ、ジャロンさま。あなたのことを思えばこそです」

おれはいいかえしてやろうとしたが、カーウィン卿《きょう》がおれの腕《うで》に手をおき、ここまでにするようにとおさえた。カーウィン卿がとめたのは正解《せいかい》だった。おれに勝ち目はない。

これで、おれに残された選択肢《せんたくし》はひとつになった。その内容《ないよう》を考えただけで、早くも手のひらが汗《あせ》ばんでくる。まるで自分の墓《はか》の奥底《おくそこ》に――とても這《は》いあがれない墓の底に――ぽつんと立っている気分だ。それでも這いあがらなければ。その第一歩で対する相手は、ここにいる評議員《ひょうぎいん》たちだ。

すでに答えは予想がついていたが、おれは意識《いしき》して拳《こぶし》をゆるめ、グレガーを見た。「城《しろ》を出ろというんだな？」

「はい、夜が明けたら、すぐに。われわれは今夜の一件《いっけん》をきっちりと調査《ちょうさ》してから、この問題の解決《かいけつ》に向けて、外交努力を進めます」

おれは首をふった。「宰相《さいしょう》について決をとるのは、調査が終わってからにしろ。海賊《かいぞく》からは十日間の猶予《ゆうよ》をもらっている。九日間待ってくれ」

グレガーはためらったが、カーウィン卿がいった。「それは問題なかろう。まともな調査ならば、それより早く終わるはずがない」

「姫《ひめ》はどうするんだ？」おれはグレガーにたずねた。「姫の身の安全は？」

「今夜ねらわれたのは陛下《へいか》であって、姫ではありません。姫はここにいれば安全です」グレガーはそういって、つけくわえた。「陛下、この計画にしたがってくださったのは、正しいご判断《はんだん》です」

おれはゆっくりとうなずいてみせた。「おれが逃《に》げたがっているように見えるか？」

「すぐにもどれますよ。見ていてください。すべて丸くおさまりますから」

8

謁見室《えっけん》をひとりで出た。神経《しんけい》が高ぶっていて眠《ねむ》れそうにないが、今夜のうちにやるべきことをかたづけるには疲《つか》れすぎている。

アマリンダ姫《ひめ》と顔をつきあわせるのだけは、さけたかった。だが姫は、評議会《ひょうぎかい》が終わるのを廊下《ろうか》で待っていたらしい。軽くうなずいてあいさつしてから、声をかけた。「どの評議員を待っているのです？　それとも、おめあてはグレガー総《そう》隊長ですか？」

おれを見つめた瞬間《しゅんかん》、アマリンダ姫のアーモンド色の目が不快《ふかい》そうに細められた。姫はきわだって美しく、まっすぐ見つめるとどぎまぎしてしまうので、めったに見ないようにしている。

「あなたと話をしにきたのよ」姫の声は怒《いか》りがこもっていた。「イモジェンからきいたわ。なぜ、あんなひどいことを？　イモジェンは、なにもしていないのに」

おれも姫のほうを向いて、怒りをぶつけた。「じゃあきくけど、コナーは姫じきじきに食事を運んでもらえる立場なのか？」

「あれは、今夜のあなたの食事。わたくしといっしょにとるはずだった夕食よ！」それをいわれると反論《はんろん》できない。この一週間はほぼ毎回、口実を作っては、姫との食事をさけてきたのだ。姫の怒りがしずまった。

「いっしょに食べたかったわ。そうすれば話ができたのに」

姫とすごせる時間をあっさり捨《す》てたことを後悔《こうかい》した。「わかったよ。そろそろ話をしてもいいころだ」

姫をエスコートしようと腕《うで》を出し、ならんで廊下を歩きはじめた。言葉を思いつかないまま、数秒がすぎた。姫も気づまりなようだ。ようやく姫が口をひらいた。「あなたは、カーシア国のために尽《つ》くしたいと思っている。それは、わたくしも同じ。なのになぜ、おたがい、こんなに気持ちがすれちがってしまうの？」

それは、姫がおれを殺そうとした男に食事を運んで、なぐさめているから。しかも、おれから王座《おうざ》をとりあげようとしている別の男を信用しているからだ。

姫の質問《しつもん》には答えず、別の質問を返した。「葬儀《そうぎ》はどうだった？　まだ、くわしくきいてないんだ」

姫はくちびるを引きむすんでから、いった。「すてきだったわ。家族の仕打ちに腹《はら》を立てていても、参列しないのは無礼よ」

「べつに怒《おこ》ってないし、参列したくなかったわけでもない」

「じゃあ、家族の葬儀よりも重要なことってなに？　あなたは出るべきだった。半死半生でたおれていたのでないかぎり」

足をとめて姫を見つめたら、姫がおれのいいたいことを悟《さと》って、息をのんだ。「えっ、まさか、本当にたおれて……？　ごめんなさい、なにも知らなくて。わたくしたち、どうすればいいの？」

わたくしたち——。一瞬《いっしゅん》、その言葉に胸《むね》をつかれた。グレガー総隊長を信頼《しんらい》しつつ、おれとの絆《きずな》も深めたいと思ってくれているのか？

「まずは、イモジェンを助けてやってくれないか？　必要な物をとりそろえてやってくれ。城《しろ》の外で不自由なく暮《く》らせるように」

「イモジェンをここにおいてあげて。あなたを怒《おこ》らせるようなことをしたとしても、わたくしの友だちであることに変わりないわ。イモジェンには、ほかに行くあてがないのよ」

「ここにおくわけにはいかないんだ」おれはつぶやいた。「もう決めたんだ」

「でも、なぜ――」アマリンダ姫《ひめ》はそういいかけたが、おれからは説明できない事情《じじょう》があると悟《さと》ったのか、言葉をのみこんだ。「わかった。助けるわ」

「終わったら連絡《れんらく》してくれ。あとで話のつづきをしよう」ほかのことはともかく、アマリンダ姫にはおれの計画を打ちあけておきたい。

姫をイモジェンの部屋まで送っていかないのは無礼だったが、今夜はイモジェンに近づきたくないので、会釈《えしゃく》をかわして別れた。すると数秒後、姫の近くでグレガーの声がした。「これはこれは姫さま、お送りしましょう。どちらまで？」

アマリンダ姫はうれしそうにあまい声を出し、グレガーの申し出を受けいれた。この瞬間《しゅんかん》、姫との友好関係は、もろくもくずれた。今夜はもう、姫のほうから来るのでないかぎり、おれからは姫を探《さが》しには行かない。

自分の部屋にもどる前に図書室に立ちより、旅にそなえて何冊《さつ》か本を集めた。城の図書室は好きじゃない。

広い壁《かべ》の中央に、一年前に描《えが》かれたおれの家族の大きな肖像画《しょうぞうが》が飾《かざ》ってあるからだ。絵の中で両親はならんですわり、背後《はいご》に兄上が立っている。目あての本をすべて見つけたあと、少しのあいだ、肖像画を見つめた。この中のひとりでも、画家にポーズをとりながら、おれのことを思いだしただろうか？　気持ちを整理しようとはしているのだが、父上がおれにしたことをどうとらえたらいいのか、いまだに考えがまとまらない。父上はおれから、王室の一員として生きる人生をうばったのか？　それとも、おれの命を救ったのか？

息苦しくなり、ふりかえらずに図書室を後にした。

足早に自分の部屋にもどったら、モットがやきもきしながら知らせを待っていた。その視線《しせん》が、おれの手の中の本にそそがれた。題名をかくそうとしたが、まにあわなかった。「海賊《かいぞく》の本？　なぜ、そのような本を？」

「ほっといてくれ」

「たしかコナーに、本好きではないが興味《きょうみ》のある内容《ないよう》なら読めるといっておられましたな」

おれはモットをおしのけた。「夜明けに出発だぞ。トビアスもだ。知らせておいてくれ」

「どちらへ――」おれがふりかえったら、モットはいったん言葉を切って、つづけた。「ジャロンさま、お具合が悪いのでは？　顔色がすぐれませんぞ」

おれは部屋の奥《おく》へ進みながら、ゆっくりと首をふった。「いまはきかないでくれ。朝までに準備《じゅんび》を頼《たの》む」

9

夜が明けたら霧雨《きりさめ》で、すべてが灰色《はいいろ》に染《そ》まり、もの悲しく見えた。まるで太陽までも、おれの計画を恥《は》じているかのようだ。すでにグレガー総《そう》隊長が、おれのつきそいとして、おおぜいの衛兵《えいへい》と数名の召使《めしつか》いを集めていた。その表情《ひょうじょう》は、こんな情《なさ》けない形で城《しろ》を出ていくおれをあわれむ者から、無能《むのう》なおれへの軽蔑《けいべつ》をかくそうとしない者まで、さまざまだ。おれは、馬車の御者《ぎょしゃ》をつとめる二名の衛兵以外は即座《そくざ》にしりぞけた。

はげしく抗議《こうぎ》したグレガーには、「王国の半分もの人数を引きつれて、どうやってかくれるんだ？　モットさえいればいい。トビアスも、よほどうっとうしくならないかぎりは役に立つ」といってから、あたりを見まわした。「アマリンダ姫《ひめ》は？　いないのか？」

「姫はイモジェンの出立の準備《じゅんび》を手伝って、かなり遅《おそ》くまで起きておられました」

おれが知らないのに、なぜグレガーはそこまで知っているのか？　宰相《さいしょう》として認《みと》めてもらおうと姫にとりいっているにちがいない。いや、ほかにも理由があるのか。おれの知らない理由が。

最後の荷物が積まれている最中に、侍従長《じじゅうちょう》のカーウィン卿《きょう》がおれを脇《わき》へ連れだした。「お願いです、ジャロンさま、どうか行かないでください」

哀願《あいがん》されても、おれには首をふることしかできなかった。「こうするしかないんだ」

「少しお休みになれば、気が変わるかもしれないと思っていましたのに」

おれはカーウィン卿の肩《かた》に手をおいた。「気が変わりそうだったから、あえて眠《ねむ》らなかったんだ」

カーウィン卿の目が涙《なみだ》でうるんだ。「ジャロンさまのことは、昔からずっと……ずっと……お慕《した》いしてまいりました。四年前に行方不明になられたときは、体の一部を失った思いでした。ようやく、やっと、もどってきたのに、わずか一カ月でいなくなるなんて……。かならずもどってくると、どうか約束してください」

ほほえもうとしたが、むりだった。「これだけはいっておく。もしもどらなかったら、それは王として力が足りなかったからだ。その場合、カーシア国には宰相が必要だ」

カーウィン卿にとってなんの気休めにもならないし、自分でもむなしい。カーウィン卿は深ぶかとおじぎをし、おれからの知らせを毎日待っている、といった。できれば、そんな言葉はききたくなかった。よい知らせも悪い知らせも送るつもりはないのに。

モットとトビアスとともに馬車に乗りこんだあと、おれは御者にファーゼンウッド屋敷《やしき》へ向かうようにつげた。

「ファーゼンウッド屋敷？」モットがおどろいてたずねた。「グレガーは別の場所を考えていましたが」

「グレガーの指示《しじ》は受けない」おれは吐《は》きすてるようにいった。

トビアスがモットをちらっと見ていった。「お話があります」

「なんだ？」おれは、背《せ》もたれにだらしなくもたれかかった。「眠りたいから、小声で頼《たの》む」

「あなたさまと話をしたいのです」トビアスが念をおしたが、おれはすでに目をとじていた。

しばらくしておれが眠《ねむ》りについたと思い、トビアスがモットにささやく声がした。「ひどくお疲《つか》れのようですね」

「今朝、ジャロンさまの部屋の見張《みは》り番にたずねたところ、ジャロンさまは一晩中《ひとばんじゅう》起きていたようだといっていた。どのくらいかわからないが、部屋をこっそり抜《ぬ》けだして、行方不明になっていたらしい」

そう、おれは抜けだしていた。図書室の本を読むのに一晩かかった。アマリンダ姫《ひめ》が使いをよこし、直接《ちょくせつ》話ができればと思っていたが、なんの音沙汰《おとさた》もなかったのであきらめたあと、すぐにカーウィン卿《きょう》を探《さが》しにいき、おれの計画について細かいところまで打ちあけた。カーウィン卿は、思っていた以上に抵抗《ていこう》した。

「まさに飛んで火に入る夏の虫ですぞ！」

「いまだって、生きて焼かれてるようなもんだ！」と、おれはいいかえした。「カーウィン卿、おれにはこれしか道がない。だれにとっても、これがゆいいつの道なんだ」

最終的にはカーウィン卿もしぶしぶ賛成《さんせい》してくれた。今回の旅は持ち物が少ないが、カーウィン卿の承認《しょうにん》さえあればじゅうぶんだった。

おれの向かいにすわっていたトビアスが、モットにささやいた。「ジャロンさまの腕《うで》の具合は？」

「悪くはない。あと数日かかるが、治る」

「刺《さ》したのはローデンだとか？　あいつは王座《おうざ》をねらっていましたが、まさか、そこまでするとは」

「ローデンの腕を買いかぶるな」と、おれは小声で口をはさんだ。「軽く切られただけだ。刺されてない」

薄目《うすめ》をあけてにやりとしたが、モットもトビアスもほほえみかえしてはくれなかった。

しかたなく目をとじて、今度は本当に眠った。眠りこけたにちがいない。目がさめたら馬車はとまっていて、太陽は空高くにのぼっていた。馬車には、おれとモットしかいない。

「ファーゼンウッド屋敷《やしき》か？」

「はい、そうです」

おれはあくびをし、顔にかかった髪《かみ》をはらいのけた。「トビアスは？」

「屋敷で寝泊《ねと》まりする手配をしています。事前になにもいってなかったので、陛下《へいか》をお迎《むか》えする準備《じゅんび》ができていません」

「屋敷にまだだれかいるのなら、よけいな者は追いはらってくれ。数日でいなくなるから、そのあともどるようにいってくれ。それと、衛兵《えいへい》たちに丘《おか》でなにか見張らせてくれないか。岩でも、イバラのしげみでも、なんでもいい。このあたりをうろつかせたくないんだ」

「承知《しょうち》しました。ですが、衛兵たちは今は近くにおりません。われわれふたりきりですぞ」モットはくちびるをなめて、つけくわえた。「昨晩《さくばん》のローデンの襲撃《しゅうげき》について、話しあいませんと」

おれは馬車の窓《まど》から外をながめたが、なにかを見ているわけではなかった。「わかった。話をきこう」

モットは身を乗りだし、両手をくみあわせた。「昨晩、おっしゃいましたね。耐《た》えられないか、ありえないか、どちらか選ぶしかないと。どちらを選ばれたのです？」

答えるわけにはいかないので、肩《かた》をすくめるだけにした。「まあ、前にもいったけど、耐《た》えられない選択《せんたく》は……やはり耐えられない」

「では、ありえない選択というのは、海賊《かいぞく》相手の計画とみてまちがいないですね」

「いまは、きかないでくれ」

「どうか、わたしにご用命を」モットがここまで思いつめた目をしているのは見たことがない。「ジャロンさま、命じてさえくだされば、悪魔《あくま》のねぐらへでもお供《とも》します」一呼吸《ひとこきゅう》入れて、つけくわえた。「あるいは、海賊のねぐらへも」

「わかってるよ」ささやくのが、せいいっぱいだった。

「声に恐怖《きょうふ》がにじみでていますぞ。どうかわたしを使ってください」

こわかった。正直、打ちあけてしまいたい。でも、モットに説得されて考えを変えるわけにはいかない。時間をかけて話しあったら、きっと説得されてしまう。

結局、「そこまでいうのなら、とにかく衛兵《えいへい》たちを遠ざけてくれ」というにとどめた。

モットはため息をついてから、ドアに手をのばし、馬車をおりた。モットがいなくなってから、おれも馬車をおり、コナー邸《てい》の敷地《しきち》の裏《うら》へぶらぶらと向かった。ここにもどってくることになろうとは——。みょうな気分だ。ファーゼンウッド屋敷《やしき》はなにも変わらないのに、おれの人生はまたしても根底からひっくりかえってしまった。

この屋敷ですごした記憶《きおく》は、まだ生なましく残っている。王族に復帰《ふっき》する代償《だいしょう》として、この屋敷で背中《せなか》に二本の傷《きず》を刻《きざ》まれた。一本はトビアスにやられた傷、もう一本の深いほうはモットにやられた傷だ。けれどいま、そのふたりは、おれにとって欠かせない存在《そんざい》になっている。

「ああ、ここにいらしたのですか」という声にふりかえったら、トビアスがおじぎをしていた。

「おじぎなんて、よしてくれ」

トビアスは腰《こし》をのばし、ぎこちなくほほえみながらおれに近づいて、ファーゼンウッド屋敷の裏手《うらて》をならんでながめた。真正面はコナーの部屋だ。いちばん快適《かいてき》な部屋なので、ここをすすめられるだろう。この屋敷で一晩《ひとばん》すごすつもりはないのだが。たとえすごすにしても、ぜったいあの部屋には泊《と》まらない。

「グレガー総《そう》隊長が、あなたさまの代わりに宰相《さいしょう》を立てようとしているそうで」

「ああ、そうらしいな」

トビアスは地面を蹴《け》った。「あなたさまは王になどなりたくなかったのですから、よいことかもしれません」

「そうかな？　喜べ、ということか？」といったら、トビアスは謝《あやま》った。ふたりで屋敷へ向かいながら、おれはトビアスにいった。「おまえを宰相にするべきかもな」

トビアスはくすくすと笑った。「とんでもない。ぼくは医者になりたいと思っています。あるいは教師《きょうし》。いい教師になれると思いますよ」

「ああ、おまえならなれるよ」

「問題は、城《しろ》には生徒役の子どもがいないってことです。いずれ、あなたさまとアマリンダ姫《ひめ》とのあいだに――」

「それはどうだろうな」

「まだ姫にうらまれているのですか？」

「うらまれているかどうかもわからない。姫の考えがぜんぜんわからないんだ」

「話をなさったんですか？」

おれはうんざりした顔をした。「おいおい、おまえまで、やめてくれよ」

「もうしわけありません」トビアスは謝《あやま》ってから、つづけた。「ジャロンさま、なぜここに来られたのです？昨晩《さくばん》の海賊《かいぞく》の本と関係があるんですか？」

いまはじっくり考えられないので、うなずいておいた。「うん、トビアス。大ありだ」

10

ファーゼンウッド屋敷《やしき》の中に入ってからは、できるだけモットとトビアスをさけた。これといった話題もないし、いろいろと考えることがあって、雑談《ざつだん》をするよゆうもない。

ほかにすることがないので廊下《ろうか》をぶらつくうち、とうとう屋敷の地下に行きつき、地下牢《ちかろう》の中に入った。なぜここに来なければならないと思ったのか、自分でもよくわからない。自由の身として、ここに立てるから？　いつでも好きなときに地下牢を出られることを、たしかめたかったから？

「ここにおりてこられるとは思いませんでした」

という声にふりかえったら、モットが階段《かいだん》をおりてくるところだった。モットは、おれのとなりに立って腕《うで》を組んだ。

「おれも思ってなかったよ」

「あなたさまは、この地下牢で、わたしを味方に引きいれたのですよ。コナーへの信頼《しんらい》がここでくずれたのです」

「なぜコナーなんかに仕えることになったんだ？」

「そうするものだと思いこんでいたのです。コナーがあのようなことをたくらんでいたとは、だんじて知りませんでした」

「計画を打ちあけられたことは一度もなかったのか？」

モットは少し考えてから、いった。「コナーは国王一家を殺害する一週間前、いっていました。王が評議《ひょうぎ》員《いん》たちを不審《ふしん》に思いはじめ、入城《にゅうじょう》のたびに所持品検査《けんさ》を義務《ぎむ》づけた、と。そのときは深く考えなかったのですが、いまから思えばそれが、コナーの計画をややこしくしたにちがいありません。事前に察知していれば、とめられましたのに」

おれはうなずき、ブーツのつま先で床《ゆか》を蹴《け》った。

モットは少し間《ま》をおいて、つけくわえた。「ジャロンさま、この地下牢《ちかろう》でわたしがしたことをゆるしてもらえますか？」

「あんたがムチをふるった相手はセージだ。ジャロンじゃない」モットが合点のいかない顔で首をふるので、さらにいった。「いまになってゆるしを乞《こ》うのは、おれが王になったからか？　孤児《こじ》のセージのままだとしたら、どうなんだ？」

モットはおれのいいたいことをようやく理解《りかい》し、背《せ》を向けた。シャツのボタンをはずしているようだ。「トビアスがあなたさまの背中《せなか》を切りつけたときのことを、おぼえておられますか？　窓枠《まどわく》にひっかかって切ったとおっしゃいましたな」

あれは真っ赤なうそだった。うそをつくはめになったことはいまだに悔《く》やまれるが、トビアスを王への野望から引きずりおろすには、それしかなかった。

「あなたさまはその日の食事をとりあげられただけで、トビアスはおとがめなしでした」と、モットはつづけた。「ですがコナーは、わたしが報告《ほうこく》せずにすまそうとしていることを知ると、こうしました」モットがシャツをおろし、背中のムチの傷《きず》をあらわにした。モットがおれにムチでつけた傷ほど深くはないが、激痛《げきつう》を味わったのはまちがいない。その傷を見て、おれも痛《いた》みを感じた。モットはすぐにシャツを元にもどし、おれから顔をそむけたまま、いった。「この傷は、ジャロンさまではなく、セージのために受けたものです」おれがなにかいう前に――モットにかけられる言葉など、なにもないのに――モットは地下牢を離《はな》れた。

モットとまた顔をあわせたのは、夕食時、コナー邸《てい》のこぢんまりとした食堂でだった。トビアスは料理人と食事の最終チェックをしていたので、モットとふたりきりだ。食堂に入っていったら、モットが立ちあがった。正面から向かいあうのは気まずくて、はす向かいに立った。

しばしの沈黙《ちんもく》のあと、こっちから口をひらいた。「おれがいまも生きのびているのは、ひとえに人生の道を踏《ふ》みはずしたからだ。これまでにしでかした数かずの悪さのおかげで、命びろいしたのかもしれない。でも、あんたを痛い目にあわせるつもりは、これっぽっちもなかった」

おれを見るモットの目には、悲しみがあふれていた。「ジャロンさま――」

「地下牢の件《けん》で、二度とおれに謝《あやま》るな」つづく言葉は、いうのがつらかった。「おれのほうこそ、ゆるしを乞《こ》わせてくれ」

「その必要はありません」

「ああ、いまはな」おれは、ちらっとモットを見た。「でも、あとで乞《こ》うことになる」

「なにか悩《なや》んでいらっしゃるのは、わかっていました。でも、われわれは友ではありませんか。なんでも打ちあけてください」

おれは首をふった。「そうはいかないんだ。友だからこそ、すべては打ちあけられないんだ」

そのとき、トビアスが三皿のシチューを盆《ぼん》にのせて入ってきた。気まずい雰囲気《ふんいき》を感じとったかもしれないが、表情《ひょうじょう》には出さなかった。「パンは焼く時間がなかったので、ありませんよ」いちばん大きい皿をおれの前におきながら説明した。

「これでじゅうぶんだ。さあ、ふたりともすわってくれ。今夜はほかならぬ友として食事をしよう」

それでも食事のあいだは気まずい沈黙《ちんもく》が流れた。ようやくトビアスが質問《しつもん》した。「きのうの晩《ばん》、ローデンを見ておどろきました？」

「一瞬《いっしゅん》、心臓《しんぞう》がとまるかと思った。どうせ再会《さいかい》するなら、心の準備《じゅんび》ができてからにしてほしかったよ」

トビアスはうなずいた。「王になられた晩のトンネルでの対決で、とどめをさしておくべきでした。なぜ逃《に》がしたのです？」

一口シチューを食べてから答えた。「きのうの晩までは、ローデンに襲《おそ》われるなんて考えもしなかったんだ。さすがにもう、そうはいってられないな」

「ローデンの目的は、ひとかどの男になることです。そのために陛下《へいか》を傷《きず》つけなければならないのなら、あいつはやりますよ。グレガー総《そう》隊長のいうとおり、かくれているべきではありませんか」

おれはトビアスをにらみつけた。「おれがそんな臆病者《おくびょうもの》だと？」

「もういい！」モットがおれにいらだち、スプーンを投げすてた。「王族だからかしこまるのはやめろと、あなたさまがいうのだから、意固地な若僧《わかぞう》としてあつかわせてもらいます。なぜ、ここに来たのです？　さあ、答えなさい！」

「答えなかったらどうする？」おれは、にやりとして腕《うで》を組んだ。「剣《けん》の決闘《けっとう》なら負けないぞ。それに、おれを部屋にとじこめたらどうなるかは百も承知《しょうち》だよな」

「そんなややこしいことを、だれがするものですか」モットも腕を組んだ。「友だちでいるのを、やめるまでです」

おれは満面に笑みをうかべた。「そいつは深刻《しんこく》な脅《おど》しだな」

「それだけじゃない。肩書《かたが》きだけで呼《よ》びかけ、命令されたら無言であきれ顔をする。いくらわたしを侮辱《ぶじょく》しても、二度と楽しめないようにしてやります」

「それはかんべんだな」おれはがまんできず、声をあげて笑い、モットも顔をほころばせた。おれはモットからトビアスへ、すばやく視線《しせん》をうつした。「本音で話しあうなら、飲み物がほしい。食料の貯蔵室《ちょぞうしつ》に、りんご酒の瓶《びん》が一本あったぞ。中身は半分しか残ってないが、ま、いいだろう。とってきてくれないか？」

トビアスがすばやく立ちあがり、食堂を飛びだした。

おれはモットへ視線《しせん》をもどした。「おれの話が気に入らなかったら、どうする?」

「陛下《へいか》の話が気に入ることなど、めったにありません。最悪の話だと覚悟《かくご》しておきますよ」

「その点は、ぜったい裏切《うらぎ》らないと思う」

トビアスがもどるのを待つあいだ、モットはすわったままもぞもぞしていたが、おれはほとんど動かなかった。数分後、トビアスがりんご酒と脚《あし》つきグラスを三つ持ってもどってきた。おれが受けとり、それぞれのグラスに酒をそそいだ。

いちばん酒が多いグラスをモットにさしだしたら、「それは、あなたさまが飲むべきです」といわれた。

おれは首をふり、グラスを強引にわたした。「これから話す内容《ないよう》が内容だから。たっぷりないと、怒《いか》りをのみこめないぞ」

モットは顔をしかめたが、おれに敬意《けいい》を表して乾杯《かんぱい》し、ふたりともおれの健康と長命を祈《いの》って酒を飲んだ。健康に関しては心配なかったが、長命に関しては、悪魔《あくま》が祈りをききとどけてくれたらありがたい。

だまっていたら、モットがせきばらいをして話をうながすので、モットを見て切りだした。「もしおれが九日後に海賊《かいぞく》に降伏《こうふく》しなければ、海賊はカーシア国を攻撃《こうげき》し、おれが死ぬか、あるいは海賊が全員死ぬまで、戦いがつづくことになる」

「戦争だ」トビアスがつぶやいた。

「すでに評議員《ひょうぎいん》たちは、戦争を支持《しじ》しないとはっきりいっている」おれは、ゆっくりと一呼吸《ひとこきゅう》入れた。「戦争をさけるいちばんの方法は、おれを海賊にさしだすことだ、と信じてもいる。だからこそ、評議員たちが指定したかくれ場所ではなく、ここへ来たんだ」

「あの方たちは宰相《さいしょう》を立てたいだけで、陛下に死んでほしいとまでは思っていないのでは」と、モットが反《はん》論《ろん》した。

「かもしれない。でもモットのいうとおりだとして、宰相が選ばれたら？　おれに危険《きけん》がおよばなくなると、本気で思うか？　おれはどこかの学校に追いやられ、カーシア警護隊《けいごたい》は崩壊《ほうかい》するぞ。ばかな評議員たちは、見て見ぬふりをするだけだ」

「ならば、評議員たちが宰相を立てないよう、阻止《そし》すればよいのでは」と、トビアス。

「成人するまでは阻止できない」と、おれは肩《かた》をすくめた。「どっちみち、すでに数で負けてる」

モットは眉《まゆ》をひそめ、割《わ》れるかと思うほどグラスを強く握《にぎ》りしめていた。「で、解決策《かいけつさく》を見つけたと？」

おれは身を乗りだした。けれど結局ひるんで目をふせ、少しためらってから、ふたりにつげた。「おれひとりで海賊の元へ行く。ふたりには、おれ抜《ぬ》きで城《しろ》にもどってもらいたい」

おれの言葉がふたりの頭にしみいるまで、長い沈黙《ちんもく》が流れた。先にモットが、ぞっとするほど静かな声でいった。「あなたさまが、そうやすやすと降伏するとは思えません」

「降伏はしない。一味にくわわるんだ」

「な、なんですと？」モットの目が見ひらかれた。「だめです、ジャロンさま。お願いですから、そこまでばかじゃないといってください」

〝ばか〟は自分でもきっぱりと否定《ひてい》できない特徴《とくちょう》だが、それでもかっとして、拳《こぶし》をテーブルに打ちつけた。

「ほかにどうしろっていうんだ！　ほかの解決策《かいけつさく》はおれが死ぬか、おれの国が崩壊《ほうかい》するか、どちらかなんだ。これしかない！」

「海賊《かいぞく》の根城《ねじろ》に乗りこむ？　海賊にみすみす殺されに行くだけですぞ。ほかになにができるのです？」

「海賊の忠誠心《ちゅうせいしん》を勝ちとれるとしたら、どうだ？　手なずけて味方にするんだ。そうしたら、もしアベニア国が攻《せ》めてきても――」

最後までいう前に、トビアスはあきれかえって鼻を鳴らし、モットは頭に水ぶくれでもできているのかといわんばかりに、おれをしげしげとながめた。

「いったいどうやって、敵《てき》の海賊を手なずけるおつもりで？」と、モットがたずねた。

「知るかよ！　でも、ほかの案よりはましだ」

「ほかの案とは？」

おれは荒々《あらあら》しく息を吐《は》いた。「四年前、コナーがおれを殺すためにやとったのは、デブリンという名の海賊だ。そいつはコナーがおれの家族を殺すのに使った毒薬を用意し、きのうの晩《ばん》は刺客《しかく》をさしむけてきた。もしそいつの忠誠心を勝ちとれなかったら、脅威《きょうい》の根をとりのぞくしかない」心臓《しんぞう》の鼓動《こどう》が高まるのを意識《いしき》しながら、つけくわえた。「デブリンを殺す」

少しのあいだ、おれの言葉が宙《ちゅう》をただよった。ほどなくモットが質問《しつもん》した。「それを、ひとりでやるおつもりで？」

おれはうなずいた。

モットがいきおいよく立ちあがり、いらいらと歩きまわって、つぶやいた。「海賊の元からもどってきた者はいない……ひとりもいない……」

「おれがいるじゃないか。四年前にもどったぞ」

モットは、おれのすぐ前で立ちどまった。「あなたさまは、海賊たちが近づく前に船から逃《に》げただけ。たんに運がよかっただけです」

トビアスは、おれの理性《りせい》にうったえた。「身元がばれたら、どうするのです？」

「ローデンともうひとりの刺客は、船で海に出ている。ほかの海賊はおれの名前を知っているだろうが、顔までは知らない」

「無茶だ」とモットが首をふった。「ゆるしません！」

その一言が、おれの怒《いか》りを燃《も》えあがらせた。「だれがゆるしてくれといった！　許可《きょか》などいらない。本当のことをいえというから、計画を打ちあけただけだ！」

「みすみす殺されに行く計画ですぞ！」

「なにもしなくても殺される。城《しろ》に残って見て見ぬふりをしても、どうせ殺されるんだ！」

モットの顔は真っ赤になっていた。もしおれが王でなかったら、頭を冷やせと壁《かべ》にたたきつけられていただろう。けれどそうはいかないので、モットは深呼吸《しんこきゅう》をして椅子《いす》にすわり、両手を組みあわせた。

「もう、お決めになったので？」

「ああ、決めた」

「では、わたしも決めました」モットはまっすぐおれを見つめ、おれが一言もききもらさないよう、ゆっくりとしゃべった。「行かせるわけにはいきません……おひとりでは」

おれは拳《こぶし》を握《にぎ》った。「王として命じる。ひとりで行かせろ」

「お言葉ですが、今回のご命令は、いつも以上に無茶です。ここまで無茶な計画を思いつくこと自体、あっぱれですな。陛下《へいか》を引きずってでも、ドリリエドまでもどりますぞ。それがいやなら、この場でわたしを殺してください」

「ふざけるな。ほかにだれがトビアスを無事に送りとどけてくれるんだ？　トビアスは、道ひとつ、まともにわたれないんだぞ」

「わたれますよ」と、トビアス。

モットはほとんど反応《はんのう》せず、おれからいっときも目をそらさなかった。「ジャロンさま、理性《りせい》に耳をかたむけてください。あなたさまは、わが国王です。そのような計画をみとめろなどと、無理難題《むりなんだい》をいわないでいただきたい」

モットをにらみつけるおれの視線《しせん》が熱をおびた。「やはり宰相《さいしょう》が必要だとか、王の世話をする子守もいるとか、いいだすんだろ」

「必要かもしれませんな」大きなため息をつけば、おれの気を変えられるとでもいいたげに、モットは派手《はで》にため息をついた。だまって消えるのはひどい仕打ちだと思ったのだが、計画を打ちあけなければ今夜は楽しめたはず。いわなければよかった。

これ以上なにも引きだせないので、モットはおれの腕《うで》をつかみ、見あげたおれにつげた。「どうしても行かなければならないのなら、わたしも連れていっていただきます。なにがあろうと、ひとりでは行かせませせん。ばかな頭で考えた、どれだけ無茶な計画でも、わたしを組みいれていただきます」

モットの腕をふりほどき、もう片方《かたほう》の腕をふりまわしたら、りんご酒の瓶《びん》をひっくりかえしてしまった。酒が床《ゆか》にこぼれ、モットがよけようと後ろに飛びのく。

おれは悪態《あくたい》をついて立ちあがった。「モット、朝まで待ってくれ。ばかな頭はずきずきするし、今夜は疲《つか》れきっていて、計画の変更《へんこう》まで考えられないんだ」

モットはうなずき、おれに気を変えるひまをあたえず、おやすみなさいませといった。だが計画を変更するつもりなどはないので、よけいな心配だった。頭がずきずきするのは本当だし、疲れているのはまぎれもない事実だが、一晩《ひとばん》たとうが一カ月たとうが、ひとりで海賊《かいぞく》の元へ行くという決意は変わらない。

11

その晩遅《ばんおそ》く、トビアスは眠《ねむ》りこけていて、おれが部屋に忍《しの》びこんでも気づかなかった。それほどたくさん酒をそそいだわけじゃなかったが、その酒にはコナーの事務室《じむしつ》で見つけた睡眠薬《すいみんやく》を少しまぜておいたのだ。

腕《うで》をゆさぶったら目をあけ、ぎょっとして起きあがった。くちびるに指を立て、だまっていろと注意したが、トビアスはひそひそ声でもうるさかった。「ええっ、ジャロンさま？　どうしたのです？」

「だまってきけ。いいな？」

トビアスがぎこちなくうなずき、ベッドから起きだすあいだに、おれは机《つくえ》のそばの椅子《いす》に腰《こし》かけた。トビアスの心臓《しんぞう》の鼓動《こどう》が、ここまできこえる。いや、おれの心臓の音か？

だまってきけといったのに、トビアスは先にしゃべりだした。「やはり行かれるので？　計画を変更《へんこう》するとモットにいったのに」

「疲《つか》れきっていて、計画の変更について考えられないといっただけだ。そこまではいってない」

「ですが、モットのいいぶんも正しいですよ。海賊《かいぞく》の元からもどってきた者はいないんですから。デブリンをたおせたとしても、ほかの海賊たちからどうやって逃《に》げるんです？」

おれは急に不安になって顔をしかめた。じつをいうと、逃げることまでは考えていなかった。おれが勝つ確率《かくりつ》はカーシア国にいてもたいして変わらないし、少なくともこの計画なら、おれのやり方で海賊たちに立ちむかえるということしか、わからない。

「せめてあと数日、じっくりと考えてください」

「そんなよゆうはない。評議員《ひょうぎいん》たちが宰相《さいしょう》について投票する前に手を打たないと、権力《けんりょく》を失ったおれにはどうしようもなくなる」

「時間が足りませんよ」

「ならば、だまってろ。おまえに頼《たの》みたいことがある」

「と、いいますと?」

おれは王の指輪をはずし、机においた。王冠《おうかん》をさずけられ、王の指輪の重さにおどろいたあの晩以来、はずしたのは初めてだ。「逃げかくれしているなんて、評議員たちに思われたくない。おれへの反対票が増《ふ》えるだけだ。朝になったら、モットといっしょにドリリエドにもどれ」整理棚《せいりだな》の上にそろえておいたおれの衣服のほうへ、あごをしゃくった。「ジャロン王になりすまして、もどるんだ。見た目は似《に》てるから、王の指輪をはめて馬車の暗がりにひそんでいれば、城《しろ》の正門はなんなく突破《とっぱ》できる。闇《やみ》にまぎれておれの部屋に行くんだ。かならず夜に到着《とうちゃく》しろ。だれにも会わずにすむよう、モットに頼め。病気だとか、恥《は》ずかしくてだれにも会いたくないとか、話をでっちあげてもらえ。だれかになにかきかれたら、王は快適《かいてき》な自分の部屋で海賊からかくれていたいのだとかなんとか、いっておけ」

「ジャロンさま、むりです」トビアスが首をふりながらささやいた。

おれはきき流して、つづけた。「正門で門番になにか質問《しつもん》されるかもしれない。符丁《ふちょう》をたずねる質問だな。門番はそうやって本物のジャロン王かどうか確認《かくにん》するんだ。符丁は、今朝、おれが変えてきた。王は夕食になにをお望みかと質問されるから、王の望みは知っている、夕食とは関係ない、と答えろ」

トビアスは、笑っている場合じゃないのににやりとした。「で、本物の王はなにをお望みなんです？」

「だまってしっかり話をきいてほしいとお望みだ。いいか、おまえが着ることになる服のポケットに、アマリンダ姫《ひめ》への手紙が入っている。それを姫にわたし、質問されたらできるかぎり答えろ。姫は腹《はら》を立てるだろうが、おまえが王になりすましていられるよう、力を貸《か》してくれると思う」

「腹を立てる？　それどころか、激怒《げきど》しますよ。それも、こっちのいうことを信じてくれたらの話です。もし王国を乗っとる気かと責《せ》められたら、どうすればいいんです？」

「手紙にすべて書いてある。アマリンダ姫なら、なんの問題もなく、必要な決断《けつだん》をくだせる。おまえは、おれの部屋に引きこもってさえいればいい。おれは国王になってからさんざんひとりですごしてきたから、だれも疑《うたが》わない」

「ひょっとして、そのつもりでずっと――」

おれはため息をついた。「トビアス、おれを理解《りかい》しようとするな。自分でも、よくわかってないんだから。ところで、おれたちがここにいたころに着ていた服は、どうなったかな？」

わざわざきかなくても、答えは知っていた。上等な服はとっくに召使《めしつか》いたちに盗《ぬす》まれていたが、セージとしてここに連れてこられたときに着ていた服は、おれが使っていた衣装《いしょう》ダンスの引き出しにまだ入っていた。あんなものは、だれもほしがらない。

おれは王の衣装を脱《ぬ》いで旅行かばんの上に放りなげ、セージの服を着た。初めて足を通したときは長すぎたぼろぼろのズボンが、いまはすっかり短くなっていた。シャツは以前コナーの召使いにつくろってもらったのに、ところどころほころびている。ブーツはまだはけるが、それはコナーに孤児院《こじいん》から連れだされる直前に盗んだ物だからだ。右のつま先に穴《あな》がひとつあいていたが、暴風雨《ぼうふうう》にでもならなければ困《こま》らない。

セージ時代の服を着て立つと、セージのすべてがもどってきたような気がした。すきがあれば人をだまし、いざとなればすらすらとうそをつける本能《ほんのう》と、いくら努力してもドブネズミていどにしかなれないという劣《れっ》等感《とうかん》が、よみがえってくる。

「むりです」おれが着がえおわると同時に、トビアスがいった。

「おまえがしくじったら、おれもしくじる。トビアス、やってもらわないと困るんだ。モットはおれといっしょに来たがるだろうが、それだけはだめだ。もしついてきたら、おれの正体がばれる。そのときは、おれの命が本気であぶない」

トビアスはゆっくりとうなずいた。「でも陛下《へいか》が出発したあと、モットの元にかけつけて報告《ほうこく》しないと、ぼくがモットに殺されます。じょうだん抜《ぬ》きで、本当に」

「解決策《かいけつさく》は考えてある。まあ、おまえは気に入らないと思うけど」おれはにやりとし、トビアスのベッドのシーツを細長く裂《さ》いて、腕《うで》を後ろにまわせとトビアスにつげた。「きつくしばるからな。そうでないと、モットにあやしまれる」

「かまいませんよ」と、トビアスは腕を後ろへさしだした。「ぼくがいうのも、なんですが」

トビアスをベッドにしばりつけ、猿《さる》ぐつわをかませたが、息が苦しくならないよう、少しゆるめておいた。

「しくじらないでくれよ」トビアスをしばりおえてから、声をかけた。「ぜったい、また会おうな」

そのあとすぐにファーゼンウッド屋敷《やしき》をそっと抜《ぬ》けだし、馬小屋から駿足《しゅんそく》のミスティックを出した。ミスティックはひたいに白い星がひとつあるのをのぞけば真っ黒で、いままでに乗ったどの馬よりも騎手《きしゅ》に忠実《ちゅうじつ》だ。手入れもいきとどいているので、ミスティックを見た者は、おれが盗《ぬす》んできたと思うはずだ。まあ、じっさい盗んだのだが。

鞍《くら》をおいてまたがり、数分後にはファーゼンウッド屋敷から出発していた。

とりあえず今夜は自由の身だ。

12

カーシア国の田舎《いなか》をひとりで馬で走るのは、深い水底からうきあがるような気分だった。自由な時間の一《いっ》瞬《しゅん》一瞬をあますところなく吸収《きゅうしゅう》し、呼吸《こきゅう》をするたびにどんどん息を吹《ふ》きかえす。冷たい風が顔をなで、変わりゆく光景とともに、おれを歓迎《かんげい》してくれる。たとえ夜でも、カーシア国は美しい。木々は根を張《は》って高くそびえ、曲がりくねる川や小川は田畑に緑と豊作《ほうさく》をもたらす。隣国《りんごく》がこぞって飢《う》えた目で、こっちを見るのも当然だ。

だが幸福に心を満たされていても、のんびりと乗馬を楽しむわけにはいかなかった。満月が道を照らしてくれるが、道のくぼみやでっぱりに気を配らなければならない。ここでミスティックに怪我《けが》をされたら困《こま》る。さらに雑木林《ぞうきばやし》の近くは、どこに危険《きけん》な盗賊《とうぞく》たちが野宿しているかわからない。こんな夜遅《おそ》くに旅人が通るとはだれも思わないから、盗賊も油断《ゆだん》しているだろうが、いつ目の前にあらわれてもおかしくない。こわくはないが、警戒《けいかい》はしていた。騒動《そうどう》にだけは巻《ま》きこまれたくない。

ミスティックを、ぎりぎりまでせきたてた。曙光《しょこう》が地平線にうっすらとひろがるまで、あと四時間しかない。暗いうちにアベニア国への国境《こっきょう》をまたぐのだ。まあ、それはだいじょうぶだろう。ミスティックは駿足で体力もあるし、荷物は軽い。脇《わき》に剣《けん》、腰《こし》にナイフを一本ずつ、あとは腰に袋《ふくろ》をしばりつけてあるだけだ。袋には予備《よび》の食料と、城《しろ》の金庫からわしづかみにしてきたガーリン硬貨《こうか》が入っている。

　ファーゼンウッド屋敷《やしき》から遠ざかるにつれて、天空の星ぼしの位置が少しずつ変化した。モットはいつ起きるだろう？　たぶん朝遅《おそ》くまで眠《ねむ》っているだろう。睡眠薬《すいみんやく》が効《き》きはじめた瞬間《しゅんかん》、やられたと気づいたはずだ。明日、おれの部屋が空っぽだと知ったら、悪魔《あくま》の呪詛《じゅそ》をかたっぱしからならべたてるにちがいない。そのあと、猿《さる》ぐつわをかまされたトビアスに気づくのだ。トビアスがモットを説得し、協力してもらえるといいのだが。いや、そんなことをいっている場合じゃない。モットには、なにがなんでも、おれのいう通りに動いてもらわなければ困《こま》る。

　不吉《ふきつ》な物音を初めて耳にしたのは、国境《こっきょう》まで一時間もかからない場所まで来たときだった。複数《ふくすう》の男の逆上《ぎゃくじょう》した声と、ひとりの女の悲鳴と、馬たちの乱《みだ》れた足音がした。遠くで、たいまつの炎《ほのお》がひとつ、ゆらめいている。おれは剣《けん》を引きぬき、ミスティックを音のするほうへ向かわせた。

　とつぜん悲鳴がやんだ。一瞬《いっしゅん》、すべての声がやむ。と、男がさけんだ。「もうひとりいるぞ！」

　そのときにはだいぶ近づいていたので、察しがついた。男は数名。全員アベニアなまりで、武装《ぶそう》している。ひとりが近づくおれに気づき、集団《しゅうだん》を離《はな》れて向かってきた。おれはそいつの剣を自分の剣でさえぎり、腕《うで》を深ぶかと切りつけてやった。男は悲鳴をあげ、闇《やみ》に逃《に》げこんだ。

　ほかの男たちは、とまどっているように見えた。踏《ふ》みこまれて、おどろいたのか。それとも、おれが最初の敵《てき》をあっさりとかたづけたからか。おれはみじんもひるまず、ミスティックを駆《か》け足で前進させ、別の男の背中《せなか》を切りつけた。

馬に乗った男たちは大混乱《だいこんらん》におちいったが、おれを逃がさないという点では乱れなかった。しかし、そもそもおれが逃げると考えたのが誤算《ごさん》だった。男たちはおれを生いしげった雑木林《ぞうきばやし》の奥《おく》へ追いこむつもりで、いっせいに攻撃《こうげき》してきた。ところがおれは、たいまつを持っていて片手《かたて》しか使えない男にねらいをつけ、ミスティックを前進させた。男はほおにぎざぎざの傷《きず》が一本あり、近づくにつれて醜《みにく》さがきわだった。男が剣を大きく横にふるったが、おれは腹《はら》に走った痛《いた》みを無視《むし》し、ミスティックをさらに近づけた。剣をふりおろしたら、男の手から剣もたいまつも落ち、さらに剣をつきだしたら、男の体のどこかに刺《さ》さった。別の男がおれの横に乗りつけ、自分の馬をミスティックに体当たりさせたが、ミスティックのほうががんじょうで、逆《ぎゃく》に向こうがよろめいた。おれはすっと横にそれ、片脚《かたあし》を切りつけた。男は悲鳴をあげて離れ、暗闇《くらやみ》へ逃げていく仲間を追って馬を走らせた。

背後《はいご》で枝《えだ》が一本折れるするどい音がし、おれは剣をかまえてふりかえった。また静まりかえったが、だれかいるのはまちがいない。ミスティックからおりて手綱《たづな》を引き、低木の茂《しげ》みへ近づくとちゅうで手綱を手放した。木の葉をかきわけ、かくれていた者を引きずりだして、刃《やいば》を向ける。

「さ、刺さないで!」

おどろいて一歩下がった。せいぜい六、七歳《さい》の少女だった。おれの胸《むね》ぐらいの背丈《せたけ》で、明るい金髪《きんぱつ》を背中まで垂《た》らし、飾《かざ》り気のない綿《めん》の寝間着姿《ねまきすがた》で、はだしだ。ベッドからあわてて逃げだしたのだろう。

即座《そくざ》に剣《けん》をおろして、しゃがんだ。「だいじょうぶ。もう心配ないよ。こんなところで、なにをしてるんだい？」暗くてよく見えないが、怪我《けが》をしている様子はない。「無事かい？」

少女はおれの手をとり、少し離《はな》れたところにある高いニレの木へと連れていった。その根元には、少女の母親らしき女性《じょせい》がたおれていた。息が浅く苦しげなのは、怪我をしているからだろう。最初にきいた悲鳴は、この女性の声にちがいない。

女性のそばにひざまずき、傷《きず》はないかと腹部《ふくぶ》をさぐった。女性はおれに気づいて目をあけ、おれの腕《うで》にふれてささやいた。「かまわないで……もう……だめだから……」カーシアのなまりがある。おれの国の民だ。

「だれにやられた？」

とたずねたら、女性はしばらく目をとじた。答えないのかと思ったそのとき、女性はまた目をあけ、つぶやいた。「このあたりの方じゃ……ないですよね……なにが起きているか……知らないなんて」

「ああ、ちがう」

女性はうなずいた。「アベニアの盗賊《とうぞく》です。夜、国境《こっきょう》を越《こ》えてきて……牛を盗《ぬす》んだり……住人を脅《おど》して……追いだしたり……」

おれは首をふった。「なぜドリリエドの連中は知らないんだ？　王は――」

「エクバート王は死にました。知らないんですか？　それに王はこのことを……もう何カ月も前から……知ってました」女性は背中《せなか》を丸め、苦しげにあえいだ。女性の体重をささえようと、背中の下に片手《かたて》を入れたら、生あたたかい血を感じた。大量の血だ。たぶん助からない。呼吸《こきゅう》がますます荒《あら》くなった。「夫は……殺されました。どうかニーラを……娘《むすめ》を……父へ……ライベスの父のところへ」

ニーラがおれの肩《かた》に小さな手をおいた。ライベスはここの北にある町で、立ちよったら数時間をむだにするし、町と名のつく場所には近よりたくない。だれかに正体を見やぶられかねないし、万が一モットが追ってきたら、痕跡《こんせき》を残すことになる。

だがニーラの母親がまた体を起こし、おれの腕にすがって声をしぼりだした。「お……お願いです」

「わかった。連れていく」たとえ遠回りになっても、やむをえない。おれの言葉に救われたかのように、母親はようやく体の力を抜《ぬ》いて目をとじ、息をひきとった。

ニーラがおれのそばにひざまずき、母親の肩にふれた。「死んじゃったの？」

おれは新たに怒《いか》りをつのらせながら、うなずいた。父上はこの状況《じょうきょう》をすでに知っていたのか？　グレガー総《そう》隊長は？　侍従長《じじゅうちょう》のカーウィン卿《きょう》は？　なぜだれもおれに報告《ほうこく》しなかった？

「おれの馬のそばにライラックの茂《しげ》みがある。お母さんのために、たくさんつんでおいで」

ニーラは無表情《むひょうじょう》で立ちあがり、ミスティックのほうへ向かった。そのあいだにおれは素手《すで》とナイフで春のやわらかい土を掘《ほ》った。ニーラの母親を埋めるのに、ゆうに一時間はかかった。墓《はか》に花をそなえたあと、おれはニーラを後ろに乗せてミスティックにまたがり、ライベスを目ざした。

ライベスのはずれに着いたとき、住人はすでに起きだし、田畑で働いていた。ライベスはアベニア国の侵《しん》略《りゃく》をまぬがれていた。沼地《ぬまち》があるので、だれもねらわないのだ。このあたりに来るのは初めてだが、のどかないい町だ。

ニーラは祖父《そふ》の家の場所を知らなかった。祖父が大農園主で、小作人が作物をおさめているということしか知らない。それをきいて、おれは思わずうめいた。ニーラの祖父はおそらく貴族《きぞく》。きっとおれが忌み嫌《いきら》っている、居丈高《いたけだか》で役立たずの貴族だ。

ニーラの祖父は、おれの家族の葬儀《そうぎ》に参列したのか？　参列したのなら、たぶんまだ首都のドリリエドにいる——。そう期待していいのか。もしライベスにもどっていたら、おれの正体がばれてしまう。だがまだドリリエドにいるとしたら、ニーラのことはどうすればいい？

ニーラは二時間ほど前からようやく眠《ねむ》くなってきたらしい。おれの前にすわらせ、両腕《りょううで》でささえてあげた。こぢんまりとした広場に入ったとたん、ニーラは背筋《せすじ》をのばし、目をこすってつぶやいた。「ここ……知ってる」

「おじいさんの家はどこか、思いだしたかい？」

「ううん」

肉をならべた屋台のそばで、馬をとめた。生肉のかたまりを見るとつい、似《に》たような肉を盗《ぬす》んで肉屋に殺されかけたときのことを思いだす。あれは人生最高の思い出ではなかったが、残念ながら最悪の思い出でもない。

「この子のおじいさんを探《さが》してるんですが」と、おれは屋台の女に話しかけた。「おじいさんは、たぶん――」

「あっ、ニーラかい？」女は屋台の奥《おく》から飛びだし、ニーラに向かって両腕をのばし、ニーラもその腕《うで》に体をあずけて抱《だ》きとられた。「あんた、ここでなにをしてるんだい？」泥《どろ》まみれのうえ、かわいた血がこびりついたおれを見て、女があやしむように目を細めた。

「この子のおじいさんを知ってるんですか？」

女はうなずき、町のはるか向こうの丘《おか》にそびえる屋敷《やしき》を指さした。「ルーロン・ハーロウさまだよ」

おれはミスティックからすべりおり、ニーラといっしょに乗ってくれ、と女に向かって手をさしだした。「そこに連れていってもらえませんか？」

おれは気づかなかったが、店にはほかの者もいて、女の代わりに店番についた。女はおれの手を借りてニーラをミスティックに乗せてから、自分もその後ろによじのぼった。

屋敷に向かう道すがら、女から情報《じょうほう》をききだそうとしたが、女はおれをだまらせ、ニーラに神経《しんけい》を集中した。そこでおれも、家族になにがあったのかを語るニーラの話に耳をかたむけた。ニーラの話と女の質問《しつもん》からすると、ニーラの両親はライベスに住んでいた数組の若《わか》い家族とともに、自分たちの農園を作るために町を出たらしい。だが農園が成功すると、すぐにアベニア人が略奪《りゃくだつ》するようになった。最初は単に作物や牛を盗むだけだったが、農夫たちが反撃《はんげき》を始めたら略奪は暴力的《ぼうりょく》になり、冬のあいだはいったんおさまったが、雪がとけるにつれてまた始まった。ニーラは母親に連れられて逃《に》げるとちゅう、父親が矢に射《い》ぬかれるのを目撃《もくげき》した。その母親は、昨晩《さくばん》おれが現場《げんば》にかけつける直前に剣《けん》で切られた——。ニーラはまだ幼《おさな》いのに、あまりにも多くの死を目の当たりにしていた。

「カーシア国のエクバート王は、アベニア人の略奪《りゃくだつ》を知っていたんですかね？」

というおれの問いを、女はあざ笑った。「王が、あたしらになにをしてくれたっていうんだい？　ハーロウさまは王とは面会できなかったけど、評議員《ひょうぎいん》のひとりとは話をしたんだ」

「評議員って、だれです？」

「だれだっていいだろ。ハーロウさまは、アベニア人といざこざを起こすな、農夫はだまっていまの場所を捨《す》てて奥《おく》へ行け、といわれたんだとさ」

アベニア人の略奪が父上の耳にいっさい入っていなかったことを祈《いの》りながら、おれは首をふった。もし父上が知っていて、なにもしなかったのだとしたら——。いや、そんなことは考えたくない。父上の国の治め方を知れば知るほど、父上が見知らぬ他人のように思えてきた。

13

ハーロウの屋敷《やしき》は、ファーゼンウッド屋敷と比《くら》べたらたいしたことはないが、とちゅうで見た家いえに比べたら壮麗《そうれい》だった。正方形の建物で、部屋数はたぶん十五から二十、がんじょうな造《つく》りで見晴らしがいい。幅広《はばひろ》の階段《かいだん》の先に、広いポーチと黒く塗《ぬ》られた両開きの扉《とびら》がある。父上がアベニア人の略奪行為《こうい》を知っていたかどうか、ハーロウにききたくてたまらない気持ちと、それよりもいまはアベニア国へ行くべきだという思いで、心を引きさかれそうだ。おれは両開きの扉を見つめ、アベニア国へ行くほうを選んだ。

馬からおりるのに手を貸《か》そうとしたが、女はいらないといっておりた。おいで、とニーラに腕《うで》をのばしたら、女におしのけられてしまった。「この子の世話は、あたしがやる」おれが下がったら、女はつけくわえた。

「あんたがどうこうってわけじゃないけど、どう見てもこのあたりの――」

そのとき、背後《はいご》で男の声がした。「孫娘《まごむすめ》はジョスにまかせる」ハーロウ本人にちがいない。背《せ》はモットと同じくらい高く、五十過《す》ぎだろうが、体つきは若《わか》い男のようにたくましい。刈《か》りこんだ濃《こ》い髪《かみ》は黒より白のほうが目立ち、目の端《はし》には長い笑いじわが何本もある。ハーロウのそばにひかえていた召使《めしつか》いのジョスが進みでて、ニーラを馬からおろした。ハーロウが孫娘ニーラの汚《よご》れたひたいを、片手《かたて》でやさしくなでる。ニーラのほおに涙《なみだ》がつたうのを初めて見た。ハーロウがうなずくのを見て、ジョスがニーラを中に連れていった。

「さて、次はきみだ」と、ハーロウがおれのほうを向く。

視線《しせん》を泳がせたおれをよそに、ここへ案内してきた女が先に口をひらいた。「ハーロウさま、ごらんのとおり、この子は――」

「ああ、疲《つか》れているようだ」と、ハーロウはおれの肩《かた》を片手《かたて》でしっかりとつかんだ。「ニーラの両親の居場所《いばしょ》を教えてくれるかい？」

どう答えようか、ためらって言葉を探《さが》すうち、おれの態度《たいど》からハーロウは事態《じたい》を察し、その目から大粒《おおつぶ》の涙《なみだ》がこぼれた。「そうか……。ニーラを連れてきてくれて、感謝《かんしゃ》してもしきれないよ。きみ……きみは……」しばらく言葉につまってから、ようやくいった。「いっしょにおいで」

ハーロウにあまりにも強く肩をつかまれ、脚《あし》が動かない。

「だいじょうぶだから」と、ハーロウはおだやかにいった。「さあ、おいで。お腹《なか》がすいているだろう」

そういわれるまで気づかなかったが、まともな食事を無性《むしょう》に食べたくなり、ハーロウについて屋敷《やしき》に入った。家の中の飾《かざ》りつけはあっさりしていて、趣味《しゅみ》がいい。左側の廊下《ろうか》に入り、ハーロウの事務室《じむしつ》らしきせまい部屋の前を通りすぎた。案内されて質素《しっそ》な食堂に向かったら、すでに召使《めしつか》いが、焼きたてのパンと牛乳《ぎゅうにゅう》の入った瓶《びん》を用意していた。

「ふだんから、ぜいたくはしないんだよ。それにしても、きみはずいぶんやせているね。ろくに食べていないんじゃないのかい」

「最近はそうでもないですよ」といいつつ、パンのかぐわしい香《かお》りに、王に即位《そくい》して以来初めて空腹《くうふく》をおぼえた。

「おきざりにしてもうしわけないが、ニーラの様子を見にいかないと。きみが食べおわる前にはもどってくるよ」

その言葉どおりハーロウは、おれが三杯《ばい》目の牛乳をがぶ飲みしているときにもどってきて、がつがつと食べるおれの様子に明らかに気をよくしてほほえみ、テーブルの向かいの席に腰《こし》かけた。じろじろながめるので、わざとだらけた姿勢《しせい》をとった。いまは、好印象をあたえている場合じゃない。

ハーロウはしばらくおれを観察してから、話しはじめた。「ニーラの父親のマシスがわたしの息子でね。がんこな子で、なにごとも自己流《じこりゅう》でないと気がすまなかった。それが、どんなにばかげていても……。ライベスを離《はな》れないでくれと、強く引きとめたんだが」と、ベストから金の懐中時計《かいちゅうどけい》をとりだした。使いこまれた古い時計だが、ハーロウには、かけがえのない宝物《たからもの》にちがいない。「二年前に町を出たとき、息子がくれたんだ。自分がこれから行くところでは、頭上の太陽の位置で時刻《じこく》がわかるといって」

ハーロウがしゃべるあいだ、おれは食事をする手をとめていた。ハーロウの顔には悲しみがあふれていたが、前に進もうとする決意も感じられた。おれが両親と兄上の死を知ったときと同じ表情《ひょうじょう》だ。ハーロウに声をかけた。「息子さんを助けられなくて、もうしわけない。状況《じょうきょう》がわからなかったので」

ハーロウはおれの言葉の意味をはかりかね、首をかしげていった。「せんさくするようで悪いんだが、きみはこのあたりの出身ではないね。夜中に外でなにをしていたのかな？」

「通りかかっただけです」

「アベニア人かい？」

「いいえ」

「じゃあ、盗賊《とうぞく》とか？」ためらうおれを見て、ハーロウは首をふった。「いや、ちがうね。服装《ふくそう》はそれらしいが、盗賊にしては爪《つめ》がきれいだし、髪《かみ》も整っている。こういってはなんだが、盗賊のようにくさくもない。最近、風呂《ふろ》に入っているね」


おれ自身を話題にすることだけはさけたい。「お孫さんは？　だいじょうぶですか？」

「悲しんでいるが、きちんと世話をすれば、いずれ立ちなおると思う」ハーロウは目をうるませ、つけくわえた。「きみは、あの子の命の恩人《おんじん》だ」おれは首をふりかけたが、ハーロウはさらにいった。「いや、恩人だ。話はニーラからすべてきいたよ。きみひとりで盗賊たちを撃退《げきたい》したそうだね」

「たいした敵《てき》じゃなかったんです」けんめいに感情《かんじょう》をおさえて答えた。すっかりくつろいでいるのに気づまりなのは、なぜだろう？　テーブルにナプキンをおいて、立ちあがった。「ごちそうさまでした。もう行かないと」

「あっ、シャツに真っ赤な血が」ハーロウは立ちあがって召使《めしつか》いを呼《よ》ぶと、近づいてきて、ことわりもせずにシャツをめくり、腹《はら》を横ぎる一本の長い切り傷《きず》をあらわにした。「敵とやりあったときの傷かい？」

おれは後ずさってシャツをおろしたが、シャツも切られていたので意味がなかった。「ほんのかすり傷です」

「かすり傷なら、そんなに出血しないぞ」

ハーロウは食堂に入ってきた召使いに、包帯とアルコールを持ってくるように命じた。どこにいるのか知らないが、悪魔《あくま》たちは声をあげて笑っているだろう。いいことをした見返りに、またしても、傷よりはるかに痛《いた》い手当てを受けることになろうとは！

「来客用の寝室《しんしつ》にお連れして、包帯を巻《ま》くように。寝室で心ゆくまで休んでもらってから、きちんとした服を用意しなさい」

おれはこばんだが、その甲斐《かい》もなく、召使いに食堂から連れだされた。疲《つか》れきっていたので、あらがう気力もなかった。

召使いに傷を洗《あら》ってもらう前に、シャツは自分で脱《ぬ》ぐといいはった。脱いだあとは、背中《せなか》の複数《ふくすう》の傷あとを見られないよう、ベッドにあおむけに横たわった。おれとしてはシャツを着ていたかったが、自分の血とニーラの母親の血で汚《よご》れていたので、洗濯《せんたく》しないかぎり使えない。

むだだとわかっていたが、少しでも気をまぎらわせたくて、召使いにぬるま湯で傷口《きずぐち》をそっと洗ってもらうあいだに話をした。

「ルーロン・ハーロウって、どんなご主人さま？」

「最高ですよ。やさしいし、寛大《かんだい》だし、誠実《せいじつ》ですし。ハーロウさまあってのライベスです」

「奥《おく》さんはいるの？」

「一年前にお亡《な》くなりになったんです……お客さま」このおれを〝お客さま〟などと呼《よ》ばなければならず、召使《めしつか》いはむせそうになった。

「息子さんのほかに子どもは？」

「いません。もうひとり、お子さんがいたんですが、何年も前に大変不幸なできごとで亡くされました。ぶしつけでもうしわけないのですが、あなたはハーロウさまの息子のマシスさまに、どことなく似《に》ています。マシスさまのほうが年上ですし、細かいところはちがいますが、マシスさまを知っている者なら、似てると思うでしょうね」

ハーロウがこんなに親切にしてくれるのは、そのせいかもしれない。おれを見ていると、自分が失ってしまったものを思いだすのだろう。さらに質問《しつもん》しようとしたが、召使いは、アルコールにひたしたスポンジを切り傷《きず》に軽くあてる作業にうつった。おれは激痛《げきつう》にわめいて背中《せなか》を丸め、やめないとなぐるぞ、と召使いにいった。召使いはスポンジをどけ、主人の命令どおり手当てを終えるべきか、それとも自分の身を守るべきかと、しばらくスポンジを見つめていた。

「スポンジをしまって、包帯を巻《ま》いてくれ。アルコールなら腹《はら》の傷にじゅうぶんしみこんだから、それがほかの傷にもちゃんとまわるさ」

召使いは包帯に手をのばした。「なにがあったか、きいてもいいですか？」

「だめだ」

召使いはそそくさと包帯を巻き、おれが体を洗《あら》えるよう、別のスポンジと鍋《なべ》いっぱいのぬるま湯を残し、「じゃあ、おひとりで、ごゆっくりどうぞ」と部屋を出ていった。

スポンジでできるだけ汚《よご》れを落としてから、召使いがおいていったローブをはおった。ローブ姿《すがた》では屋敷《やしき》を見てまわれないので、さっきの召使いが衣類を持ってくるまで、ベッドに寝《ね》そべって待つことにした。そう、眠《ねむ》るつもりはなかった。ところがふたたび目をあけたら、ぶあつい毛布《もうふ》が一枚《まい》、体にかけられていた。ベッド脇《わき》のテーブルのおき時計によると、昼をすぎている。うっかり寝入《ねい》ってしまった。

毛布をはねのけ、ベッドの上におかれた服に手早く着がえた。長袖《ながそで》の亜麻《あま》のシャツに、銀メッキの飾《かざ》りボタンがついた銅《あかがね》色の長いベスト。ウールのズボンはウエストが少しゆるかったが、最近のおれはどんなズボンもゆるい。革《かわ》のブーツはぴったりだ。ドアをあけたら、さっきとはちがう召使いが待っていた。「起きられるのですね？　ハーロウさまが食事をいっしょにどうかと、午後の食事を用意しています」

「おれの服は？」

「もう燃《も》やしました」

おれはうめいた。いま着ている服は新しく、清潔《せいけつ》で、いかにも金がかかっていそうだ。この服ではアベニア国には入れない。そもそもアベニア国には、とうに入っているはずだった。評議員《ひょうぎいん》たちがグレガーと決をとるまで、あと一週間しかない。

「ハーロウさまに、謝《あやま》っておいてくれ。すぐに出発しないといけないんだ」

「あなたの馬は、手入れをしている最中です。斬《き》り合いのあとなので、怪我《けが》をしていないか、じっくり調べたほうがいいのではないかと思いまして。食事を終えるころまでに、馬の用意をしておきます」

ならば、しかたない。「じゃあ、ご主人さまのところに案内してくれ」

テーブルには食事がずらりとならべてあった。量のわりに、意外にも三人分の食器しかない。すでにハーロウとニーラが席についていた。ニーラも体を洗《あら》っていて、表情《ひょうじょう》は暗いが、顔色はよくなっている。おれが食堂に入っていくと、ハーロウは立ちあがってあいさつし、席へと案内してくれた。

食堂でひかえていた召使《めしつか》いたちが、おれの皿にのせきれなくなるまで、料理を盛《も》ってくれた。見た目も香《かお》りもおいしそうな料理ばかりだ。テーブルに料理がそろうと、ハーロウは召使いたちに下がるようにいい、おれたちだけが残された。おれはさっさと食べてしまおうと思い、食事にとりかかった。

「まだ名前をきいてなかったね」と、ハーロウ。

おれはあたたかいパンをほおばったまま、しゃべった。「はい……そう……ですね」

ハーロウは心得顔でほほえんだ。「名前なんてどうでもいいのかな？　まずはわたしについて、多少なりとも知っておきたいだろうね」おれが顔をあげたら、ハーロウがつづけた。「我《わ》が家は代々《だいだい》ライベスで暮《く》らしてきた。この田舎町《いなかまち》の住人と助けあって暮らしている」

「貴族《きぞく》なんですか？」

とたずねたら、ハーロウは肩《かた》をすくめた。「まあ、いちおうは。だが、ただの肩書《かたが》きだよ。ここでは肩書きなど関係ない」

「ドリリエドでは肩書きが重要ですよ。貴族は全員、エクバート王の葬儀《そうぎ》でドリリエドにいるのかと思ってました」

「あんなものは、鼻持ちならない連中の行列だ」ハーロウの顔から笑みが消えた。「王政《おうせい》からは、できるだけ距離《きょり》をおいているんだよ。こっちにはこっちの問題があるし」

「アベニア人との問題ですか？」

「アベニア人は危険《きけん》な連中が多い。きみがどこに向かうにせよ、アベニア人と出くわさないことを祈《いの》っているよ、心から」

最後の一言でハーロウと目があったが、すぐに目をそらした。心から祈っているなどといわれたことは、もう何年もない。父上がおれをそんなふうに思ってくれたことがあったのかもしれないが、そのときはなにも感じなかった。いまはその言葉が身にしみる。

気まずい沈黙《ちんもく》は食事でうめた。城《しろ》やファーゼンウッド屋敷《やしき》での食事ほど手のこんだ料理ではなかったが、おいしい。食欲《しょくよく》が出てきたので、空腹《くうふく》でたまらない。

向かいの席のニーラは、ほとんど食べていなかった。心に負った傷《きず》を思えば、しかたないだろう。あわい黄色の服に着がえ、髪《かみ》をゆわえている。心の中の深い悲しみとはちぐはぐな服装《ふくそう》だが、カーシア国ではめったに黒は着ない。死者をたたえる色を着たほうが、死者の人生をより深く記憶《きおく》に刻《きざ》めると考えられているからだ。ニーラを見つめていたら、ハーロウの視線《しせん》を感じたので、髪《かみ》をさらに顔に垂《た》らし、言葉や態度《たいど》から正体がばれないように細心の注意をはらった。

「今夜一晩《ひとばん》、泊《と》まっていってくれないか？」

「むりです」自分でもよくわからないが、泊まれたらいいのにと思った。もし泊まったら、もう一晩泊まるように説得され、それが一週間になり、気がついたら空き部屋がおれの部屋となっているだろう。ハーロウは、そういう説得力を持つ人物のように思える。いや、じつは、ここに泊まりたいと思う気持ちをみとめたくないだけか。

「なにがむりなものか」と、ハーロウはなおもいった。「腹《はら》の傷《きず》を治さないと。腕《うで》にも包帯を巻《ま》いているそうじゃないか」ためらってから、おだやかにたずねた。「なにかあったのかい？　まだ若《わか》いのに。その若さで、そんなに傷を負うなんて」

この数週間で初めて、自分の年齢《ねんれい》を意識《いしき》した。ふつうなら将来《しょうらい》の職業《しょくぎょう》の見習いに出たり、市場に行くとちゅうでかわいい女の子をからかったりする年齢だ。クイーンズ・クロス・ゲームに興《きょう》じたり、初めての馬を買うために、仕事にはげんだりしていてもおかしくない。おれには一生縁《えん》のないそんな日々を思って、急に気持ちがしずんだ。

ハーロウは、むずかしい顔をした。「ご両親はどちらに？　家族はいないのかな？」

おれは椅子《いす》をたおしかねないいきおいで、すばやく立ちあがった。「おれの馬を呼《よ》んできてもらえませんか？　どうしても出発しないと。いますぐ」

「なにか気にさわるようなことをいったかい？」ハーロウも立ちあがった。「せめて食事くらい、していってくれないか。ニーラの命の恩人《おんじん》に、それくらいはさせてくれ」

「お力になれてよかったと思ってます。でも、一分でも惜《お》しいんです」

ハーロウはニーラの髪を片手《かたて》で愛しげになでると、召使《めしつか》いをひとり食堂に呼び、おれの馬をとってくることと、おれに食料を持たせることを命じた。

「いいえ、もうじゅうぶんですから」と、ことわったが、

「きみがしてくれたことに比《くら》べれば、それくらいなんでもない」と、いわれてしまった。

ニーラが立ちあがったので、おれはしゃがんで目線をあわせた。いまのニーラはおれと同じ孤児《こじ》だ――祖父《そふ》のハーロウがそばにいるので、本人に直接《ちょくせつ》つたえられないが。「心の中の痛《いた》みは、そのうち、うすれてくるよ」とささやくのが、せいいっぱいだった。

ニーラはなにもいわず、小さな手でおれのほおをやさしくなで、反対のほおにキスしてくれた。こみあげてきた感情《かんじょう》が顔に出そうになり、立ちあがるとき、一瞬《いっしゅん》顔をそらした。

ハーロウがいった。「ぜひ、お礼がしたい。わたしにできることはないかい？」

おれはちらっとニーラを見てから、ハーロウに視線をもどした。「おれのことを秘密《ひみつ》にしておいてくれま

せんか？　もしだれかがおれを探《さが》してライベスに来たら、相手がなんといおうと、ここにいたことはいわないでください」

「その相手は、どういってきみを探しにくるのかな？」

ばか者だ、すべてを失いかねない、自殺行為《こうい》に走ろうとしている――とでもいうだろう。

おれは肩《かた》をすくめた。「もし来たら、相手がどういおうと、おれの話だとわかりますよ」

食堂から玄関《げんかん》まで、ハーロウが案内してくれた。「きみのことは秘密《ひみつ》にしておくが、けっして忘《わす》れない。きみは孫娘《まごむすめ》の命の恩人《おんじん》だ。だからこそ、これからもずっと、わたしたちには大切な存在《そんざい》だよ」

もう少しここに残りたいという強い気持ちと闘《たたか》いつつ、少しのあいだハーロウを見つめていたら、召使《めしつか》いから食料の入った袋《ふくろ》をわたされた。ずっしりと重く、肩にかけないと運べない。ハーロウとニーラが玄関の外まで見送ってくれた。外では鞍《くら》をつけたミスティックが待っていた。

「じゃあ――」ハーロウがおれの肩に片手《かたて》をおく。おれはふりかえり、なぜかわからないが、おびえた子どもが愛しい父親に抱《だ》きつくように、ハーロウに抱きついていた。ハーロウはほんの一瞬《いっしゅん》ためらってから、おれの背中《せなか》に腕《うで》をまわしてくれた。

父上は愛情《あいじょう》を表に出す人ではなかった。愛されているのはわかっていたが、愛しているといわれたことはない。もしおれがこんなふうに愛情を態度《たいど》でしめしたら、父上はどうしたらいいかわからず、硬直《こうちょく》してしまっただろう――。父上のことを思いだして恥《は》ずかしくなり、ハーロウから一歩下がったが、ハーロウは恥ずかしいとは思っていないようだ。「どうかよい旅を。家があるのなら、無事に帰れるように祈《いの》っている。もし家がないのなら、いつでもここに帰っておいで」

みょうなことを口走ってしまいそうなので、うなずくだけにした。そして食料袋をミスティックの背中にくくりつけ、鞍に乗り、ハーロウにまたうなずいてから、ミスティックをうながして走りさった。

14

ライベスを離《はな》れる前に、やっておかなければならないことがひとつある。その用事は、ライベスの中でも一目で貧《まず》しいとわかる地域《ちいき》ですませた。枝《えだ》の束を抱《かか》えて歩いている、おれとだいたい同じ体格《たいかく》の少年を見つけたので、呼《よ》びよせてから、馬をおりて食料の袋《ふくろ》をはずした。

「ちょっと話があるんだ。お腹《なか》、すいてる？」

「はい」

袋の口をあけ、中の食料を見せた。少年はぱっと顔をかがやかせたが、急にあやしみ、はやる心をおさえてたずねた。「話ってなんですか？」

「じつは、困《こま》ってるんだ。最近、体が大きくなったみたいで、服がかなりきつくてね。馬に乗っていてつらいんだ。きみの服をゆずってもらいたいんだけど」

少年はとまどって顔をゆがめた。「えっと、あの、この服はぼろ切れみたいなもんですよ。あなたの服は――」

「きついんだ。いま、そういわなかったっけ？　もし交換《こうかん》してくれるなら、これを袋ごとあげるよ」本音をいえば食料はわたしたくなかったが、おれよりこの子のほうが食べ物を必要としているのは、火を見るよりも明らかだ。

少年はなおもとまどったまま、しばらくおれを見つめている。しかたなく、おれは袋を肩《かた》にかけた。「もういい。別の人を探《さが》すから」

「ま、待ってください！」少年はあわててシャツを脱《ぬ》ぎ、おれにさしだした。「どうぞ」

おれはにやりとし、袋をおろしてシャツのボタンをはずした。数分後、また馬に乗ったおれは、食料を失ったが、本来の服装《ふくそう》にもどっていた。貴族《きぞく》の服と重い食料袋を持った少年が、通りをスキップしながら明るい歌を口笛で吹《ふ》くのがきこえてくる。道ばたには、すっかり忘《わす》れられた枝の束が捨《す》てられていた。

*

そのわずか数時間後、国境《こっきょう》を越《こ》えてアベニア国に入った。ここまで来るのに苦労したわりに、国境はあっけなく越えられた。沼地《ぬまち》の北を通り、街道や田舎道《いなかみち》はすべてさけたので、国境の印は地面に打ちこまれた一本の杭《くい》だけだった。

いちばん近い町はダイチェルだ。人間が住めるのかと思うほどむさ苦しい、アベニア国の中でも荒《あ》れた土地のひとつだが、おれのスタート地点はここ以外はありえない。

ダイチェルのはずれのうっそうとした雑木林《ぞうきばやし》の中に、ミスティックを残した。ここに残したら盗《ぬす》まれる危《き》険《けん》はあるが、町に連れていけば確実《かくじつ》に盗まれる。そばに草地とちょっとしたわき水のある場所を選んだ。そこから先は徒歩で町に向かった。

闇《やみ》にしずんだ通りをならず者たちがうろつくので、ダイチェルの夜は危険きわまりない。昼間はまともな住人の町なので、ごろつき連中も小さくなって暗がりに引っこんでいるが、安全といいきれないのは昼も夜も同じだ。だんだん日が暮《く》れてきたが、おれはナイフと剣《けん》を一本ずつ持っている。この武器《ぶき》が、いざこざを遠ざけてくれるといいのだが。そもそもおれの目ざす場所は、昔からいざこざとは無縁《むえん》の教会だ。

その教会は、四年前のおれにとって、なくてはならない場所だった。イゼルで船から逃《に》げだしたあと、おれの正体に初めて気づいたのは、その教会の親切な司祭だったのだ。おれに会いに来た父上と話しあい、おれが王家の次男ではなく、ただの孤児《こじ》のセージとなることが決まったのも、この教会でだった。あのとき、もし父上といっしょに城《しろ》にもどっていたら、いまごろおれは家族とともに墓《はか》の中にいただろう。

教会に近づくにつれて、あまりの荒廃《こうはい》ぶりにがくぜんとした。食事と泊《と》まる場所ほしさにせっせと磨《みが》いた石の階段《かいだん》は、いまはひびわれ、穴《あな》だらけで、割《わ》れ目からとげのある草が生えている。窓《まど》という窓は割られ、木製《もくせい》の重い玄関《げんかん》ドアはちょうつがいがはずれ、きちんとしまらない。

いざこざにでも巻《ま》きこまれて、こわされたのか？　昔、おれを泊めてくれた司祭はどうなった？　このありさまをどう思っている？　ぜひとも話をしたい。おれのことをおぼえていて、また力を貸《か》してもらえたら助かる。もっともらしい話をでっちあげなければならないが、最後には納得《なっとく》し、海賊《かいぞく》の見つけ方を教えてくれるだろう。

「あんた、だれ？」ひとりの少年に声をかけられた。教会の石段《いしだん》にすわって一匹《ぴき》のネズミとたわむれていた少年が、立ちあがっておれにあいさつしながら、ネズミを肩《かた》に乗せた。たいていのアベニア人の子どものようにやせこけているが、晴れやかな笑みをうかべている。髪《かみ》は濃《こ》い金髪《きんぱつ》。セージ時代に染《そ》めていたおれの髪に近い色だ。年齢《ねんれい》は十歳《さい》か、十一歳くらい。やせ細った体から、服がいびつに垂《た》れている。盗《ぬす》んだ服にせよ、兄弟のおさがりにせよ、体にあっていない。靴《くつ》だけは例外で、ぴったりサイズで手入れが行きとどいている。

おれはアベニアなまりで答えた。「この教会の司祭は、まだいるのかな？」

「いないよ」少年は、うさんくさそうに目を細めておれを見た。「あんた、見かけない顔だね。よそから来たの？」

「見かけないのは、おたがいさまだ。そっちこそ、よそから来たんじゃないのか」

少年はおれの返事をおもしろいと思ったらしい。「おれはフィンク。本名じゃないけど、そう呼《よ》ばれてる」

「じゃあ、本名は？」

「さあ。フィンクとしか呼ばれてないし」

「ほかに行くあてがないのか？」

「まあね。司祭になんの用？」

「教義上《きょうぎ》の質問《しつもん》があるんだ。聖書《せいしょ》は、せんさく好きな子どもに、どんな罰《ばつ》をすすめているのかと思って」

フィンクには皮肉が通じなかった。「質問なんてむりだよ。死んじゃったから。四年くらい前に殺されたんだ」

殺された？　胸《むね》をなぐられたような強い衝撃《しょうげき》で目の前がかすみ、無言で前を見つめるうち、ようやく話せるようになった。「まちがいないのか？」

「この目で見たよ」と、フィンクは教会前の草地を指さした。

「すぐそこで、海賊《かいぞく》に切られたんだ」

質問《しつもん》するつもりなどなかったのに、気がついたら息とともに言葉がもれていた。

「なぜだ？」

フィンクが肩《かた》をすくめる。「知るわけないだろ。おれはまだ小さかったし」

説明など必要なかった。四年前におれをかくまってくれた司祭は、ジャロン王子がここにいる、と兄上に使者を送っていた。その使者が、噂《うわさ》を流したにちがいない。結局、司祭はおれがただの孤児《こじ》だと納得《なっとく》することになったのだが、海賊たちが本物のジャロン王子かもしれないと疑《うたが》って、この教会にやってきたのだろう。その結果、おれはすでに教会にいなかったので、代わりに司祭が罰《ばっ》せられたのだ。

「ちょっと、だいじょうぶ？」と、フィンク。

だいじょうぶではなかった。胸《むね》が苦しい。悲しみと怒《いか》りが一気にこみあげてきて、息ができない。「だれだ、その海賊は？　司祭を殺した海賊は？」

フィンクは首をふった。「教えられないね」

おれはフィンクの襟《えり》をつかみ、教会の壁《かべ》におしつけた。「そいつの名前は？」

フィンクはおびえた顔をしたが、アベニア人の子どもは乱暴《らんぼう》なあつかいに慣《な》れているので、うろたえはしなかった。「なんで教えなきゃならないんだよ？」

おれは腰《こし》にしばりつけた袋《ふくろ》に手をのばし、ガーリン硬貨《こうか》を一枚《まい》とりだした。フィンクなら、これで一カ月はすごせるだろう。「腹《はら》がすいているなら、教えろ」

フィンクがさしだした手にのせはしたが、硬貨はしっかりつまんで離《はな》さなかった。フィンクは左右に目を走らせてから身を乗りだし、ひそひそ声で答えた。「デブリン。でも、このあたりにはいないよ。いまは海賊王だから。司祭と同じ目にあいたくなかったら、探《さが》さないほうがいいよ」

デブリンは海賊王? ならば、おれの暗殺にアベニア国が手を貸《か》したのもわかる。海賊の目的は、四年前にまんまと逃《に》げたおれへの復讐《ふくしゅう》だけじゃない。アベニア国と協力し、カーシア国をも滅《ほろ》ぼそうとたくらんでいるのだ。

おれはガーリン硬貨を手放し、フィンクが硬貨を握《にぎ》った瞬間《しゅんかん》、本人を引きよせてささやいた。「とっとと失せろ。さもないと、海賊王の名前をどこできいたか、いいふらすぞ」

今度は話が通じ、フィンクはふりかえりもせずにかけだした。おれはフィンクが見えなくなるまで待ってから、反対方向に歩きだした。

冷静でいられたのは、路地で古い荷馬車の裏《うら》に飛びこむまでだった。荷馬車は部品をもぎとられ、くずれていた。冬の薪《まき》にでもなったのだろう。

だれもいない路地でナイフを引きぬき、刃《やいば》を見つめた。なんの罪《つみ》もない人間を殺したデブリンが憎《にく》かった。いや、おれ自身が憎い。司祭がデブリンに殺されたのは、おれのせいだ。司祭はおれがジャロン王子だと確《かく》信《しん》してはいなかったのに、殺されてしまったのだ。

まず、腕《うで》の包帯を切った。ローデンに切られた傷《きず》はさわると痛《いた》いが、傷口《きずぐち》はふさがっている。腹《はら》の傷は包帯をはずせる状態《じょうたい》ではなかったが、引きはがした。きちんと手当てを受けたように見えてはならない。いまのおれをモットが見たらなんというか、と想像《そうぞう》したとたん、苦笑いがうかんだが、すぐに消えた。当然ながら、ほめてくれるわけがない。

ひざまずき、片手《かたて》で髪《かみ》をつかんでナイフで切った。つかんだ髪の量が多かったのでぎざぎざになったが、かえっていい。最後におれの髪を切ったのは、ファーゼンウッド屋敷《やしき》にいたときの召使《めしつか》い、エロルだ。あれだけ気をつかって手入れした髪を、おれが雑《ざつ》に切るのを見たら、卒倒《そっとう》するだろう。

最初の一房《ひとふさ》は怒《いか》りがこもり、反抗《はんこう》しているような感じで切り落とした。まわりがおれに期待する〝あるべき姿《すがた》〟への反抗だ。次の一房は怒りを内面に向け、ほかの人たちとは考えのちがう自分、問題を解決《かいけつ》するたびに新たな問題を増《ふ》やす自分に怒りをぶつけて切った。その次の一房では涙《なみだ》をこらえたが、反抗するふりをしても現実《げんじつ》は変わらないと痛感《つうかん》し、ついに涙がこぼれおちた。司祭は空腹《くうふく》でおびえた少年をかくまっただけなのに、デブリンに殺されてしまった――。おれ以外にも、司祭のために涙を流した人間がいるのか？　家族はいたのか？　おまえのせいで殺されたのだと、おれを責《せ》める者はいるのか？

すでにモットには、デブリンを殺すしかないといってあった。それだけでも、耐《た》えがたい重責《じゅうせき》だ。そのデブリンが海賊王《かいぞく》だったとは――。逃《に》げ道はますますせまく、むずかしくなった。海賊を手なずけるのはむりだし、デブリンが海賊をたばねているならば、おれの命をあきらめるはずがない。カーシア国を海賊から守り、かつおれが生きのびるために、とるべき道はただひとつ——海賊たちを皆殺《みなごろ》しにするしかない。

モットのいうとおりだった。こんな方法は、ありえない。でも、いまのおれにはそれしかない。

息を深ぶかと吸《す》って気をしずめ、覚悟《かくご》を決めて、最後にもう一房切り落とした。ここまできたら、つきすすむのみだ。もしかしたら、祖国《そこく》に帰れるかもしれない——悪魔《あくま》たちが味方になってくれさえすれば。

15

「どうしたの？」

ぎょっとして、ナイフをかまえてふりかえったら、フィンクがベルト代わりのロープに指をかけて、おれを見つめていた。肩《かた》にはまだネズミがとまり、おれを警戒《けいかい》してながめている。ネズミは好きじゃない。孤児《こじ》院《いん》でさんざん見たので、むしろ大きらいだ。

ばつの悪い思いをしながら、涙《なみだ》をぬぐって立ちあがった。ナイフを鞘《さや》にもどし、フィンクに背《せ》を向けて歩きだしたら、ついてきた。

「海賊《かいぞく》の名前はデブリンだっけ？」おれはわざと大声でいった。「フィンク、おまえが教えてくれたんだよな？」

「やめろ！」と、フィンクがかけよってきた。「まわりじゅうにきこえる！」

「だよな、フィンク。まわりじゅうに、おまえが海賊の名前を教えたってばらすぞ。おれに近づくな。さもないと、しゃべりつづけてやる」

フィンクが立ちどまった。「わかったよ。目ざわりなんだね」

「そうだ」

「でもさ――」

おれはちらっとふりかえった。「でも？」

フィンクは、かわいてひびわれたくちびるをなめた。「まだ硬貨《こうか》、持ってるよね？　おれ、もうれつに腹《はら》ぺこなんだ。あんた、このあたりにくわしくないんだろ。ほしいものがあるなら、助けてやるよ」

フィンクのほうへ引きかえして見おろした。おれはそれほど背は高くないが、フィンクよりは上背《うわぜい》がある。

「おれがほしいものは、なんだと思う？」

フィンクは地面をちらっと見て、ぼそぼそと答えた。「なぜ、そんなに、海賊の名前を知りたいの？」

「海賊の詩集を作ってるんだ。詩の題材にいいかなと思って」

フィンクが顔をしかめ、そっぽを向きかけたので、硬貨の入った腰《こし》の袋《ふくろ》をじゃらじゃらと鳴らし、また気をひいた。

「おい、きいてるんだぞ。おれのほしいものはなんだ？」

「うーん……今夜泊《と》まる場所かな」

「金はあるから、どこでも泊まれる」

「ううん、そうじゃなくて、あんたみたいな人にうってつけの場所ってことだよ」フィンクの視線《しせん》は、さっきからずっと硬貨の袋にそそがれている。

「海賊たちのいる場所がいいんだ。どこに行けば会える？」

フィンクが手を出した。「しゃべったってわかったら、殺されちまう。この手の情報《じょうほう》は、かなり高くつくんだ」

おれは硬貨《こうか》の袋《ふくろ》を腰《こし》からはずし、さしだしながら返事を待った。

フィンクは袋をながめながら、太ったネズミを肩《かた》からおろし、ネズミの背中《せなか》をなではじめた。話すようにしむけたことは、悪いと思っている。海賊《かいぞく》について話すのがどれだけ危険《きけん》か、わかるからだ。それでも頼《たよ》りの司祭がいない以上、しかたない。

そのとき、背後《はいご》でかすかに重い音がした。フィンクの表情《ひょうじょう》は変わらなかった。だれがあらわれたのか知らないが、フィンクはおどろいていない。はめられた!

――まあ、当然か。アベニア国で、ひとりで生きのびられる者などいない。

ふりかえったら、六人の若者《わかもの》が集まっていた。フィンクより年上で、大柄《おおがら》な者ばかりだ。おれより年も体《たい》格《かく》も上な者もいる。全員敵意《てきい》をむきだし、こん棒《ぼう》やムチ、骨《ほね》のナイフといったお手製《てせい》の武器《ぶき》を持っていた。大きな石を手の中ではずませている者もいる。なるほど、バカでも石なら使えるわけだ。

おれは剣《けん》に手をのばしたが、引きぬきはしなかった。その瞬間《しゅんかん》、なにかが頭に引っかかった。おれの家族殺害の謎《なぞ》にまつわる重要なことを思いだしそうな――。でも、いまはそれどころじゃない。乱闘《らんとう》になりそうだが、それだけはさけたい。敵《てき》を少しはたおせるだろうが、おれもやられるのは正直困《こま》る。

硬貨の袋をフィンクの足元に放りなげた。「ほら、やるよ。金なら、まだたっぷりあるから」

フィンクが片方《かたほう》の眉《まゆ》をつりあげた。「あんた、路上生活に慣《な》れてないね」

「なぜだ？」

「まだ金があるなんて、ぜったいいっちゃいけない。面倒《めんどう》なことになるだけだろ」

おれはにやりとした。「面倒だと？　おまえみたいなガキに、おれが手に入れられる財宝《ざいほう》を、丸ごと盗《ぬす》めるわけがない」

フィンクは目を見ひらき、おれの言葉をじっくりと考え、おれの腰のベルトのほうへあごをしゃくった。「もしそうなら、剣とナイフはまた買えばいい」

「おれにうってつけの場所があるんだよな。どこか知らないが、武器のいる場所じゃないのか」

「その硬貨が盗んだものなら、武器だってそうだろ。ならば、おれたちのものじゃないけど、あんたのものでもない。剣とナイフを捨《す》てなよ。そうすれば、生きて出られる。戦ったら、そうはいかない」

「戦ったら、新しい髪型《かみがた》が台無しだ。おれにうってつけの場所を教えてくれ」

「武器をくれよ」

フィンクがネズミを肩にもどし、おれの背後のばかでかい若者へ武器をわたせとあごでしめす。そいつに近づかれたくなくて、おれはフィンクの足元にナイフと剣を放りなげた。

「町はずれに一軒《けん》の宿屋がある」と、フィンク。「そこなら、あんたにうってつけじゃないかな。十一番の部屋を頼《たの》んでよ」

フィンクが剣とナイフをひろおうとしゃがみ、視線《しせん》が下を向いた瞬間、頭を蹴《け》りつけてやった。フィンクは悲鳴をあげ、あおむけにたおれた。剣《けん》はフィンクにとられたが、おれはナイフをとりかえし、走りだした。ほかの連中が追いかけてきたが、本気ではない。ダイチェルの路地裏《ろじうら》には、通りで旅人を待ちぶせする不良どもか、あるいは旅人が生きのびるためのかくれ場所が山ほどあることを、おれもやつらも知っているのだ。が、おれの場合、かくれていられないのが問題だった。海賊《かいぞく》たちを見つけなければならない。

かわいらしい女の子がちょうど店じまいをしている、通りに面したパン屋に飛びこんだ。その子と礼儀《れいぎ》ただしくおしゃべりをし、ついでにロールパンを二個《こ》シャツの下にかくした。その子は気づいたかもしれないが、見逃《みのが》してくれた。

＊

フィンクに教えられた宿屋に行くのはこわかったが、行くしかない。その宿屋を見たのは日が暮《く》れてからだったが、想像《そうぞう》していたよりもひどかった。うす暗くても、泊《と》まるなら家畜《かちく》小屋のほうがまだましだとわかる。ところどころ雑草《ざっそう》や芝《しば》におおわれ、客が捨《す》てたゴミがそこらじゅうに散らばっていた。一階にも上の階にも窓《まど》があるにはあるが、どれも汚《よご》れきって、ろくに光を通さない。どうせまともな部屋じゃないので、なんの問題もないのだろうが。

さんざん悩《なや》んでから入った。迷《まよ》いはあるが、ほかにどうしようもない。酒場も兼《か》ねている宿屋の主はブタにそっくりで、だから家畜小屋を想像したのかと合点がいった。いかにも酒場らしい暗い店で、テーブルと椅子《いす》がごちゃごちゃとならんでいる。壁《かべ》ぎわのクモの巣の奥《おく》に、汚《きたな》らしい男がふたりすわっていたが、おれの素性《すじょう》より酒をちびちび飲むことのほうに熱心だ。店の隅《すみ》は不潔《ふけつ》で、椅子の脚《あし》の噛《か》み傷《きず》からするとネズミが何匹《びき》かいるらしい。

「用件《ようけん》は？」と、宿主に声をかけられた。

心臓《しんぞう》がどきどきする。答えたら最後、戦いに決着がつくか、あるいはおれが死ぬまで、後に引けない――。

返事をするのに時間がかかり、宿主がいらついて首をかしげる。とうとう、おれは声をしぼりだした。「部屋を。十一番の部屋を」

こんなゴミために部屋が十一もあるとしたら、棺桶《かんおけ》なみのせまい部屋としか思えない。十一番というのは、きっと隠語《いんご》だ。

宿主は片手《かたて》であごをさすり、おれをしげしげとながめた。「金を見せろ」

おれは作り笑いをした。「後ばらいでいいかな？」朝までここにいれば、宿賃《やどちん》くらい、ここの金庫から盗《ぬす》めるだろう。

宿主が顔をしかめる。「名前は？」

「どうでもいいだろ」

宿主はおれの返事が気にくわなかったらしい。「小僧《こぞう》、ひとつ教えてやろう。愛嬌《あいきょう》をふりまいても、損《そん》はしねえよ」と、飲み物をカウンターにすべらせてよこした。「ほら、飲みな」

こげ茶色で泡《あわ》だらけの飲み物だ。馬小屋の床《ゆか》のにおいがする。宿主におしかえした。「遠慮《えんりょ》しとく」

「一口でいいから。のどがかわいてるだろ。新作でな。うまいかどうか知りたいんだ」

「ここからでも、うまくないってわかるよ」予想どおりの店だとしたら、この飲み物にはおれがモットを眠《ねむ》らせるのに使ったのと同じ薬が――場合によってはもっと悪質《あくしつ》な薬が――入っているはずだ。あたりを見まわしていった。「部屋はどこ?」

宿主が階段《かいだん》のほうへあごをしゃくった。「階段をのぼって、右側の最初の部屋だ。好きなだけ眠っていいぞ。あとで働いてもらうかもしれねえが」

いや、たぶんそれはない。

その部屋に十一番という表示《ひょうじ》はなかった。家具は質素《しっそ》そのもので、松葉のつまった苔《こけ》だらけのマットレスが一枚《まい》あるのみだ。床《ゆか》にじかに敷《し》かれ、うすい毛布《もうふ》でおおってあるだけだが、かまわない。マットレスに腰《こし》かけ、シーツから飛びだすとがった松葉の先を無視《むし》し、ごろんと横になってすぐに寝《ね》た。

しばらくしてなにかがきしむ音がし、おれはすばやく目をさました。部屋はかなり暗いが、隅《すみ》にろうそくが一本あったのを思いだし、そっちへ転がっていこうとした。が、とちゅうでやめた。まちがいない。階段で足音がする。

最初は、宿主がようやく自室に引きあげたのかと思った。だとしたら、店内をじっくりと見てまわるチャンスだ。そのあと、フィンクのすすめどおりに泊《と》まるかどうか、決めればいい。ところが耳をすましたら、その足音は明らかに宿主のものではなかった。大柄《おおがら》な宿主なら、もっと無防備《むぼうび》な重い足音を立てたはずだ。

しかも、ひとりじゃない。床に寝そべったまま、動きをとめた。ナイフはあるが、手にとらないでおく。廊下《ろうか》から宿主のひそひそ声がきこえてきた。「ああ、その部屋だ。静かにな。例のやつを飲まなかったんだ」あたりがしんと静まりかえった。来るとわかっていながら動かないのは拷問《ごうもん》のようだが、がまんするしかない。

ドアがきしみながらあき、わずかに光がさした。ヘビのようにするりと忍《しの》びこむ侵入者《しんにゅうしゃ》たちの気配を感じた。ひとりはおれの頭のそばにいる。足のほうには何人いる？　四、五人か？

合図はわからなかったが、いっせいに飛びかかられ、口につめものをされてうめいた。猿《さる》ぐつわをはめられた直後、粗布《あらぬの》の袋《ふくろ》を頭からかぶせられ、手首を背後《はいご》でしばられたあげく、脚《あし》もしばられた。何者かがおれの腰のナイフを引きぬき、首筋《くびすじ》にあてる。

「よけいなことをしたら切るぞ」顔のそばで、男のうなり声がした。

ゆっくりとうなずくと、大柄な男がおれを肩《かた》にかつぎ、宿屋から運びだした。

行き先はきっと、フィンクのいう〝おれにうってつけの場所〟だ。

16

馬の背《せ》にうつぶせに乗せられ、ダイチェルをあとにした。穴《あな》だらけのでこぼこ道にさしかかった瞬間《しゅんかん》、町を出たとわかった。ときどき体に木の枝《えだ》がぶつかるので、まともな街道を通っているのではなさそうだ。

わかるのはそれくらいで、行き先についての情報《じょうほう》は得られなかった。

会話はほとんどない。声がしても、たいていは宿屋でおれを脅《おど》した男だったので、全部で何人いるのかわからない。少なくとも六人。あと二人くらいはいるかもしれないが、正直、どうでもいい。

手首の結び目くらいかんたんにほどけるが、逃《に》げる予定はない。殺される前に話をするチャンスさえあれば、と願うのみだ。まあ、おれが殺されそうになるのは、たいていよけいなことをしゃべってからなのだが。

猿《さる》ぐつわは口からはずせた。さけぶつもりはないし、さけんでもむだだろうが、猿ぐつわをしたままだと息が苦しい。馬にうつぶせに乗せられ、肺《はい》がおしつぶされているので、よけいにきゅうくつだ。

しばらくして止まった。たき火がたかれているらしい。しめった木に火がついてポンとはじける音がするし、頭の袋《ふくろ》ごしに炎《ほのお》がうっすらと見える。馬の背から乱暴《らんぼう》につき落とされた。脚《あし》をしばられていたので、そのままひっくりかえった。

「そいつは？」だれかがたずねた。

「デブリンのことをたずねていたガキだ」

「フィンクによると、デブリンが例の司祭を殺したときいて動揺《どうよう》したんだと」

フィンクがこいつらに情報を流していたと知っても、おどろかない。生活品の調達係や町の情報係として、上の連中とつながっているのはわかっていた。靴《くつ》だけはぴったりサイズだったので、ピンときたのだ。雑用《ざつよう》をきちんとこなせるよう、こいつらから支給《しきゅう》されたものにちがいない。

それにしても、こんなに早く話していたとは感心だ。フィンクは仕事が早い。

一本の木を背に立たされ、手首のロープと木の幹《みき》を鎖《くさり》でつながれてから、頭の袋をはずされた。

盗賊団《とうぞくだん》の粗末《そまつ》なキャンプだ。木立のあちこちにテントが張《は》られている。あたりが暗くて、食堂、寝場所《ねばしょ》、トイレの区別がつかないが、見た感じだと以前からここにあったキャンプらしい。

ひとりの男がそばにしゃがんだ。四十代前半くらいで、肩幅《かたはば》があり、少し猫背《ねこぜ》だ。髪《かみ》はうすく、短い。赤毛だが、いまは色あせている。見た目のわりに、賢《かしこ》そうな目をしている。そんな年でもないのに、顔はしわが多い。がまんづよい性格《せいかく》ではないようだ。

「猿ぐつわはきらいか？」男は猿ぐつわの布《ぬの》をほどきながら、おれにたずねた。

「くさいんだ」おれは、またアベニアなまりでいった。「この布、ちゃんと洗《あら》ってる？」

男はクックッと笑い、おれに平手打ちを食らわせたが、それほど強くなくて助かった。「いまの一発は、えらそうな口をきくからだ。おれはエリック・ローマン。このあたりを仕切ってる。おまえの名前は？」

おれはためらってから、これみよがしに息を吐《は》いて答えた。「セージ」

「それだけか？」

「おれみたいなガキに、名前がふたつもいると思う？」

エリックはにやりとした。「名前をつけたヤツがいること自体、おどろきだな」

おれもエリックと同じ表情《ひょうじょう》をうかべた。「つけてもらったんじゃない。自分でつけた」

エリックの顔から笑みが消えた。自己紹介《じこしょうかい》は終わりだ。エリックは本題に入った。

「なぜフィンクにあの司祭についてたずねた？」

「罪《つみ》を告白したかったから。このまえおれを拉致《らち》したヤツの人生を、めちゃくちゃにしたもんで」

二度目の平手打ちは、さっきほど手ぬるくなかった。「フィンクによると、デブリンを探《さが》しているそうだな」

「海賊《かいぞく》たちを探してるんだ。助けてほしい仕事があるんで」

「いいか小僧《こぞう》、おれはな、海賊と長年いっしょに働いてきた。海賊は自分たちのためにしか働かねえ」

「海賊にとって、うまみのある仕事なんだけどな」

エリックは顔をしかめ、おれの口をまた布《ぬの》でふさいだ。「今度ほざいたら舌《した》を引っこぬくぞ。わかったか？」

そして答えを待たず、おれの頭に粗布《あらぬの》の袋《ふくろ》をかぶせた。

そのまま放っておかれ、すぐにあたりが静まりかえった。全員が寝入《ねい》ったと確信《かくしん》してから、手首のロープをほどき、猿《さる》ぐつわと頭の袋をはずし、脚《あし》のロープもほどき、粗布の袋を枕《まくら》がわりに頭と腕《うで》のあいだに敷《し》いて、ごろんと横になった。

あばら骨《ぼね》をブーツで蹴《け》られて目がさめた。もっと乱暴《らんぼう》に起こされるのかと思っていた。目をあけたら、エリックが腕を組んで見下ろし、すぐ後ろにはフィンクが立っていた。フィンクは、おれに蹴られたひたいが濃《こ》いあざになっている。善人《ぜんにん》なら子どもを蹴りつけたことを後悔《こうかい》するのかもしれないが、おれに悔《く》いはない。

「後ろにネズミがいるぞ」と、エリックに小声でいった。

フィンクが首をふった。「ううん、カゴに入れてきた」

「あのネズミのことをいってるんじゃない」

「ふん、好きに呼《よ》べば」と、フィンク。「あんたの見張《みは》り番をするなら、ここにいていいっていわれたんだ」

そいつはよかったな、なんて言葉を待っているなら、期待はずれもいいところだ。ここは、フィンクのようなガキのいる場所じゃない。まあ、おれのいる場所でもないのだろうが。

「おまえ、なぜ逃《に》げなかった?」と、エリックがたずねた。「かんたんに縄抜《なわぬ》けできたのに」

「結び目を全部ほどいて、くたびれた。それに、あんたとは仕事の話もある」おれはそういって、フィンクを見つめた。「あいつ抜きで」

「おれがいなかったら、あんた、とっくに殺されてた」と、フィンクがいったが、

「おまえがいなかったら、そもそもここには来なかった」と、いいかえしてやった。

エリックがおれのシャツをつかみ、強引に立たせて歩かせた。後ろからフィンクがついてくる。フィンク

が近づくたびに、おれはわざと足をとめて衝突《しょうとつ》させ、ふりかえってにやりとした。フィンクはいらついたが、おれのほうが体が大きいので、なにもできないだろう。ひたいに一発蹴《け》りを入れた仕返しをされるかもしれないが。

キャンプの端《はし》の粗末《そまつ》なテントの中へ連れこまれた。見た目は食料品のテントのようだが、食べ物はあまりない。中央に小さなテーブルがひとつあり、その上におれのナイフと、剣《けん》と、フィンクにわたした硬貨《こうか》の袋《ふくろ》がおいてあった。

エリックがテーブルの上へ手をふった。「説明してもらおうか」

おれは皮肉をこめてほほえんだ。「それがなにかわからないなら、あんた、この仕事に向いてないよ」

エリックはにこりともせず、袋の縫《ぬ》い目をつまみ、テーブルの上に硬貨をぶちまけた。「カーシア国の金だな。しかも新品だ。こんなに大量の金をどうやって手に入れた？」

「とってきた」カーシア国の王だから、もともとはおれの物。とってくるのはかんたんたんだ。

「じゃあ、盗人《ぬすっと》だな」

おれはさりげなくポケットに両手をつっこんだ。「まあ、そうなるね」

「腕《うで》はいいのか？」

硬貨のほうへあごをしゃくるだけで、返事としてはじゅうぶんだ。

「金の出所は？」

「なんで知りたいわけ？」わざとわからないふりをしてたずねた。

「まだ金はたっぷりあると、フィンクにいったそうだな」

おれはフィンクを見つめた。「ふたりだけの秘密《ひみつ》にしておいたほうが分け前が多くなることぐらい、わかりそうなものを」

エリックは早くもいらついていた。「じゃあ、まだあるんだな？」

おれは腕を組んだ。「答えられるわけないだろ。情報《じょうほう》は海賊《かいぞく》のためにとっておきたい」

エリックが狡猾《こうかつ》な笑みをうかべた。「ほう。ちょっとしたお宝《たから》があれば、海賊と同じ席につけるとでも思ってるのか？」

席などいらない。一本の剣と、かなりの幸運さえあればいい。

エリックがつづけた。「うまくいくわけがねえ。おまえは海賊に知られてない。金を巻《ま》きあげられ、首をはねられて、終わりだな」

「首切りはいやだね。どうすればうまくいくか教えてくれよ。ひょっとして、あんた、海賊たちと知りあい？」

「まあ、知りあいがいなくもない」エリックはあごをかきながらいった。「お宝のありかをいえば、おれから海賊たちにつたえてやる」

「それじゃあ、なんの解決《かいけつ》にもならない。おれはお宝のありかに行けるけど、ひとりじゃ全部は盗《ぬす》めないってだけだから。気を悪くしないでほしいんだけどさ、あんたたち素人《しろうと》の盗賊《とうぞく》は、願かけ池から硬貨を一枚《まい》盗むのだってあぶなっかしいだろ。あの財宝《ざいほう》のありかからとってくるなんて、ぜったいむり。やっぱり海賊《かいぞく》じゃないと。その海賊に情報《じょうほう》を流すのは、おれだね」

エリックはナイフを一本引きぬき、おれをテントの柱におしつけた。「お宝《たから》なんてうそだ。でっちあげだろ」

ずいぶん見くびられたものだ。その気なら、もっとましな話をでっちあげられるのに。それでも、のど元につきつけられたナイフを見つめたままいった。「ちょ、ちょっと、本気じゃないよね」

エリックのくちびるがゆがむ。「いや、本気だ」

おれは考えてからいった。「わかったよ。でも誤解《ごかい》だって。硬貨《こうか》はあるよ。山のようにどっさりと。カーシア国の秘密《ひみつ》の洞窟《どうくつ》に眠《ねむ》ってる。王室は城《しろ》に財宝をほんの少ししかおいてないんだ。万が一、城をのっとられても、敵《てき》にごっそり持っていかれないように」

「なぜそんなことを知ってる？」

おれは片方《かたほう》の眉《まゆ》をつりあげた。「えっ、知らないの？　べつにカーシア国の王室だけじゃなく、どこの王室でもやってることだよ」

「へーえ、作り話なのかと思ってた」と、フィンクが口をはさんだ。

「おれは、財宝の洞窟に行ったことがある。中に入ったんだ」

実際《じっさい》、幼《おさな》いころに一度だけ、行ったことがある。父上と兄上もいっしょだった。あのときは洞窟の奥《おく》にある広い池で、硬貨で水切り遊びをし、父上に見つかってしまった。父上にひっぱたかれた尻《しり》の痛《いた》みは、いまだにおぼえている。

ようやくエリックがおれを放し、無精《ぶしょう》ひげを生やしたあごをなでた。「洞窟は、どこだ？」

「あれ、かんたんに見つかるとでも思ってる？」と、おれはくすくすと笑った。「地図をかいてもいいけど、たぶん見つからないと思うよ。その目で見たかったら、おれを生かしておくしかないね」

「洞窟には、いくらあるの？」と、またフィンクが口をはさんだ。

「一生かかっても、お目にかかれないくらいの量。海賊全員にけっこうな分け前がいきわたる金額《きんがく》だね。金で海賊の席を買っても、おつりがくると思うよ」

「ほう、おれも席にありつけるかもな」と、エリックはうなずいた。「おまえひとりでは海賊にたどりつけないが、おれが連れていけば話をきいてもらえるな、うん。で、おれが海賊と取引をすればいい。お宝と引きかえに、おれも仲間に入れてくれってな」

「おれを生かしておくことも、条件《じょうけん》に入れてくれないかな？」

エリックはにやりとした。「おれにとっちゃ、絶対《ぜったい》ゆずれない条件じゃない」おれは文句《もんく》をいいかけたが、エリックがつづけた。「ひとりで行かせるわけにはいかないが、おまえが盗賊団《とうぞくだん》の仲間で、おれの相棒《あいぼう》ということにすれば、海賊にわたりをつけられるかもしれねえ。それにだ、おまえが海賊のキャンプを見つけるには、これしかないぞ」

おれは意地をはっているふりをして、顔をしかめた。「手柄《てがら》をひとりじめにする気だろ」

「おれたちふたりの手柄だ。ひとりじゃ全部は盗《ぬす》めないといったのは、おまえだろうが。いっておくが、おれに分け前をよこさないかぎり、おまえを手放さないからな。手柄《てがら》を横どりされたなんて考えるな。相棒《あいぼう》ができたと思え」

本音をいえばどちらの提案《ていあん》も論外《ろんがい》だが、じっくりと考えるふりをして、うなずいた。「わかった。その話に乗る。でも、あまり時間がないんだ」

「なぜだ？」

それは、時間がおれに味方してくれないからだ。評議員《ひょうぎいん》たちの会合まで、あと六日しかない。でも、細かい話をしても、エリックとのうすっぺらい関係をややこしくするだけだ。「洞窟《どうくつ》のことを知っている連中が、ほかにもいるんだ。先に着かないと、なにも手に入らない」

「じゃあ、すぐに海賊《かいぞく》のところへ行こう。だがその前に、おまえの実力を見せてもらう」

おれは急に不安になって、首をかしげた。「見せただろ。硬貨《こうか》があるじゃないか」

「まあな。でも、おまえが盗む現場《げんば》は見てない。この目でたしかめないまま、おまえを海賊に推薦《すいせん》するとでも思ってたのか？」

そういうわけじゃないが、そうなってくれれば、とは思っていた。「じゃあ、どうすればいい？」

「ときどき、うちの若《わか》い連中がカーシア国に侵入《しんにゅう》し、ちょっとしたさわぎを起こしている。つい先日もそいつらがもどってきたんだが、残念ながら怪我人《けがにん》が出た」

ライベス付近でおれが出くわした連中のことなら、二度と悪さができないような怪我人であってほしい。

「おれはしばらく行ってなかったんだが」と、エリックがつづけた。「今回はおまえを連れていって、お手《て》並《な》み拝見《はいけん》だな。盗賊《とうぞく》といえるかどうか、腕前《うでまえ》を見せてもらう」

「もし期待はずれだったら？」

「おまえがここにもどってくることはない」

おれはうす笑いをうかべた。「あんたたちの略奪《りゃくだつ》なら知ってるよ。お粗末《そまつ》だね」

エリックはおれの無礼な発言にむっとしたが、話をきく気はあった。「ほう、なぜだ？」

「骨折《ほねお》り損《ぞん》のくたびれもうけだから。さわぎを引きおこしても、たいした戦利品はない。大事なのは戦利品だろ？」

エリックは、またあごをなでた。「もっとましな案があるのか？」

おれは頭をけんめいに働かせた。なにがなんでも、ましな案をひねりださないと。役立たずならば殺されるが、どんな事情《じじょう》があろうとも、祖国《そこく》の民を襲《おそ》うわけには――。

すぐに、ひらめいた。名案とはいえないが、エリックの案よりはましだ。「カーシア国のライベスに貴族《きぞく》がいる。屋敷《やしき》は警備《けいび》があまいし、金持ちだ」

「貴族の家には押《お》し入らない」エリックはきっぱりと首をふった。「危《あぶ》なすぎる。他国の領土《りょうど》だから、万が一つかまっても、アベニア国に泣きつけない」

「じゃあ、おれひとりで行かせてくれよ。めぼしい物を片《かた》っぱしからとってくる」

それでも、エリックは首を横にふりつづけた。「危険《きけん》すぎる」

「でも危険な目にあうのはおれだよ。国境《こっきょう》なんか襲撃《しゅうげき》しても、海賊《かいぞく》は感心してくれないだろ。仲間にするだけの価値《かち》があるってことを、おれが海賊に証明《しょうめい》するよ」

エリックがフィンクをちらっと見た。フィンクはうんうんと熱心にうなずいている。「いいだろう。だが、もしだまそうとしたら、おまえも屋敷《やしき》にいる人間も、屋敷ごと焼きはらうからな」

おれはわかったとほほえんだが、胃がひっくりかえりそうになっていた。あと数時間後には、ひたすら親切にしてくれた相手の屋敷に舞《ま》いもどり、手当たりしだい盗《ぬす》むしかないのだ。

17

ライベスには、その日の午後遅《おそ》くに出かけることになった。それまでは自由にしていいといわれたが、キャンプ内の盗賊《とうぞく》たちに監視《かんし》されていたので、逃《に》げようとしなくて正解《せいかい》だった。

いよいよ時間となった。エリックに袋《ふくろ》をかぶるようにいわれるかと思っていたが、いわれなかった。おれを信用し、盗賊団《だん》の仲間にくわえることにしたのかも。

エリックと同じ馬に乗った。とちゅう、エリックに指示《しじ》し、ミスティックを探《さが》しにいった。おどろいたことに、ミスティックはおれが乗りすてた場所にまだつながれていた。エリックにはなにもきかれなかった。盗んできた馬だと思われたにちがいない。たずねてもらいたかったのに残念だ。ミスティックをどうやって手に入れたか、でっちあげておいた話を披露《ひろう》して、少しは楽しめたのに。

ライベスのそばに沼地《ぬまち》があるせいで、きのうアベニア国に入ったときと同じルートを通らざるをえなかった。エリックの手下たちとライベスに入ったのは、夜中近くになってからだった。もぞもぞと動く家畜《かちく》や、道ばたで大合唱しているコオロギをのぞけば、町は静まりかえっていた。

「屋敷はどこだ？」エリックがたずねた。

おれは丘《おか》を指さした。ここから見える丘は真っ暗で、ほっとした。もし人が起きている気配があれば、やめる口実をひねりだすつもりだった。「こういう仕事は静かにやらないと」と、おれはエリックにつげた。「屋敷《やしき》の中には、おれひとりで入る。みんなは外で待っていてくれ」

「おれとおまえで入る」と、エリック。「おまえの仕事ぶりを見せてもらうといったはずだ。忘《わす》れたのか？」

忘れられるはずがない。

エリックが、おれのナイフをさしだした。「これがいるだろ」

おれは受けとり、腰《こし》にくくりつけた。「おれの剣《けん》は？」

「テントにおいてきた。ちゃんとある。さあ、お手並《てな》み拝見《はいけん》だ」

ハーロウの屋敷に着くと、エリックは手下たちに、敷地《しきち》の端《はし》で待つように命じた。ここからは、おれとふたりだ。

「こそこそ歩きまわるのは性《しょう》にあわねえ。腕力《わんりょく》でおしきるほうがだんぜんいい」と、エリック。

「このまえ腕力でおしきったら、怪我人《けがにん》が出たんだろ」その怪我《けが》を負わせた張本人《ちょうほんにん》については、くわしくいわないでおいた。「このほうがいい」

屋敷に近づくにつれて、おれもエリックもだまりこんだ。屋敷には何人いるのだろう？ ハーロウの召使《めしつか》いたちは住みこみか？ 通いか？ 昔のコナーのように、ハーロウにも寝《ね》ずの番がいるのか？ 身も心も、やめろ、やめてくれ、と強く引きとめている。盗賊《とうぞく》たちをここに連れてきた自分が心底うらめしい。

屋敷に着いたとたん、どうすればいちばんいいか考えて、ためらった。エリックがついてきたせいで、やっかいなことになった。おれなら外壁《がいへき》をのぼり、上の階から忍《しの》びこめる。たぶんエリックはついてこないから、ひとりきりになる絶好《ぜっこう》のチャンスだ。ハーロウを見つけ、事情《じじょう》をできるだけ打ちあければいい。けれどもしエリックがついてきたら、寝室《しんしつ》の階に手引きしてしまうことになる。ハーロウ邸《てい》の間取りは知らないし、万が一だれかと出くわしたら乱闘《らんとう》になりかねないし、エリックは完全武装《ぶそう》している――。

エリックを屋敷の正面へ連れていった。ハーロウの事務室《じむしつ》に直接《ちょくせつ》忍びこもう。あとは、起きている召使いがだれもいないことを祈《いの》るのみだ。

この屋敷へ客として招《まね》かれてから、それほど時間がたっていない。なのにもう、ここまで身を落とすことになるなんて――。ハーロウにできるだけ早く罪《つみ》をつぐなおう、と心に誓《ちか》ったが、いまの自分の行動がひどい裏切《うらぎ》りに思えてしかたない。ハーロウなら、国境《こっきょう》の開拓地《かいたくち》を襲《おそ》わないように盗賊たちを説得したからだと、いずれわかってくれるだろう。盗賊たちをどこかへ連れていくしかなく、おれがあるていど事態《じたい》を把握《はあく》できるのはここだけだった、と。けれどハーロウに説明できる日など来るのか？

事務室らしき部屋の窓《まど》は高い位置にあったので、木をよじのぼらないと入れない。エリックには、できればここに残ってほしい。木のぼりは得意ではなさそうだ。

両手をズボンにこすりつけ、汗《あせ》をぬぐった。エリックは窓をちらっと見あげると、おれのシャツをつかんで木の幹《みき》におしつけ、ひそひそ声でいった。「本当に罠《わな》じゃねえんだな？」

「ちがう」おれはきっぱりといった。「信じてくれ。おれだって、この屋敷に忍びこみ、無事にもどりたい」

「少しでもあやしいと思ったら、手下たちに合図する。そのときは、ここからだれも生きて出られないと思え。とくに、おまえはな」

「失敗したくなければ、音を立てるな」と、おれはエリックをおしもどした。「行くぞ」

たまに木の葉がこすれるのをのぞけば、音を立てずに木をのぼり、壁《かべ》にかくれて窓《まど》から中をのぞきこんだ。わずかな月明かりのおかげで、そこがハーロウの事務室《じむしつ》で、しかも空っぽだとわかった。ありがたいことにドアはしまっていて、ドアの下から見える廊下《ろうか》は暗い。もし召使《めしつか》いたちが起きていたら、明かりがついているはずだ。

「ここで待ってろ」と、エリックに声をかけた。「五分で出てくる」

窓の下のすきまに指をこじいれ、ゆっくりと窓をあけた。窓はかんたんに音もなくあいた。ハーロウがよくあけている証拠《しょうこ》だ。うららかな春の午後にでも、そよ風を入れるためにあけているのだろう。すわっていた枝《えだ》からうまくジャンプでき、数秒後にはハーロウの事務室の中に立っていた。

問題は、暗い部屋で金品のありかを探《さぐ》りあてることだ。たくさんはいらない。いちばんいいのは硬貨《こうか》だ。盗賊《とうぞく》が喜ぶし、返しやすいし、思い出がつまっている品でもない。屋敷《やしき》内に硬貨がしまってあるとしたら、たぶんここだ。

机《つくえ》の裏《うら》にまわり、本棚《ほんだな》に指を走らせていたら、廊下から足音がきこえたので、動きをとめた。召使いが通りかかっただけだといいのだが。

足音につづいて複数《ふくすう》の声がし、ドアの下のすきまから、ろうそくのゆらめく光がさしこんだ。何者かが近づいてくる。

こっちに向かっているとわかった時点で、窓へ走った。声の主はふたりの男だ。ドアごしの声はくぐもっていて、人物までは特定できない。たぶん片方《かたほう》はハーロウだろう。

窓にたどりつく前にドアがあいたので、机の下にもぐりこもうとしたが、とまれ、と命じられた。

ナイフは抜《ぬ》かなかった。抜いても意味がない。事務室に入ってきたふたりの男のほうへ向きなおるには、いままでの人生の中でも一、二をあらそう勇気がいった。

おれがだれかわかって、ふたりとも息をのんだ。ろうそくを持っていたのはハーロウ、おれにとまれと命じてナイフを抜いたもうひとりは、なんとモットだった！

18

三人とも言葉を失っているあいだに、一時間たったように感じた。モットがゆっくりとナイフをおろし、ハーロウが声をしぼりだした。「あなたさまはジャロン国王なのだとか。それなのに、いったいなぜ――」

おれは動揺《どうよう》してまだ声を出せず、助けをもとめてモットを見た。

同時に背後《はいご》で音がし、エリックが壁《かべ》をよじのぼって窓《まど》から入ってきた。「明かりが見えたんで、助けが必要かと思ってよ」

「いらないさ」ようやくおれもナイフを引きぬいた。

モットがハーロウの腕《うで》に手をおいた。「こいつは、あなたが思っている者ではありません。アベニア国のすご腕の盗賊《とうぞく》のひとりですよ。見たことがあります。やるといったら、なんでもやってのけるやつだ。素直《すなお》に要求に応《おう》じたほうがいい。どうせ手に入れるんですから」

エリックがおれを見た。「なんでもやってのける?」

おれはエリックを無視《むし》し、ハーロウを見た。「ここにある硬貨《こうか》を全部よこせ。早く!」

ハーロウは、初対面のときのおれの印象と、モットからきいた話と、いま目の前で起きていることが頭の中でかみあわず、動けないでいた。が、モットにおしだされ、ようやく口をひらき「ここにはあまりないが」

と、机《つくえ》の上の額縁《がくぶち》に手をのばした。「これは金製品《きんせいひん》だ。かなりの価値《かち》がある」

額縁には、幼《おさな》い子どものスケッチが飾《かざ》られていた。ニーラの父親か、あるいはハーロウの召使《めしつか》いが教えてくれたもうひとりの子どもか。おれはハーロウにつげた。「絵はいらない。額縁はもらっていく」

ハーロウがスケッチをはずし、机の上に額縁をそっとおいた。それをエリックが持ってきた袋《ふくろ》の中に入れる。

つづいてハーロウはベストの中に手を入れ、とりだした物をおれにわたした。「これもやろう。やはり金製品だ」ニーラの父親の形見の懐中時計《かいちゅうどけい》だ。

おれはハーロウに投げかえした。「にせものの金だ。価値がない」モットがじっと見つめるので、つけくわえた。「にせものと本物の区別くらいつく」

「うそをつけ」と、エリックが片手《かたて》をさしだし、おれに向かって顔をしかめた。「おれには、そいつでじゅうぶんだ」

「とっていくなら、おれがもらう」おれは懐中時計をとろうとしたが、エリックに手をはたかれ、ナイフもちらつかされ、あきらめるしかなかった。

「この小僧《こぞう》は、にせものの金のように価値がない」モットがおれを見つめながらいった。「硬貨をくれてやれば、いなくなりますよ」

ハーロウが本棚《ほんだな》へ歩みより、上の棚《たな》から箱をひとつとりだして、おれに近づき、「中身を出すぞ」といった。

おれはエリックから戦利品を入れる袋を受けとった。ハーロウは箱をひろげ、おれの持つ袋の中に数十枚《まい》のガーリン硬貨《こうか》を落とした。

背後《はいご》でエリックが興奮《こうふん》し、息づかいが荒《あら》くなるのがはっきりとわかった。エリックはモットを見つめ、おれにたずねた。「おい、こいつはどうする？」

モットがおれを見て、「おまえになどつかまるか、こそ泥《どろ》めが」と、事務室《じむしつ》を飛びだした。

おれはハーロウを指さし、「見張《みは》ってろ！」とエリックにいい、ハーロウのそばで一瞬《いっしゅん》立ちどまって、「じっとしてろ。下手に動くとやられるぞ」とつげてから、モットを追って事務室を飛びだした。

モットは玄関《げんかん》ホールに向かう廊下《ろうか》の角の先で待っていて、おれの腕《うで》をつかみ、壁《かべ》に乱暴《らんぼう》におしつけた。

「ここでなにをしているのです？」モットがひそひそ声でたずねた。

「おれのいった通りにしてくれればよかったのに」とつぜん、いいたいことがあふれてきた。国境《こっきょう》を越《こ》えてカーシア国に侵入《しんにゅう》し、女と子どもまで襲《おそ》っているアベニアの盗賊団《とうぞくだん》のこと。それを知っていながら見ないふりをしたカーシア国の評議員《ひょうぎいん》たちのこと。なかでも最悪だったのは、助けをもとめた国民の声を無視《むし》したのが父上だったこと――。でも時間がない。「なぜ、ここに？」

「わからないのですか？」

「城《しろ》でトビアスを助けてもらいたかったのに」一呼吸《ひとこきゅう》おいてつづけた。「トビアスは、どうしてる？」

「アマリンダ姫《ひめ》とカーウィン卿《きょう》が守ってくれますよ。ですが、評議員たちがあなたに反対票を投じるという噂《うわさ》で、もちきりです。いますぐもどらないと、もどる場所がなくなるかもしれません」

おれはモットから離《はな》れた。「計画をやりとげないと、もどる意味がなくなる」

「デブリンを殺しても、問題は解決《かいけつ》しませんぞ」

「ああ、そうだな」できれば、つづきはいいたくなかった。いざ言葉にすると、自分でも無茶だと痛感《つうかん》した。

「海賊《かいぞく》もろとも、たたきつぶすんだ。ひとり残らず」

モットの目が怒《いか》りで燃《も》えあがった。「なんですと？　どうかしている！　王たる者の計画じゃない！」

おれは憤慨《ふんがい》し、小声でいいかえした。「じゃあ、宰相賛成派《さいしょうさんせいは》にまわればいいだろ。ほっといてくれ！」

さっさと立ちさろうとしたが、モットに腕をつかまれた。「カーシア国に宰相など望まないのは、わたしも同じです。ですが陛下《へいか》の行動は、王としての判断力《はんだんりょく》にかけると思っている者たちを、いきおいづかせるだけだ。墓穴《ぼけつ》を掘《ほ》りますぞ」

おれはモットのほうへ向きなおった。「どうしてわからないんだ？　カーシア国に危機《きき》がせまっているんだぞ。カーシア国を滅亡《めつぼう》から救うには、これしかない。グレガーの政治《せいじ》的な野心なんかより、はるかに深刻《しんこく》な事態《じたい》に直面してるんだ」

モットは納得《なっとく》しなかった。「グレガーも計画に引きいれるべきだったのです。グレガーは、お父上がカーウィン卿の次に信頼《しんらい》していた相手ですぞ。お願いですから、手遅《てお》れになる前におもどりください」

「もしおれがもどったら、海賊たちは、あとどのくらいでカーシア国を侵略《しんりゃく》する？　数日か？　丸一週間、準備《じゅんび》させてくれるか？　おれだって、こんなところにいたくない。ほかの方法を教えてくれよ。カーシア国が生きのびられる方法を。案があれば、おれはしたがう」

だがモットに案はなく、悲しみに満ちた声でいった。「ジャロンさま、海賊《かいぞく》の元から生きてもどった者はおりません」

「行かなきゃならないんだ……。あんたをこんなにはらはらさせる者なんて、おれ以外にいるのかな？」おれはそういい、ほほえみまでうかべた。

モットは小声で毒づいてから、いった。「わたしはアベニア国内のダイチェルの教会にいますので、なにかあればぜひご連絡《れんらく》を。あなたさまの身の安全のために、わたしはそれ以上は追わないでおきます」また立ちさろうとしたおれに、モットはさらにいった。「あなたさまのナイフを貸《か》してください」

「えっ？」

モットは手のひらを上にして手をさしだした。「事務室《じむしつ》を出てから、時間がたちすぎています。だからナイフを」

モットがおれの秘密《ひみつ》を守るために体を傷《きず》つけるのは、これで二度目だ。おれのナイフで腕《うで》を切りつけるモットを見るのは、自分の身を切られるように痛《いた》い。ナイフを返されたそのとき、背後《はいご》で小さな音を耳にして、おれはためらった。

小さなろうそくをつきだして目をこらしているのは、ニーラだった。ニーラはおれだと気づくと「あっ！」とおどろきの声をあげ、ナイフの血を見て一歩下がり、「いや……」と、きびすを返して階段《かいだん》をかけあがった。

おれは、あえて声をかけなかった。エリックに盗《ぬす》み聞きされかねない。

「お行きなさい」と、モット。「あの娘《むすめ》が屋敷《やしき》の者を起こす前に引きとめておきます。いいですか、ジャロンさま、ぜったいにおもどりを」

「ああ、もどるとも」自信などないくせに、いいきった。それでもモットは、はげまされたようだ。「いまさらだけど、ごめんよ」

モットがなにかいう前に事務室にもどったら、エリックがハーロウを壁《かべ》におしつけ、ナイフをつきつけていたので、わりこんでどなった。「なにをしてる?」

「おまえの名前をきかれたんだ」と、エリック。

おれはハーロウのほうを向いた。「名前など忘《わす》れろ。それと、今夜のことも」そしてエリックをつかんだ。「引きあげよう」

エリックの視線《しせん》が、おれの血まみれのナイフにそそがれる。ハーロウは想像《そうぞう》をめぐらし、ぎょっとして息をのんだ。エリックがつぶやいた。「なんでもやってのけるっていうのは、このことか。どうやら見くびっていたようだ」

「あの男は自業自得さ」おれはそういい、エリックに向かってうなずいた。「先に行け」

エリックが窓《まど》から逃《に》げたあと、ハーロウのほうをふりかえったら、向こうが先に口をひらいた。「ま、まさか、よもや——」

「いつか、わかってくれたらありがたい」おれはほとんど声を出さずにいった。「ゆるしてくれ」

ハーロウは無言で首をふった。強いショックをうけ、裏切《うらぎ》られたと思っているにちがいない。今回の盗《ぬす》みは一生ゆるしてもらえないだろうと覚悟《かくご》しながら、おれは木をつたって地面におりた。

19

わずか数分後——。「動揺《どうよう》してるみたいだな」馬に乗ってライベスから引きあげながら、エリックに声をかけられた。となりではほかの盗賊《とうぞく》たちが、ハーロウの金の分け前で買える飲み物の本数を数え、地味に成功を喜んでいる。早くも自分たちの金だと思いこみ、おれを功労者のようにほめる姿《すがた》は、ぞっとするほどおぞましい。

「笑えよ」と、エリック。「祝いのときだ」

「顔を見られた」おれはつぶやいた。

「はあ？」エリックの下卑《げび》た笑い声に、おれは筋肉《きんにく》がこわばった。「なんの心配もいらねえよ。カーシア国がおれたちに手を出す？　はっ、ありえねえ！　カーシア国の王の噂《うわさ》をきいてるだろ」

「エクバート王は死んだ。いまは新しい王だろ」

「そうそう、そいつ。エクバート王の息子。名前はなんだっけ？」

「ジャロン」

「そいつだ。よくは知らねえが、噂どおりの王ならば、おれたちはカーシア国で好き放題だぜ」

自分でもなぜかわからないが、笑い声がもれた。「ジャロン王のどこがまずいんだ？」

「昔から乱暴《らんぼう》で、向こう見ずな性格《せいかく》らしい。長いあいだ行方不明だったのに、のこのこともどってきて王になったのは有名な話だ。そんな生いたちのガキに、国王なんてつとまるかよ？」

「むりだね」自分がさんざんあやまちを犯《おか》してきたことくらい、わかっている。そもそもいま、エリックと馬をならべていること自体、人生最大のあやまちだ。

「そりゃそうだ」エリックがクックッと笑った。「まあ、おれたちにとって大事なのは、うちの国のバカな王が盗賊《とうぞく》など知らんとしらを切れるようにしてやることだけだ」

「王はじつは知ってるってこと？」

「アベニアのあの王は、たとえ知ってても、おれたちみたいなケチな盗賊など見向きもしねえ。自分の手を汚《よご》さずになにかするときは、海賊《かいぞく》を利用するからな」

アベニア国のバーゲン王自身、海賊と協力することもあるとみとめていた――。いま、アベニア国はおれの国をねらい、海賊はおれの命をねらっている。アベニアの王と海賊が手を組むのは、当然のなりゆきだ。

エリックはおれの暗い顔に気づかないらしい。となりでくすくすと笑い、さらにいった。「バーゲン王のいちばんのねらいはカーシア国だ。カーシア人のおまえがもし海賊になれたら、バーゲン王はカーシア国を滅《ほろ》ぼすために情報《じょうほう》を引きだそうとするかもな」

それくらい、いわれなくてもわかっている。

おれがほとんど反応《はんのう》しないので、エリックは馬を前進させてハーロウ邸《てい》でのできごとを手下たちにくわしく話し、わざわざ懐中時計《かいちゅうどけい》まで出して見せ、時計の真の価値《かち》など気にもとめずにシャツの中へもどした。なぜハーロウは、あっさりと懐中時計を手放したのだろう。時計をエリックにうばわれた自分がふがいなくて、腹《はら》が立つ。

盗賊団《だん》のキャンプの近くまでもどったとき、いらだちが急に不安に変わった。丘《おか》をのぼりきった瞬間《しゅんかん》、はるか下の道に少なくとも数十頭の馬がならび、行く手をはばんでいるのが見えたのだ。その馬にまたがった人物を見たとたん、面倒《めんどう》なことになったと悟《さと》った。

おれはミスティックをとめ、となりのあばた顔の盗賊にたずねた。「あれはバーゲン王の兵士たち？」

あばた男は目をこらし、顔をしかめた。「みたいだ。王がそろそろ税金《ぜいきん》を巻《ま》きあげてこいといったんだな」

エリックは、すでにおれたちのほうへ下がっていた。「おい、全員、馬を下げろ」

いわれたとおり、兵士たちから見えないところまで下がった。エリックが全員を集め、鞍《くら》にとりつけた大《おお》袋《ぶくろ》の中から硬貨《こうか》の袋をとりだした。おれがハーロウから盗《ぬす》んだ金だ。「全員、分け前をとってかくせ。ブーツの中でも、鞍の下でも、どこでもいい。早く！」

「別の道を行こう」おれは、不安な声になるのをおさえられなかった。「やつらがいなくなるまで、待ってもいい」

すぐそばにいた盗賊が声をあげて笑った。「セージは王の手口を知らねえんだな」

おれは、そんなことはないと強い口調でいいかえした。ここにいる中で、おれほどバーゲン王の手口を知っている者はたぶんいない。おれの場合、ひと握《にぎ》りのガーリン硬貨《こうか》を失うだけではすまないのだ。このまま前進して、バーゲン王の兵士たちに見られる危険《きけん》だけはさけたい。

「たぶん向こうはこっちに気づいている」と、エリック。「早く丘《おか》をおりていかないと、追いかけられて、もっとやっかいなことになる」

これ以上やっかいな事態になど、なりようがない。

おれの暗い気持ちを察し、エリックがいった。「きのうの晩《ばん》は本当によく働いた。金をとられたくないのはわかる。おれだって、じょうだんじゃないと思ってる。だが、どうしようもないんだ。さあ、分け前をとれ。少しは手元に残るように祈《いの》ろうぜ」

前進するのは本気でいやだが、いまエリックの元を離《はな》れたら、海賊《かいぞく》にたどりつけなくなる。エリックがさしだした戦利品の大袋《おおぶくろ》に手をつっこんだら、硬貨の袋の下に布《ぬの》が数枚《すうまい》あるのがわかった。

なんのための布かとたずねたら、エリックが肩《かた》をすくめて答えた。「キャンプから離れているときに、手下が怪我《けが》をするかもしれないだろ」

おれはまた手をつっこんで布をとりだし、巻《ま》かれた布をひろげた。

「おいおい、税金《ぜいきん》は、怪我していようがいまいが同じだ」と、エリック。「前に使ったときの血がこびりついてるぞ」

「ますます好都合だ」細長い布を頭に巻き、片目《かため》とほおと髪《かみ》全体をおおいかくし、血がこびりついた部分が目の上にくるようにした。

「おい、やめろ。こっけいだぞ」

「怪我人《けがにん》にしか見えない。まだ、こっけいじゃない」布の端《はし》を引きちぎって口の中につっこみ、片方《かたほう》のほおと歯茎《はぐき》のあいだにおしこんだ。ほおが腫《は》れているように見せたい。「ほら、これでようやく、こっけいだ」

エリックはぶつぶつと文句《もんく》をいってから、手下たちに落ちつけといい、全員、何事もなく通り抜《ぬ》けられるかもしれないとつげた。

全員で近づいていったら、アベニア国の兵士たちは直立不動の姿勢《しせい》をとり、とまって馬をおりろと命令した。おれはうつむいたまま、ミスティックからすべりおり、七、八名の盗賊団《とうぞくだん》の中にまぎれこんだ。

「貴重品《きちょうひん》なんてありませんよ」と、エリックは兵士たちにいった。「キャンプにもどろうとしてただけなんで」

エリックのいちばん近くにいた兵士がわざとらしくせきばらいをし、一列にならんで武器《ぶき》を下におけ、とおれたちに命令した。おれはぐずぐずしていたが、まわりの盗賊たちが早くも整列しはじめたので、エリックのとなりに立った。ナイフを地面におけ、とエリックに合図されたのでおいたが、もし乱闘《らんとう》になったら少しは抵抗《ていこう》できるよう、ブーツのつま先でおさえておいた。でも、たぶん焼け石に水だ。こっちより相手のほうが人数が多いし、全員武装《ぶそう》している。結局、傷《きず》の手当てで布を使うことになるだけか。

兵士たちはまずエリックの身体検査《けんさ》をし、すぐにハーロウの懐中時計《かいちゅうどけい》を見つけて地面にひろげた布の上に放りなげた。つづいてエリックが馬の鞍《くら》につけていた戦利品の大袋に手をつっこみ、硬貨を見つけ、エリックのあごを思いきりなぐって地面にたおした。

「王にうそをつくのか？」と、その兵士はいった。

「あんたにうそをついただけだ」エリックは少しうめき、くちびるの血をぬぐった。「おれたちの財産《ざいさん》をうばう権利《けんり》など、あんたにあるのか」

「わしにはある」と、別の声がした。

おれはすばやくふりかえり、とっさにあごを引いてうつむいた。背《せ》の高い木々の裏《うら》にとめてあった馬車から、アベニア国のバーゲン王が姿《すがた》をあらわしたのだ。うつむいていたので注意をはらっていなかったが、よく見れば、父上の葬儀《そうぎ》のときに乗ってきたのと同じ馬車だ。

バーゲン王が進みでて、おれたちをざっと見まわした。盗賊《とうぞく》たちはひざまずいたが、おれは顔をそむけ、エリックが起きあがるのに手を貸《か》した。おれがひざまずかなかったことに気づいたとしても、バーゲン王はとくにとがめなかった。「わがアベニアに輝《かがや》かしき日がおとずれようとしている。われらはじきに、ただの偉大《いだい》なる国ではなくなる。一大帝国《ていこく》となるのだ」

おれは歯を食いしばった。バーゲン王はおれの民を踏《ふ》み台にし、海賊《かいぞく》の助けを借りて、栄光を手にするつもりだ――おれが阻止《そし》する方法を見つけないかぎり。

「硬貨《こうか》をすべて捨《す》てよ。そうすれば、ごまかそうとした罪《つみ》は問わん」と、バーゲン王はつづけた。「偉大なるアベニア国へ寄付《きふ》する機会をあたえられたことを、感謝《かんしゃ》するがよい」

盗賊たちは小声でぼやいたが、目の前に強欲《ごうよく》な王がいる以上、なにをいってもむだだ。全員かくしていた硬貨をとりだし、地面の布《ぬの》の上に落とした。ハーロウの財産を敵国《てきこく》にさしだすのはくやしくてたまらなかったが、おれも硬貨をわたした。とにかく、バーゲン王の目をひくことだけはさけたい。

バーゲン王は集まった硬貨をながめてから、それをまたいで、おれたちに目を走らせた。ありがたいことに盗賊たちも全員、おれと同じようにうつむいていたので、顔の布をのぞけば目立たなかった。

「よい知らせは、まだあるぞ」バーゲン王は、おれたちをばかにするような口調でいった。よい知らせのはずがないのは、全員わかっていた。「わが国は寄付にくわえ、兵士も募集《ぼしゅう》しておる。いまのおまえたちは、ただの盗賊。けちなネズミだ。だが今日わしといっしょに来れば、英雄《えいゆう》にしてやろう」

おれは、声をあげて笑いそうになった。平和な隣国《りんごく》を襲《おそ》う兵士が英雄？　おれからカーシア国を丸ごと盗《ぬす》もうとしているくせに、エリックの手下たちをただの盗賊だと？　ナイフをひろってバーゲン王に襲いかかりたくて、むずむずする。そんなことをしたら全員処刑《しょけい》だ。ぜったい動けない。それでも、おれがここにいることをバーゲン王に見せつけたい気持ちはあった。

バーゲン王が、エリックをはさんでおれと反対側にいる男を指さした。「よし、そいつだ。連れていけ」

大柄《おおがら》で筋肉質《きんにくしつ》のその盗賊は、わずか二十分前に、おれがハーロウから盗んだ戦利品を祝して全員にビールをおごると約束したばかりだった。後ずさったがつかまり、ナイフをつきつけられてバーゲン王の馬車のとなりの荷馬車へと引きずられていくと、荷台に放りこまれた。バーゲン王はさらにふたりの盗賊を指さした。ひとりはたぶんエリックの親友、もの静かなもうひとりは盗賊団《とうぞくだん》に来てからまともに見たことのない男だ。そいつは文句《もんく》もいわずにしたがったが、エリックの親友は「だれがおまえなんかのために戦うもんか！」とわめき、ポケットからナイフを引きぬいた。が、兵士たちの反応《はんのう》はすばやく、即座《そくざ》に六本の剣《けん》を向けられ、結局ふたりとも荷台に乗せられ、格子《こうし》をはめたドアをしめられた。

アベニア軍がカーシア軍よりはるかに大規模《きぼ》なわけが、よくわかった。これがバーゲン王の徴兵制度《ちょうへいせいど》だとしたら、いくらでも兵士を増《ふ》やせる。

「戦うとも」と、バーゲン王はせせら笑い、残りのおれたちに向かって手をふった。「ひとり残らず」野良犬のような兵士たちに片手《かたて》をふって、つけくわえた。「全員連れていけ。今後のために、できるかぎり人数を増やすのだ」

兵士たちは剣を引きぬいたまま、即座におれたちを荷馬車のほうへせきたてたが、おれは動かなかった。となりのエリックも動かない。両手の拳《こぶし》を握《にぎ》りしめている。あらがう価値《かち》があるかどうか、考えているらしい。その答えは、すぐに一名の兵士がもたらした。剣の背《せ》でエリックのひざの後ろをひっぱたいたのだ。エリックは低くうなって地面にくずれた。おれもひっぱたかれて踏《ふ》んばれず、エリックのとなりにたおれこんだ。兵士たちがエリックの両腕《りょううで》をつかみ、荷馬車のほうへ引きずっていく。別の数名が近づいてきたとき、おれはすでにナイフをつかんでいた。ところがバーゲン王が、待て、と兵士たちをとめて、寄《よ》ってきた。

「おまえ、怪我《けが》をしておるな」

おれは顔をあげずに首をふった。

「小僧《こぞう》、立て」

おれは立ちあがったが、目をあわせなかった。バーゲン王は何時間にも思えるほど長く、おれをしげしげと観察した。とうとう正体がばれたか。最後に会ったときはあたりが暗かったし、いまのおれはあのときよりはるかに汚《きたな》いが、正体をさらけだしている気がしてならない。顔に巻《ま》いた布《ぬの》のせいで、かえって目立ったのか。

ところが、ちがった。それどころか、布は正反対の効果《こうか》をもたらしたらしい。王はおれの顔をまともに見ず、なぜ顔に巻いているのかと、布ばかり見つめている。

「怪我でないとしたら、なぜ布を巻いておるのだ？」

よくある変装《へんそう》という理由以外に？　ほおと歯茎《はぐき》のあいだにつめこんだ布のせいで、おそろしく奇怪《きかい》に見えるようにと期待しながら、おれはバーゲン王にほほえみかけ、ひそひそ声でいった。「伝染病《でんせんびょう》です」

その一言でじゅうぶんだった。伝染病がどのように感染《かんせん》するにせよ、重病人のそばにいるのが危険《きけん》なのはだれでもわかる。

バーゲン王はおれから飛びのいた。おれはわざとうめき、王に向かって手をのばし、さらに恐怖《きょうふ》をあおった。バーゲン王はおれをよけようとして体をひねった。前にいっていた腰痛《ようつう》はさぞ悪化しただろう。ざまあみろ！

「病気持ちの連中だ！」と、バーゲン王はさけんだ。「全員、解放《かいほう》しろ！」

兵士たちはやけどでもしたみたいにエリックを離《はな》し、まばたきよりも早く荷馬車を空っぽにした。バーゲン王を馬車に乗せるのも、電光石火の早業だ。バーゲン王と配下の兵士たちは金もとらずにあっという間《ま》に走りさり、おれたちは馬のひづめの土ぼこりの中にとり残された。

顔から布《ぬの》をはずすと同時に、盗賊《とうぞく》たちがいっせいに歓声《かんせい》をあげた。ところがエリックだけは、おれが悪事でも働いたようにひたすら見つめ、腕《うで》を組んでいった。「どういうことか、説明してもらおう」

気持ちはわかるが、説明する気はない。「もしおれがああしなかったら、全員、明日からはアベニア兵だったんだぞ」

「ああ、かもな。しかし、あんなまねをした理由にはなってない」

「だれかがなにかしなくちゃって思っただけさ」おれはそれだけいうと、ナイフを鞘《さや》にしまい、ミスティックに近づいてまたがって、盗賊団《だん》のキャンプへふりかえることなく向かった。ほかの連中もおれにつづき、一分後にはエリックも鞍《くら》につけた大袋《おおぶくろ》の中で硬貨《こうか》をじゃらじゃらいわせながら列のいちばん後ろについていた。さっきの場所から遠ざかり、ようやくほっとした。

キャンプにもどったのは昼近くになってからだった。目玉焼きとスコーンが用意してあり、おれがアベニアの徴兵《ちょうへい》から救ってやった盗賊のひとり――あばた男だ――が食えとしつこくすすめるので、むりやり食べた。フィンクがとなりにすわり、冒険談《ぼうけんだん》をあれこれききたがったが、おれがひとつも答えないのでがっかりしていた。フィンクの肩《かた》にもどったペットのネズミが、おれの食事をじろじろとながめている。
「あんたは、もう身内なんだって」と、フィンクが話しかけてきた。「みんな、そういってるよ」
「おれには身内なんていない」いるとしても、盗賊たちではない。
なにを思ったか知らないが、フィンクは軽く笑った。「バーゲン王に伝染病《でんせんびょう》だといったんだって？　はは
はっ！　おれもあんたくらいの歳《とし》になったら、たぶん同じになるよ」
「とっとと失せろ！」おれは、どなりつけた。「おれなんかと似《に》るな！」
フィンクはどこ吹《ふ》く風で、そのままおれのとなりで食事をつづけ、おれが食べおわると、テントのそばの
寝袋《ねぶくろ》を指さした。「疲《つか》れてるなら、あそこで眠《ねむ》ってかまわないって、エリックがいってたよ。いちおうおれ
が見張《みは》りにつくけど」
「おれは身内になったんじゃなかったのか」
フィンクは肩をすくめた。「こっそり逃《に》げだすような身内じゃないって、エリックがたしかめたいだけじゃ
ないの」
「逃げる気はない」
「わかってるって。見張らせてもらうけど」
その言葉どおり、フィンクはおれの寝袋が直接《ちょくせつ》見える地面にすわりこんだ。おれは横になって目をとじた
が、眠れなかった。少しして、おれが眠ったように見えたのだろう。エリックがフィンクに近づき、ささや

く声がした。「あいつのこと、どう思う？」

フィンクは少しためらってから答えた。「おれたちみたいな、ふつうの盗賊《とうぞく》じゃないね」

「おれもそう思う。あいつ、バーゲン王に顔を見られたくなかったんだ。なぜだと思う？」

「さあ。ガキ同士、おれにはもっと本音をもらすだろうっていったよね。でもあいつはガキっぽくないし、おれになにもしゃべらないよ」

「きっといままでいろいろ見てきて、自分のことを語らないようになったんだな。でもおまえのいうとおり、あいつは盗《ぬす》みの腕《うで》はいい。おもしろい秘密《ひみつ》を握《にぎ》っていそうだ。おれがあいつのねらいをつきとめるまで、しっかり見張《みは》ってろよ。洞窟《どうくつ》の中の財宝《ざいほう》なんて、あいつはこれっぽっちも気にしてない」

とんでもない。おおいに気にしている。カーシア国の大部分の財宝をかくしてあるのだ。洞窟のありかを白状《はくじょう》するくらいなら、海賊《かいぞく》に殺されたほうがましだ。

策《さく》は講《こう》じてある。首都ドリリエドを離《はな》れる前に、洞窟の警備《けいび》をあつくするよう、侍従長《じじゅうちょう》のカーウィン卿《きょう》に頼《たの》んでおいた。たとえおれがこの作戦に失敗しても、カーシア国の財宝がだれの手にもわたらないようにしておきたかったのだ。すべてうまくいけば、洞窟の場所を白状することなく、おれの計画は完了《かんりょう》するのだが。

家族の葬儀《そうぎ》の晩《ばん》から、なにひとつ順調にいっていない――。みぞおちのあたりにそんな思いを抱《かか》えながら、ようやく眠りに落ちた。

20

その日の午後——。拍手《はくしゅ》と歓声《かんせい》で目がさめた。起きあがり、顔にかかった髪《かみ》をはらって、フィンクにたずねた。「なにごとだ？」

フィンクは岩の上に立って木の幹《みき》によりかかり、テントの裏《うら》のなにかを見物していた。「クイーンズ・クロス・ゲームが始まったんだ。見に行かない？」

ここでことわるとフィンクが絶望《ぜつぼう》のあまり溶《と》けて消えてしまいそうなので、思いきりのびをしてから立ちあがり、男たちがゲームに興《きょう》じている競技場《きょうぎじょう》へと向かった。

クイーンズ・クロスは二チームで争われる。競技場の両端《りょうたん》にそれぞれのチームのゾーンがあり、敵《てき》のゾーンの中にある旗——これが〝クイーン〟——を先にうばったほうが勝ちというゲームだ。プレーヤーは小麦や米がつまった革《かわ》のボールをうばいあう。ボールは蹴《け》ったり、運んだり、敵のゾーンのほうへ投げてもかまわないが、プレーヤーがクイーンをとりに敵のゾーンに入れるのはボールを持っているときだけだ。怪我《けが》はあたりまえの格闘技《かくとうぎ》のようなゲームで、かなりおもしろい。

競技場へと近づくにつれて、エリックが離れた場所にいるプレーヤーに向かってボールを投げ、そいつがすぐさま敵に組みふせられるのが見えた。エリックはこっちに手をふってから、チームメイトのために道をあけようとしていた敵《てき》のプレーヤーを転ばせた。昨晩《さくばん》いっしょにハーロウ邸《てい》まで行ったメンバーが数名いて、そいつらはもちろん、ほかの連中も入れと誘《さそ》ってきたが、おれは遠慮《えんりょ》した。

「セージ、来いよ！」と、エリックが声をはりあげた。「プレーヤーがひとり足りねえんだ」

「いいよ、下手だから」と答えたが、うそではなかった。クイーンズ・クロスは子どものころによくやったが、貴族《きぞく》の子どもたちがおれと兄上を勝たせるようにいわれていたと知ってからは一度もやってない。王子とはそういうものであり、王族のおれたちを勝たせるのはほかの子どもの義務《ぎむ》なのだ、と兄上から説明されてカチンときたので、革《かわ》のボールを持って教会の屋根にのぼり、ボールを屋根の尖塔《せんとう》につき刺《さ》した。そのボールは、不運にも父上に命令された若《わか》い召使《めしつか》いが屋根にのぼってとりかえし、以後、城《しろ》ではクイーンズ・クロス・ゲームが禁止《きんし》された。孤児院《こじいん》ではたまにプレーしたが、結局なぐりあいになるので、ターベルディ夫人にとめられた。

「入れば。やりたそうな顔をしてるよ」と、フィンク。

フィンクの目にうかんだ本音を読みとれなかったら、よほどのまぬけだ。おれはエリックに声をかけた。

「フィンクもいっしょなら入る」

「そうすると、こっちがひとり多くなっちまう」

「フィンクはただのガキだ。一人前じゃない。やらせてやってくれ」

ゲームをつづけるために、敵チームが、参加しろ、とフィンクに手をふった。「うわあ、ありがと！」フィンクは見るからに興奮《こうふん》していた。

おれたちが位置につくかつかないかのうちに、ゲームが再開《さいかい》された。フィンクはすぐに張《は》りたおされたが、だいじょうぶだと合図したので、敵のプレーヤーたちはフィンクを追いこし、おれたちのクイーンに向かって突進《とっしん》した。おれは敵のプレーヤーをとめようとタックルし、お返しに敵のチームメイトにタックルされた。

敵のひとりがおれのシャツを引っぱり、三日前の晩《ばん》、ニーラをかばって受けた傷《きず》をあらわにした。シャツを引っぱった男と目があったが、あの晩に見た顔ではなかったので、おれは横転して離《はな》れ、ゲームにもどった。

数分後、敵チームが休憩《きゅうけい》を要求し、両チームとも一息ついた。エリックがおれたちに円陣《えんじん》を組ませて、いった。「敵は疲《つか》れてきた。もうひとおしで、やつらのクイーンをとれるぞ」

「こっちも疲れてる」おれのとなりにいたプレーヤーが声をあげた。「敵を全員おしのけて進むのはむりだ」

「たしかに。でも、おれたちが疲れてるなんて、敵はわからないよな」というおれの言葉に、全員の視線《しせん》が集まった。おれはフィンクを見てから、自分の作戦を説明した。

ゲーム再開後、敵のゾーンの近くでボールをキャッチしたとき、ふつうは屈強《くっきょう》なプレーヤーが単身で敵のクイーンに突進するが、おれたちはそうせず敵をすり抜《ぬ》け、自分たちのゾーンへいっせいにかけだした——たったひとりを残して。

じゅうぶん離れた位置に来てから、エリックがフィンクにボールを蹴《け》った。フィンクは、敵のゾーンのそばに、さりげなくぽつんと立っていたのだ。フィンクはボールをキャッチすると、敵のゾーンへかけこみ、敵《てき》がだまされたと気づく前にクイーンをつかんでいた。

おれのチームのプレーヤーが、よくやった、とフィンクにかけよった。エリックはフィンクを肩車《かたぐるま》までし、フィンクは満面にこぼれんばかりの笑みをうかべた。とちゅう、フィンクがおれを見て、クイーンの旗でおれに敬礼《けいれい》した。ボールは胸《むね》にしっかりと抱《かか》えている。

おれはほほえみつつ、もの悲しい気分を味わっていた。フィンクは盗賊団《とうぞくだん》の世界しか知らない。豊《ゆた》かな才《さい》能《のう》を持っているのに、将来《しょうらい》など望みようのないこの世界に、早くもとじこめられているようだった。

21

そのあとの午後はずっと、自分の勝利についてえんえんとしゃべりつづけるフィンクにつきあわされた。おれもその場にいてすべて見ていたし、そもそもおれの作戦だったのに、そんなことはおかまいなしだ。

「おれがクイーンをとったときの、やつらの顔を見た？　ははっ、いまごろ、くやしがってるぞ」

「おまえを無視《むし》するほど、くやしがってはいないぞ」おれは、通りすぎていった数名のほうへ頭をかたむけた。「そろそろ口をつぐまないと、連中がやってきて、くやしがっていないと思い知らされるぞ」

フィンクは声をあげて笑っただけで、全員が通りすぎるまでは口をつぐもうとしなかった。

おれはテントの裏《うら》においてあった木箱に腰《こし》かけ、ゲームの競技場《きょうぎじょう》だった場所をながめていた。フィンクがしつこくしゃべるので、なかなか集中できなかったが、やがてフィンクの声が鳥のさえずりていどに感じられるようになった。

競技場は、いまはがらんとしていた。何ゲームも対戦したので雑草《ざっそう》は踏《ふ》みつけられていたが、中央にぽつんと一本咲《さ》いた野生の花が目にとまった。あざやかな紫色《むらさきいろ》の花で、周囲の花ばなは踏みにじられているのに、それだけまっすぐ立っている。たまたま踏まれずにすんだのか？　それとも、踏まれたのに抵抗《ていこう》したのか？

しばらくするとエリックがあらわれ、木箱を持ってきてすわり、フィンクを追いはらった。フィンクは、ペットのネズミにえさをやらなくちゃ、といって立ちさった。

「今朝のおまえとバーゲン王とのやりとりをずっと考えてた」と、エリックが切りだした。

おれはだまっていたが、じつをいうと、おれもずっと考えていた。あそこまでうまくいったのはよかったが、運に恵《めぐ》まれただけのこと。運頼《だの》みでは、海賊《かいぞく》とわたりあえない。

「おまえ、うちの盗賊団《とうぞくだん》のことをどう思う？」と、エリックが話題を変えた。

「おれの誘拐犯《ゆうかいはん》としては、つぶぞろいのうそつきと、乱暴者《らんぼうもの》と、犯罪者《はんざいしゃ》がそろってるんじゃないの」

「あの宿屋に行ったのは、おれたちに誘拐《ゆうかい》されたかったからだろ」

おれはかすかにほほえんだ。「できれば、海賊に誘拐してほしかった。そうすれば、よけいな時間をはぶけたのに」

「セージよ、おまえは謎《なぞ》だらけだな」エリックの視線《しせん》は重かった。「強盗《ごうとう》に入った屋敷《やしき》にいたハゲ頭の男は、おまえがだれかすぐにわかった。盗賊としての評判《ひょうばん》に一目おいていたし、少なくともあそこでおまえと出くわしたことを喜んではいなかった」

「おどろいてたのは、まちがいないね」

「バーゲン王と敵対《てきたい》してるのもまちがいないな。理由はなんだ？　王に罪《つみ》でも犯《おか》したのか？」

「いや」いまは、まだ。

「それにしても、おまえの噂《うわさ》をきいたことがないなんて、ありえるか？」

「ずっとカーシア国にいたからね。アベニア国に来たのは、カーシア国が危険《きけん》すぎていられなくなったからさ」

「ほう。だから、あの貴族《きぞく》に顔を見られたくなかったんだな。あのハゲ男を生かしておけなかったのも、そのせいってことか」

ちょっとちがうが、エリックがひとりで納得《なっとく》したようなので、だまっていた。

「明日、もし海賊の元へ行くとしたら、おまえは海賊の側につくのか？　それとも敵《てき》にまわるか？」

「どちらでもないね。助っ人として海賊を頼《たよ》るしかないってだけさ」

「カーシア国のお宝《たから》を手に入れるための助っ人か？」おれはまたしても答えず、エリックがつづけた。「いいか、おまえが受けいれられるよう、できるかぎりのことはしてやるが、もともと危険な連中だ。おまえの場合は、海賊といっさい関わりがなかっただけに、よけい危険だ」

海賊といっさい関わりがなかった、というエリックの言葉が皮肉すぎて、つい笑いそうになり、顔をそむけた。エリックは気づかなかったらしく、さらにいった。「いまなら、まだ考えなおせる。海賊の一員になりたいというわりに、おまえ、ためらってるだろ。どんな人生がいいのか知らないが、ここでもそれなりに納得のいく人生を送れるぞ」

エリックの言葉は、いった本人が思う以上におれの心につき刺《さ》さった。納得のいく人生とはなんだろう。なりたい人間になり、行きたい場所へ行き、好きなように生きられる、自由な人生だ。エリックのいうことは正しい。ドリリエドの政治《せいじ》やかけひきとは無縁《むえん》のここなら、自由が手に入る。はてしない義務《ぎむ》と責任《せきにん》はなく、おれをこんな場所までつき動かした恐怖《きょうふ》と怒《いか》りからも自由になれる——。ここに残れば、人生はかなり楽になるだろう。

「いますぐ答えなくてもいい」エリックがいった。

「いや、いますぐ答える」それだけいうのに、声をしぼりださなければならなかった。「いま答えておかないと、気が変わるかもしれない。そんな危《あぶ》なっかしいことはできない。おれは明日、あんたといっしょに行く」

「二度と帰れなくなるとしてもか？」

「ああ、それでも」

と答えたら、エリックがほほえんだ。「じつはな、いまのはテストだ。一瞬《いっしゅん》、誘《さそ》いにのるかと思ったぜ」

「おれも一瞬、のろうかと思ったよ」

エリックは立ちあがって、おれの背中《せなか》をたたいた。「最高の誘い文句《もんく》だっただろ。さあ、なにか腹《はら》に入れておけ」

おれは食事に行くかわりに寝袋《ねぶくろ》へもどった。フィンクがやってきて、少しのあいだおれをながめてから、たずねた。「お腹《なか》、すいてない？」

「すいてるさ。夕食をとってきてくれ。ひとりきりで食べたい」

フィンクが顔をしかめた。「おれは召使《めしつか》いじゃない」

「召使いに決まってるって。靴《くつ》はもらえるのに普段着《ふだんぎ》をもらえないのは、召使いだからだろ？」

フィンクがかがみこんだ。「でも、あんたの召使いじゃない」

「いつもの召使いがそばにいないから、おまえでがまんしてやるよ」

「おれがいないあいだに逃《に》げる気じゃないの」

「腹がすいて死にそうなんだ。逃げるなら夕食のあとにする。早くとってこい」

フィンクは不満たらたらだったが、おれの命令にしたがい、数分後に自分とおれのシチューを持ってもどってきた。

「おれのシチューにつばを吐《は》いたか？」

とたずねたら、フィンクはむっとした顔をした。「ううん」

「おれなら、おまえにあんな風に命令されたら、つばを吐くぞ」

フィンクはばつが悪そうにほほえんだ。「まあ、吐いたかも……ちょっとね」

おれは笑いをこらえ、シチューを交換《こうかん》した。

少しのあいだだまって食事したが、すぐにフィンクがいった。「ここにいる人たちは、おれのこと、使い走りだと思ってるのかな？」

「だろうな」

「明日、おれもあんたたちについていったら、どうなる？」

おれは首をふった。「盗賊《とうぞく》の仲間にもなれないのに、海賊の仲間になれるわけがない」

フィンクは背筋《せすじ》をのばした。「おれ、いっぱしの海賊になってみせるよ。じつは、ここにいる盗賊には教えていない特技《とくぎ》があるんだ」

「へーえ。どんな？」

「うそ泣きができるんだ。見てて」

おれが顔をあげるころ、フィンクはすでに涙《なみだ》を流し、「ひ……ひどいよ！」とさけんだ。真にせまった演技《えんぎ》だ。

「ガキでも、チャンスをくれたっていいだろ！」

「まさにお涙ちょうだいだな」おれは、くすくす笑いながらいった。

フィンクは瞬時《しゅんじ》に笑顔にもどり、手の甲《こう》で涙をふいて、うす汚《よご》れた顔に涙の筋《すじ》を残した。「この特技で、女の人からミートパイを丸ごとせしめたことだってあるよ」

「海賊にもやってみろよ。赤んぼうのまねをやめないかぎり、縛《しば》り首だな」

「ぜったい、だいじょうぶだって。あんまり見せない特技だけど、見せるときはうまくいくんだ」

「じゃあこれからも、とつぜんわっと泣ける特技で、賞賛《しょうさん》と名誉《めいよ》を得られるように祈《いの》ってやるよ」

フィンクはばかにされたとわかったのに、気にするそぶりを見せず、ぶつぶつとつぶやきながら、シチューをスプーンでかきまわした。「エリックからきいたんだ。あんたがライベスで男をひとり殺したって。ほんと？」

「おれがなにをしたにせよ、相手にとって災難《さいなん》だったのはたしかだ」小声でいい、おれが立ちさるときに見せたモットの緊張《きんちょう》した顔を思いうかべた。おれのそばにいられないのは、身を切るように苦しいにちがいない。

「あんたは、そんなことができる人じゃないよ」

「ああ、だよな」それでも、海賊はつぶさなければならない。

フィンクがゆっくりと息を吐《は》きだした。「そんなに海賊の元へ行きたいの？」

おれはちらっとフィンクを見た。「行きたいわけじゃない。行かなきゃならないんだ」

「なんか、こわがってるみたいなんだけど」

「だれだって、こわくなることはあるさ。こわいとみとめないのは、ばかだけだ」

エリックがやってきたので、話はそこまでにした。エリックは、おれのそばにしゃがんでいった。「セージよ、火のそばに来てくれないか？ ライベスでの大胆《だいたん》な犯行《はんこう》について、みんな、おまえの話をききたがってる」

おれはエリックの頼《たの》みをきき流し、質問《しつもん》をぶつけた。「いつ海賊の元へ行くんだ？」

「それについては考え中だ。おまえについて、もっとよく知る時間があれば――」

「そんな時間が必要なら、おれは今夜ここを出て、別の方法を探《さが》す」本気だった。「おれには、時間なんてぜいたくなものはないんだ」

エリックはあごをさすった。「じゃあ、海賊にお宝《たから》の洞窟《どうくつ》の場所を教えるって約束してくれるか？ 海賊の元へ連れていって、おまえがしゃべらなかったら、おれもおまえも首が飛ぶ」

約束はできないが、真剣《しんけん》に答えた。「おれは自分の首が飛ばなくてすむよう、どんなことでもする。あんたの首も飛ばないよう、できるかぎりの努力はする」

どうやら、この答えでじゅうぶんだったらしい。エリックが目をきらきらさせながらいった。「ああ、海《かい》賊《ぞく》になるのが長年の夢《ゆめ》だったんだ。海賊にさしだすものがなくて、仲間になれなかったんだが、ようやく夢がかなう」

「じゃあ、いつ出発する？」

エリックは少し考えて、決断《けつだん》した。「夜明けとともに出発だ。海賊が起きだすころに着きたい。デブリンは、その時間帯がいちばん機嫌《きげん》がいいんだ」

おれはフィンクに器をわたして寝袋《ねぶくろ》をつかみ、そばにある食料品のテントまで引きずっていった。「それなら、ひとりでぐっすり眠《ねむ》りたい。朝なんてすぐだ」

横になったが、目をつぶりはしなかった。昼間にたっぷり眠っておいたので、起きているのはつらくない。それよりも、逃《に》げられるうちに逃げてしまいたい、という切実な思いに逆《さか》らうほうがつらい。

あたりが静まりかえってようやく、危険《きけん》を承知《しょうち》で、教会にいるモットに会いに行く覚悟《かくご》を決めた。モットは最初から正しかった。この計画は正気の沙汰《さた》じゃない。さっきのフィンクとの会話が、心の中でうずまいていた。いざとなったら、海賊を滅《ほろ》ぼすためにやるべきことを、本当にできるのか？　人の命なら、以前ファーゼンウッド屋敷《やしき》でうばったことがある。わざとではなく、イモジェンをかばってやむなくだったが、それでも心がぼろぼろになった。海賊に近づけば近づくほど、計画の欠点ばかり目につく。わずかでも望みをつなぎたければ、やはりモットの助けが必要だ。

片《かた》ひじをついて体を起こした。フィンクが夜の見張《みは》り番としてテントの出入り口に陣《じん》どっているが、そこから外に出るつもりはない。テントの隅《すみ》の垂《た》れ幕《まく》をめくり、静かにくぐった。

だが意外にも、別の盗賊《とうぞく》に行く手をふさがれた。その盗賊は起きあがって、おれの襟《えり》をつかみ、すごみのある声でいった。「どこへ行く?」

「どこもなにも、行かないとまずいんだ」母親に似《に》て膀胱《ぼうこう》が豆粒《まめつぶ》みたいに小さいから、と、いつものいいわけをするつもりだった。

ところがそいつは問答無用でおれを地面につきとばし、テントの垂れ幕をめくった。「エリックがむかえに来るまで、中にいろ。もしまた起こしたら、エリックが来る前にあの世行きだ」

ありがたい話ではなかったので、すごすごとテントにもどった。どこから抜《ぬ》けだしても、だれかが待ちかまえていると思ったほうが無難《ぶなん》だ。

悪態《あくたい》をつき、テントの柱を蹴《け》りつけたら、フィンクがびくっとして目をさました。寝《ね》ろ、おれにかまうな、と命じてから、蹴ったばかりの柱にもたれてすわった。今夜はモットに会えそうにない。海賊の元には、モットの助けを借りずに行くしかない——。

22

早朝にエリックが迎《むか》えにきたとき、おれはまだ柱によりかかってすわっていた。

「ほう、もう起きてたのか」

起きているし、まだ腹《はら》を立てている。エリックの顔など見たくもない。

「きのうの晩《ばん》、こっそり抜《ぬ》けだそうとしたそうだな」

「ほかの連中は好きに動きまわれるのに、なぜおれはだめなんだ？」

「まだおれたちの一員じゃないからだ」

「じゃあ、あんたとは海賊《かいぞく》の元へ行かない」

「なぜだ？」

ここで初めてエリックの顔を見た。「おれを信用していないやつが、どうやって海賊におれを信用させられるんだ？」

エリックがむっとして顔を赤くし、「おまえは、信用しちゃいけないのかもしれねえな」と片腕《かたうで》をふった。

すると、右ほおに一本の長い傷《きず》のある男がテントの中に入ってきた。おれは一瞬《いっしゅん》、目をつぶった。ちゃんと耳をすましていれば、このふざけたなりゆきに大笑いする悪魔《あくま》の声がきこえただろう。そいつは、ニーラを助けるために戦った晩にたいまつを持っていた男で、おれのことに気づいている。おれは腹をくくり、しぶしぶ立ちあがった。男は服を着ていたが、肩《かた》に包帯を巻《ま》いているのがわかったので、多少胸《むね》がすっとした。おれの剣《けん》は肩に命中したわけだ。

「昨晩《さくばん》もどってきたフェンドンだ」と、エリック。「クイーンズ・クロスに参加した中に、おまえをあやしんだやつがいて、フェンドンに知らせた。フェンドンは、おまえの馬に見おぼえがあるんだと。おまえにも見おぼえがあるそうだ」

フェンドンがふんぞりかえって前に出て、とめる間もなくおれのシャツをめくり、エリックに腹の傷を見せた。「やっぱり、こいつが例の小僧《こぞう》だ。これはおれが刺《さ》した傷だ」

「刺した？」おれは、ばかにして鼻を鳴らした。「あんな剣さばきじゃ、おれを引っかくのがやっとだったくせに」

「そんな話は初めてだ」と、エリックがおれを責《せ》める。

おれは、だまってナイフをつかんだ。「きかなかっただろ」

フェンドンが腕《うで》を引き、おれのあごをなぐった。おれは床《ゆか》に転がったが、その前にフェンドンのシャツをつかみ、いっしょに引きずりたおした。フェンドンが負傷《ふしょう》しているほうの肩からたおれこみ、痛《いた》みでうめく。

おれは引きぬいたナイフをフェンドンののど元につきつけ、エリックにいった。「なぜ罪《つみ》のない女を殺し、その女の幼《おさな》い娘《むすめ》も殺そうとしたか、きいてみろよ」

エリックは目を見ひらいた。「な、なんだと？」

「あんた、カーシア国での略奪《りゃくだつ》にしばらく参加してなかったんだよな」おれはエリックにそういうと、体を寄《よ》せてフェンドンにつげた。「もしまたあんなまねをしたら、ただじゃおかないからな」

エリックはおれの両肩《りょうかた》をつかんでフェンドンから引きはなすと、フェンドンの胸《むね》を足でおさえ、本人があばれないと合図するのを待って足をどけた。フェンドンはそのままおれていたが、拳《こぶし》を握《にぎ》ったまま、おれをにらみつけている。

「掟《おきて》があるだろうが！」と、エリックがフェンドンをどなりつけた。「おれたちは盗賊《とうぞく》だ。人殺しじゃない！」

「おととい、貴族《きぞく》の家で、こいつは人を殺したんじゃないんですか？」と、フェンドンがむっちりした短い指でおれを指さす。

「逃《に》げられたら助けを呼《よ》ばれ、こっちがつかまっていた。セージは、おれたちを助けてくれたんだ。二度も助けてくれたうえ、けっこうな収穫《しゅうかく》をもたらしてくれた。だがおまえたちのしたことは、いいわけできない！」

「もう二度としませんよ」フェンドンの不満げな口調は、また同じことが起きてもかまうものかと暗につげていた。つづいて、フェンドンはおれに話しかけた。「いまは、おれたちの仲間ってわけか？」

「あんたみたいな能《のう》なしの？　はっ、じょうだんじゃない。おれとエリックは、今日、ここを出る」

フェンドンのくちびるがゆがんだ。「もどってくるのを待ってるぜ。たっぷり礼をさせてもらう」

「じゃあ、ずっと待ってろ。おれはもどらない」それだけいうと、おれはさっさとテントから出た。

出発の準備《じゅんび》を終えるまで、あまりしゃべらなかった。国境《こっきょう》の襲撃《しゅうげき》でおれがなにをしたか、エリックが何度かたずねてきたが、よけいなことはいっさいいわず、ニーラの話はしなかった。エリックがおれと同じくらい、手下たちの乱暴《らんぼう》なふるまいを気に病んでいるのは、意外だった。

「海賊《かいぞく》には、罪《つみ》のない女と子どもには手を出さない、という掟がある。盗賊もそれを守るべきだ」

「じゃあ、おれはその掟に守ってもらえるんじゃないの。おれ、まだ子どもで通る？」

エリックは首をひねった。「罪のないという点で、ひっかかるな」

ほどなくフィンクがおれの朝食を運んできて、「召使《めしつか》いだから運んできたんじゃないよ」と、器をわたしながら念をおした。「友だちだから持ってきただけだよ。わかった？」

「おれのシチューにつばを吐《は》いたか？」

「ううん」

「じゃあ、友だちだ」

まもなく出発の時間となり、フィンクはいっしょに連れていってくれとエリックに最後のお願いをした。涙《なみだ》を流さなかったところからすると、切り札の涙はすでに使ってしまったらしい。

「足手まといになる」と、エリックはつっぱねた。

「おれ、役に立つよね、ね」とフィンクはねばったが、エリックは首をふるばかりだ。

「エリックには、おまえの面倒《めんどう》を見るひまがない」と、おれは口をはさんだ。「おれが逃げださないよう、見張《みは》りつづけるだけでせいいっぱいだ」

エリックはため息をついてから、おれの笑みに気づき、ようやく「来てもいい」と、フィンクにいった。「ただし海賊《かいぞく》になるには幼《おさな》すぎるから、おれの小間使いだ。おれがいないときは、セージを見張れ」そして馬のロープをほどきながら、おれに寄《よ》ってきてささやいた。「おまえに乗せられたなんて思うなよ。おれが連れていくと決めたんだ。そばにおいておけば、なにかと役に立つからな」

軽く笑い、ミスティックにまたがったら、「よし、行くぞ」と、エリックに一本の剣《けん》をさしだされた。「おまえの努力のたまものだ」

ただの盗賊でも受けとらないような、安くて軽い剣だ。だから、つっ返した。「おれの剣じゃない」

「おまえには、それでじゅうぶんだろうが」

おれは鼻を鳴らした。「どこが」

エリックが、おしつけようとする。「ほら、とっておけ」

「ここに持ってきた剣がいい」

「なぜだ?」

「柄《つか》の石が、おれの目の色に映《は》えるんだ」

「これを使わないなら、剣は無しだ」受けとらないとわかると、エリックはおれをにらみ、関節が白くなるほど剣を握《にぎ》りしめ、馬を蹴《け》って前進させた。

おれもミスティックを前進させた。だがおれが向かった先は、おれの剣がおいてあるテントのほうだ。突《とっ》進《しん》してテントをナイフで切り裂《さ》き、ぎょっとした盗賊に刃《は》をきらめかせ、テーブルから剣をひっつかんで走りでたら、エリックが待っていた。

「まったく、手に負えないな、おまえは」

「ああ、あんたが思ってる以上にね」おれは剣を鞘《さや》ごと腰《こし》にくくりつけた。「じゃあ、行こう」

エリックは、なおもおれを見つめていた。「まだ始まってもいないのに、おまえのことをきらいになっちまいそうだ」

「でも、まだきらいじゃないんだよな。それ自体、見上げたもんだ」

おどろいたことにエリックは声をあげて笑い、数分後にはキャンプを後にして海賊の元へ出発していた。

エリックは、興奮《こうふん》をかくしきれなかった。

「海賊について教えてくれないか」と、おれは声をかけた。「どんな心がまえでいればいい?」

「海賊がおまえをどう思うかなんて、わからねえよ。若造《わかぞう》だが役に立つと判断《はんだん》すれば、おまえぐらいの歳《とし》のガキでも受けいれる。デブリンは四年前、カーシア国の次男の王子を殺す仕事をうけおって、海賊の仲間になった。その王子をかくまったとされる司祭を殺したのも、デブリンだ。それからまもなく、海賊王となった」

エリックはおれのほうを見て、つけくわえた。「司祭のことは、フィンクからきいてるよな。おまえ、いまも動揺《どうよう》しただろ」

「知りあいだったんだ」拳《こぶし》を握《にぎ》りしめ、心臓《しんぞう》がはげしく脈打っているのは、もちろんそのせいだけじゃない。

「そこが引っかかっているのか？　もしそうだとしたら――」

「いや。引っかかっているのは、そこじゃない」おれは、首をかしげてたずねた。「デブリンは、どうやって海賊《かいぞく》王になったんだ？」

エリックは、片手《かたて》をひらひらさせて答えた。「海賊ならだれでも王に決闘《けっとう》をもうしこめる。もし王をたおしたら、そいつが新たな王となるんだ」

「デブリンが決闘をもうしこまれたことは？」

「あるとも。だが、一度として負けなかった。デブリンは最強の戦士で、海賊の掟《おきて》を徹底《てってい》させている」

城《しろ》の図書室にあった本に書いてあったので、海賊の掟は――だいぶ前のものだが――知っている。大半の掟は、さまざまな違反《いはん》に対する罰則《ばっそく》を定めていた。犯罪《はんざい》で食べている集団《しゅうだん》にきびしい掟だなんて、おかしな話だが、基本《きほん》は忠誠心《ちゅうせいしん》の優先《ゆうせん》順位だった。忠誠を尽《つ》くすべき相手は、第一に海賊王、第二に海賊の仲間たちで、祖国《そこく》アベニアとアベニア国王はその次だ。いまもそれが変わっていなければ、海賊がアベニア国のバーゲン王にしたがうのは、自分たちに都合がよいときだけだろう。つまり海賊は、アベニア国の承認《しょうにん》があろうとなかろうと、カーシア国を攻《せ》めたければ攻める――。

エリックのおしゃべりを上の空できいていたが、ある発言に意識《いしき》をひきもどされた。「それにだ、もし海賊がうちの盗賊と同じなら、まっとうにふるまうかぎり、だれが上に立とうと気にしねえ」

「あんたがいなくなって、盗賊たちはどうなるんだ？」

「なあに、別のだれかが頭《かしら》になるさ。残ってくれと誘《さそ》ったのに、おまえにことわられたのは少し残念だな。おまえは、上に立つ器だと思ったのに」

おれはふきだした。「そうは思わない連中のリストを作ったら、そうとう長くなるね」おれが城のベッドでちぢこまることなく、いま、ここにいると知ったら、総《そう》隊長のグレガーはどう思うだろう？　ふと、城でおれを名乗る人物の正体について、アマリンダ姫《ひめ》はグレガーに秘密《ひみつ》をもらさないだろうかと、すでに百回くらい頭にうかんだ不安がよぎった。けれど、いまはいったん忘《わす》れ、この先のことに集中するべきだ。「海賊のキャンプって、どんな感じ？」

「連中はターブレード・ベイと呼《よ》んでいる。ターブレードと略《りゃく》することもあるな。なかなかよくできたキャンプだぞ。もちろん道しるべはない。すぐそばを通らないかぎり、そこに海賊のキャンプがあるとは気づかない。もし気づいたら、とっつかまるのがおちだ。キャンプを見つけたら最後、二度と出られない」

「そりゃ、そうだ」

「ああ、そりゃそうだ」

「何人くらいいる？」

「さあな。あそこならゆうに百人は暮《く》らせそうだが、海に出ているやつもおおぜいいるから、全員あわせたら何人だろうなあ。いまは少なくとも五十人。ことによると、もっといるかもな」

おれはエリックをちらっと見た。「海賊《かいぞく》の元からもどった者はいないっていうけど、あんたはもどってきたじゃないか」

「おれはいちおう味方とみなされたし、許可《きょか》を得られたからもどれたんだ。よそ者はもどれない。おれたちも海賊にくわえてもらえたら、許可なしでは出られなくなる」

だとすると、面倒《めんどう》なことになる。「ターブレード・ベイについて、くわしく教えてくれよ」

エリックはうなずいた。「ターブレードは三層構造《そうこうぞう》だ。海からは丸見えだが、ターブレードが見えるくらい近づいた船は、とっくに海賊に見つかっている。陸側からわかるのはいちばん上の層《そう》の丘《おか》だけで、ぱっと見は、背《せ》の高い密林《みつりん》に囲まれた、ただの空き地だ。ここで集会がひらかれる。小高い丘をくだった先には台所やテントがならんでいるが、ここも物音がしないかぎり、旅人がそばを通っても気づかないように作ってある」

「そりゃ、そうだ」

今度はエリックも調子をあわせてくれなかった。「おい、まともにきく気はあるのか？　ないのか？」肩《かた》をすくめたら、エリックは話をつづけた。「崖《がけ》の上の生活の場と、崖の下の海岸は、一本のけわしい道でつながっている。あの海岸は、たいていどこも絶壁《ぜっぺき》だ。その絶壁ぞいに寝《ね》る場所がある。おえらいさんは崖の上で寝るが、それ以外は海岸で寝る」

「じゃあ、おれたちも海岸で寝ることになるんだな」

「ああ、気に入るぞ。打ちよせる波のひとつひとつが、子守歌を奏《かな》でてくれる」

そのあとは、おれもエリックもだまりこんだ。また海のそばに行けると思うとわくわくするが、海賊たちと会うと思うと緊張《きんちょう》する。おれにとって大切なものの運命は、ここからの計画が成功するかどうかにかかっているのに、失敗する気がしてならない――。

数時間後、エリックはおれたちの馬をとめて前方を指さし、人が住んでいそうな気配はしないのに、胸《むね》をはって宣言《せんげん》した。「ターブレードへようこそ」

23

ターブレード・ベイの中へ馬を進めるにつれて、思ったとおり冷ややかな目を向けられた。海賊《かいぞく》たちはたいてい黒服で、小屋の角や目深にかぶった帽子《ぼうし》の下から、こっちの様子をうかがっていた。中には武器《ぶき》を引きぬき、忍《しの》びよってくる者もいる。エリックとフィンクを横目で見たら、ふたりともおれに負けないくらい緊張《きんちょう》しているのがわかった。いつ、なにが起きてもおかしくない。

エリックが刃《は》を下にして剣《けん》をかまえ、おれにもまねるように合図した。フィンクはおれが拒否《きょひ》した剣をとりだしていたが、フィンクには大きすぎて、片手《かたて》でささえるのに四苦八苦している。

海賊たちは敵意《てきい》をむきだしにした者から殺意をうかべている者まで、表情《ひょうじょう》に幅《はば》があった。残念ながら、殺意の表情のほうが多い。いままでに出会ったどの男たちよりも乱暴《らんぼう》そうで、海賊の本で読んだ外見よりもむさくるしい。この中にデブリンもいるのか？　デブリンと会ったら、おれはどう反応《はんのう》するだろう？　デブリンという名を思いうかべただけで、おさえきれない怒《いか》りがこみあげてくる。

近づいてきた海賊のひとりが、エリックに気づいた。その海賊は子どものころにしょっちゅう引っぱられでもしたのか、背《せ》も顔も鼻もすべて長い。濃《こ》い青の目だけは、かなり寄《よ》っているが、のびていない。うすくなった黒髪《くろかみ》はもつれ、肩《かた》ぎりぎりまで垂《た》れている。そいつはこっちを見て、にこやかな笑みをうかべた。「よう、エリック！　ひさしぶりだな」

「ああ、ひさしぶりだな、エイゴール。本当にひさしぶりだ」エリックは剣を鞘《さや》にもどし、馬からおりて、おれたちのほうへ腕《うで》をふった。「こいつはフィンク。おれの小間使いだ」フィンクは、まごついている。「で、こっちは、うちの新入りのセージだ」

おれはじろじろと観察するエイゴールに、期待どおりの姿《すがた》を見せようとした。

「おまえ、アベニア人か？」と、エイゴールに質問《しつもん》された。「いままで、どこでなにをしてきた？」

「アベニア人だ」と、エリックが代わりに答えた。「だが有名になったのは、カーシア国でだ」

エイゴールが片方《かたほう》の眉《まゆ》をつりあげる。おれは軽く笑っていった。「カーシア国ではかなり知られてるよ、おれは」

エイゴールはおれの言葉を受けとめてから、エリックにたずねた。「なぜここに来た？」

「デブリンに話がある。いい話だ」

「デブリンは今日の午後までもどらない。その話はおれがきこう」

エリックはためらった。エイゴールに手柄《てがら》を横取りされたくないのだ。しかし面と向かってそういわれたら、むげにはねつけることもできない。ようやく笑みをうかべ、これしかないという答えを口にした。「もちろんだ。だが、ふたりだけで話したい」

「ほう、ずいぶん気をそそるんだな」エイゴールは、丘《おか》の下の小屋のほうへ行こうと身ぶりで合図した。おれとフィンクもついていくつもりで馬からおりたら、エイゴールに手でとめられた。「おまえらはだめだ。まだ知らないからな」

「でも、おれの案なんだ」と、反論《はんろん》したが、

「話をするだけだから」と、エリックにおだやかにとめられた。「おまえとフィンクはここで待ってろ」

「ここはだめだ」と、エイゴールは背後《はいご》の二名に合図した。「こいつらをとじこめておけ」

おれはナイフに手をのばしかけたが、エリックにすばやく腕《うで》をつかまれ、なだめられた。「おれが連中と話をするあいだだけだ。武器《ぶき》をわたせ」

しぶしぶナイフと剣《けん》を男たちにわたしたら、エイゴールがいった。「問題ないと判断《はんだん》したら、返してやる」

「じゃあ、問題ありと判断したら？」

エイゴールはすき歯をむきだし、にやりとした。「そのときは、武器などいらない場所へ行ってもらう」

「来い」と、黒髪《くろかみ》の海賊《かいぞく》がおれの剣をつきつけて、フィンクとおれをタープブレードの奥《おく》へ連れていった。

牢屋《ろうや》は、エイゴールとエリックが話をしにいった小屋からそう離《はな》れていなかった。半地下の牢屋で、空気と明かりをとりいれるため、天井《てんじょう》近くに鉄格子《てつごうし》をはめた小窓《こまど》がひとつある。かびくさい土と鉄格子でできた、せまい牢屋だ。牢屋の外には、黒髪の男が見張《みは》りをするために椅子《いす》が一脚《きゃく》おいてあった。

「ねえねえ、どのくらい、ここにとじこめられるのかな？」と、フィンクがたずねてきた。

「さあな」小窓の鉄格子を引っぱってみたが、びくともしない。

「好きなだけ引っぱればいい。逃《に》げようとしたのは、おまえが初めてじゃない」黒髪の男はそういうと、ふいに椅子から立ちあがり、牢屋の前の階段《かいだん》をのぼっていった。最初は会話がきこえなかったが、そのうち、あいつらはこのままでいい、と男がいっている声がした。

つづいて女の声がした。「エイゴールが客人のあつかいをしろって。飲み水を持ってきたわ」

最初の一言をきいた瞬間《しゅんかん》、心臓《しんぞう》がぴたっととまった。自分の声と同じくらい、知りぬいている声だったのだ。なにがなんだかわからないうちに、数秒後、イモジェンが階段をおりてきた。

おれの視線《しせん》をさけているが、おどろいた様子はない。いったいどうやって、ここにたどりついた？　おれと海賊がもめていると知っていても、海賊は見つけようと思って見つけられる相手ではないのに。

「便所に行っているあいだ、こいつらを見張っていてくれないか？」と、見張り番がイモジェンに頼《たの》んだ。「手こずることは、まあ、ないから」

「いいわよ」見張り番の男が階段をかけあがると同時に、イモジェンはおれたちのほうを向いた。「エイゴールにあんたたちを痛《いた》めつける気はないわ。調子はどう？」

あまりにも単純《たんじゅん》な質問《しつもん》で、かえってぽかんとしてしまい、口をあんぐりとあけ、イモジェンを見つめることしかできない。イモジェンは召使《めしつか》いだったころのように髪《かみ》をゆわえ、そまつな服にもどり、平織《ひらお》りの綿《めん》のアンダードレスに茶色のドレスをはおって、レースのひもで前をとめていた。城《しろ》に来たときのままで出ていくと前にいっていたが、まさかここまで本気だったとは。

「うん、元気だよ」と、フィンクが答えた。

おれはイモジェンの視線《しせん》をとらえたが、一瞬《いっしゅん》で目をそらされてしまった。自分がここにいることを知らせたくて、飲み水を運ぶ役目を自分から買ってでたのか？　それとも命令されて、しぶしぶやってきたのか？

「海賊《かいぞく》をたずねてくる人なんて、めったにいないわ。あんたたちが馬で乗りつけたときは、みんなおどろいたわよ」

フィンクがおれを指さした。「この人が、いい話を持ってきたんだ」

「あっそう。こんなみすぼらしい子どもが、アベニアの海賊にいい話を持ってくるなんて、ほんとかしら？」

答えていいものかと迷《まよ》って、フィンクがおれを見た。だがおれはイモジェンのことで頭がいっぱいで、フィンクに気を配るよゆうがなかった。ほんの五日前まで城《しろ》にいたのに、いま、ここにいるなんて——。城からまっすぐここに来たとしか思えないが、イモジェンが海賊と前からつながりがあったとは考えられない。イモジェンは、この世でおれが無条件《むじょうけん》に信じられる、数少ない相手のひとりなのだ。

イモジェンがフィンクにほほえみかけた。「あんたのお友だちは口がきけないの？　それとも、しゃべれないふりをしてるだけ？　この人、名前は？」

「いっぱいしゃべれるよ。きついことしか、いわないけどね。名前はセージだよ」

おれのほうを向いたとき、イモジェンの顔からは笑みが消えていた。「へえ。ずいぶんありふれた名前ね」

他人のふりをやめた瞬間《しゅんかん》、イモジェンの顔がゆがんだ。「そんな名前じゃないはずよ」

フィンクはあきらかにとまどって、イモジェンからおれへ、またイモジェンへと視線をうつした。「ええっと、知りあい？」

イモジェンは我《われ》にかえって首をふり、城でおれがイモジェンに冷たくしたときのように、おれたちの友情《ゆうじょう》をにべもなく否定《ひてい》した。「知りあいによく似《に》た人がいたの。でも、この子のことは知らないわ」

「なにがどうなっているのか、説明しろ」ようやくおれは、内心の怒《いか》りと困惑《こんわく》をかくしきれない声でたずねた。

「あんたのお友だちは、ずいぶんがさつな口をきくのね」と、イモジェンがフィンクにいった。「いつもこんなふうなの？」

「うん」と、フィンク。「さっき教えたよね」

「じゃあ、いっておいてよ。あたしに命令できる立場じゃないってね」

フィンクがつたえようとこっちを見たが、おれの拳《こぶし》を見て口をつぐんだのは正解《せいかい》だった。イモジェンはまちがいなく、おれに冷たく城から追いはらわれたのを根に持っている。でも、おれに仕返しをしにやってきたとは思えない。では、なぜここに？

「女の子を海賊にするなんて、びっくりだよ」と、フィンクがいった。

「あたしはただの召使《めしつか》いよ。食堂で料理をくばってるわ」イモジェンはそういうと、またおれを見た。「ここに長居《ながい》はしたくないけど」

長居などさせるものか。おれがゆるさない。

「あんたのお友だちがさっきからあたしを見つめてるんだけど、なぜ？」と、イモジェンがフィンクにたずねた。「ほんと失礼ね。なにかあるのかと疑《うたが》われるじゃない」

フィンクがくすくすと笑う。「好きになっちゃったんじゃないの」

「ここは、おまえのような者が来る場所じゃない」と、おれはイモジェンにつげた。

「あんたみたいな子が、あたしの心配をしてくれるっていうわけ？」イモジェンは水の入った手おけにひしゃくをつっこみ、フィンクにさしだした。フィンクは水をごくごくと飲んだ。そのあとイモジェンは手おけにひしゃくをもどし、立ちさろうとした。

「おれにはくれないのか？」

と声をかけたら、イモジェンは眉《まゆ》をひそめた。「ほしければ、へりくだるのね。これからは礼儀《れいぎ》ただしくしゃべってちょうだい。それがむりなら、いっさい話しかけないで」見張《みは》り番がもどってきたので、イモジェンはさっさと階段《かいだん》をのぼっていった。

少し間をおいて、フィンクがいった。「ずいぶん、きらわれちゃったねえ」

おれはフィンクを無視《むし》し、牢屋《ろうや》の中においてあった背《せ》もたれのない小さな腰《こし》かけに乗って、また天井《てんじょう》近くの小窓《こまど》から外をのぞいた。

「ねえねえ、なにが見える？」と、フィンク。

「うるさい！　考えごとをしてるんだ！」

「だからきらわれるんだよ、あんたは。おれががまん強くて、あんた、幸せだよ」

イモジェンは牢屋から遠ざかっていくところだった。おれの視線《しせん》を感じたのか、立ちどまってふりかえると、牢屋の鉄格子《てつごうし》へつかつかと引きかえし、手おけの柄《え》と底を持って、いきなりおれの顔に水をぶっかけた。

「じろじろ見ないで！　汚《きたな》い盗賊《とうぞく》のくせに！」

おれは上半身がずぶぬれになり、後ろにひっくりかえった。フィンクと見張り番がどっと笑った。

「あの花娘《はなむすめ》が、あんなに怒《おこ》ったのは初めてだぜ」と、見張り番がいった。

おれは顔から髪《かみ》をかきあげた。「花娘？」

「一日か二日前に来たばかりなんだが、ひまを見ては森から花を集め、キャンプのまわりに植えてるんだ。キャンプが華《はな》やかになるといって。でも、あのぴちぴちした娘がここにいるだけで華やかでグッとくるぜ。だろ？」

答えるかわりに、鉄格子のすきまから手をのばして、首をしめてやろうかと思った。見張り番の男は、イモジェンの倍は歳《とし》をとっている。

「デブリンは最初はゆるさなかったんだが、そのうち、まあいいかってことになったんだ」と、男はさらにいった。

それはそうだろう。こんな場所で、イモジェンがほかになにをするというのだ？

「あの娘がこんなにしゃべったのは初めてだ」と、見張り番がいった。「おまえのことが、そうとう気に食わなかったんだな」

「うん、まちがいなく、きらわれちゃったね」と、フィンク。

したたる水をふりはらおうと顔をふったひょうしに、かすかに光る金属《きんぞく》がそばに落ちていることに気づいた。イモジェンは、ただおれに水を浴びせたわけじゃなかった。手おけにヘアピンを一本、かくしていたのだ。それをこっそりひろい、ブーツの中に落とした。すぐにここから出してもらえるだろうが、万が一出してもらえなくても、これで抜《ぬ》けだせる。

イモジェンとはいろいろあったが、思ったほどきらわれてはいないようだ。

24

数時間後——。せまい牢屋《ろうや》にずっととじこめられ、頭がおかしくなりそうで、檻《おり》の中の動物のように歩きまわりはじめた。なぜこんなに時間がかかる？

イモジェンが味方なのは、まちがいない。おれがここに来るとわかった理由は謎《なぞ》だが、おれの計画にわりこんでくるなんて！　イモジェンがそばにいたら、ややこしくなるだけだ！

「まあ、落ちつけって」フィンクが、大あくびをしながらいった。「エリックがなんとかしてくれるよ」

「人まかせになんかできるか」おれは小声で毒づいた。

「まかせておけって。そのために、おれたちのところに来たんだろ？　ひとりじゃここまでたどりつけなかったわけだし」

「おい、すわってろ」と、見張《みは》り番に注意された。「目ざわりだ」

こんな男の命令に、だれがしたがうものか！「エイゴールを見つけて、おれをこんなところにとじこめてもむだだといってくれ」

そのとき、「直接《ちょくせつ》いえ」とエイゴール本人が階段《かいだん》をおりてきた。

おれは、少しのあいだ、エイゴールを見つめた。「くりかえしになるだけだ」

「エリックといろいろ話してきた。おまえ、盗賊《とうぞく》だそうだな」

「盗《ぬす》みのほかにも、いろいろできる」

エイゴールがおれをざっとながめた。「戦えるか？　ずいぶんりっぱな剣《けん》を持っていたが」

「あれは一級品だ。おれの盗みの腕《うで》も一流だぞ」

「ほう」エイゴールは、見張《みは》り番から鍵《かぎ》束を受けとって牢屋《ろうや》の鍵をあけた。フィンクには牢屋に残れと首をふり、おれには出ろと扉《とびら》をあけて待っている。

「ついてこい」

牢屋から出てすぐに、エイゴールとならんで歩いた。午前中は眠《ねむ》たげだったキャンプが、いまは活気にあふれている。海賊《かいぞく》の人数はつかめないが、グレガー総《そう》隊長の意見はひとつあたっていた。もし海賊とアベニア軍が手を組んだら、カーシア軍に勝ち目はない。

エイゴールは歩きながら、ターブレード・ベイのあちこちを指さした。丘《おか》の上は集会の場、このあたりは生活の場、崖《がけ》の下の海岸は眠りの場。すべてエリックの説明どおりだ。細かいところをのぞけば、すでに配置は頭に入っている。

「どこへ行くんだ？」

「おまえがカーシア国の財宝《ざいほう》のありかを知っているとエリックはいいきったが、もしそうなら、なぜターブレードに来た？　おれたちにすべて横取りされるとわかっているのに」

おれはにやりとした。「お宝《たから》がなければ、ここにたどりつけなかっただろ？」

「海賊として生きられるっていうのか？」

「海賊側がおれを使いこなせるかどうか、たずねたほうがいいんじゃないの」

エイゴールは、ほう、と片方《かたほう》の眉《まゆ》をつりあげたが、まだ疑《うたぐ》っているらしい。「盗みの腕は一流だといったな。それをこの目でたしかめたい」と、牢屋を指さした。「あそこにもどれ。見張り番から鍵束を盗み、だれにもとめられずに仲間を外に出せるかどうか、やってみろ」

おれは首をふった。「フィンクは目ざわりだ。外に出す気はないね」

「じゃあ、なにならやる気になる？」

「空腹《くうふく》だ。台所から食料を盗ませてくれ」

「かんたんすぎる」

「まあね。でも、どっちみち食料は盗むつもりだから、見て損《そん》はないだろ」

といいかえしたら、エイゴールはにやりとした。「台所にデカい肉切り包丁が一本ある。最近、台所のナイフがたてつづけになくなったんで、肉切り包丁にはみんな目を光らせてるんだ。だから、食料はなんでもいいが、あの包丁だけはぜったいとってこい」

うなずいてかけだしたら、背後《はいご》からエイゴールに声をかけられた。「早くしろ。時間をはかるぞ」

台所には窓《まど》から忍《しの》びこんだ。しっかりとした造《つく》りで、食料をたっぷりたくわえてあり、キャンプにいる海《かい》賊《ぞく》全員の食事を作れる設備《せつび》がそろっていた。通りがかりの者から見えないよう、外見は地味な建物だが、中は意外なほど充実《じゅうじつ》している。

思ったとおり、イモジェンはパン生地の山をこねていた。だがひとりきりではなく、黒髪《くろかみ》の少女が皿を洗《あら》い、金髪《きんぱつ》の少女がシチューの鍋《なべ》をかきまわしている。おれの足音をききつけてイモジェンが一瞬《いっしゅん》ふりかえったが、すぐに生地へと向きなおった。入っていったら、黒髪の少女はぱっと顔をかがやかせたが、もうひとりの少女は見向きもしなかった。

「エイゴールに食べ物をとってくるようにいわれた」おれは、だれにともなくいった。

イモジェンはほかのふたりを見つめてから、あきらめたように両手をあげた。本気でいらついているのか、ふりをしているだけかはわからない。「わかったわよ。いっしょに来て」

おれはイモジェンについて階段《かいだん》をおり、野菜と果物がしまってあるせまい部屋に入った。イモジェンがドアをしめたとたん、おれはイモジェンをふりむかせ、小声でいった。「なぜここにいる?」

「それはこっちのせりふです。ジャロンさま、気でもくるったんですか? いずれ正体がばれます」

「もしばれたら、きみの正体もばれる。そもそも、どうやってここに来た? おれは、さんざん苦労してたどりついたのに」

「若《わか》い女のほうが、たどりつきやすいんです。イゼルに行って、あちこちで台所仕事を探《さが》しまわっていたら、海賊のところならいつでも働けるって」

「いつでも働けるのは、まともな女が来る場所じゃないからだ」

「あたしはまともです。まともじゃないなんて、いわないで！」イモジェンは、おれに負けないくらい語気も荒《あら》く食ってかかった。「だれもよけいな手出しはしてきません。仕事をこなし、海賊の仕事に首をつっこまなければ、なにもされないんです」

「もう首をつっこんでるだろ！　ここにいたら危険《きけん》だ。きみをドリリエドから追いはらった理由がわからないのか？」

「わかってるに決まってるじゃないですか」と、イモジェンは腕《うで》を組んだ。「あなたが傲慢《ごうまん》で、自分以外は信じられない愚《おろ》か者だからです」

おれはふっとおかしくなった。「なにも、そこまではっきりいわなくても」

イモジェンは、おれほどおもしろがらなかった。「あたしがここに来たのは、あなたをひとりきりにしておけないからです。あなたには助けが必要なんです。わかっていないかもしれませんが」

「だとしても、きみの助けはいらない。おれを信じてくれればよかったのに！」

イモジェンはむっとし、顔が赤くなった。「よくもぬけぬけと！　あたしの安全を考えてくれたのは感謝《かんしゃ》してますが、あんなふうに追いはらうなんて、あんまりです。あたしを信じて、真実を打ちあけるわけにはいかなかったんですか？」

理由が理由だけに、残念ながら話せない。おれは目をふせた。「本心でいっていると、信じさせるしかなかった。城《しろ》を出て、二度とふりむかないでもらいたかったんだ」

イモジェンは口をつぐみ、まつげをふるわせ、なにか考えてから、ようやくいった。「信じてましたよ、アマリンダ姫《ひめ》に暗殺未遂《みすい》についてきくまでは。あたしはあなたを知りつくしているので、あなたの計画が自然とわかったんです。あんなにひどい言葉で、あたしを遠ざけようとした理由も」

「悪かった」イモジェンはおれをゆるせないだろう。おれに責《せ》める資格《しかく》はない。「おれは城のどこかにかくれていると、みんなに思わせておきたかったんだ」

「あなたのことを知っている人なら、そんなこと、ぜったいに信じません」イモジェンは一息つき、おれの顔にうかんだ疑問《ぎもん》に答えた。「ジャロンさま、あなたはなにがあろうと逃《に》げない。コナーからも、剣《けん》の戦いからも、自分の城からも……。逃げるわけがないから、あたしにいったひどい言葉も、ここに来るための口実だってわかったんです」

イモジェンのその言葉は、おれの怒《いか》りに火をつけた。「そこまでわかったなら、きみを危険《きけん》から遠ざけようとしたってわかるだろ。なのに、危険の真っただ中に飛びこむなんて！　こわくないのか？」

「もちろん、こわいです。でも、自分の身が心配なんじゃありません」イモジェンは眉間《みけん》にしわをよせた。「アマリンダ姫は、あなたがひとりで海賊《かいぞく》をとめようとするんじゃないかって考えています。いったい、どうするつもりなんです？」

おれは反抗《はんこう》するようにあごをつきだしたが、答えなかった。いちばんの理由は、計画が細かい部分まで煮《に》つまっていなかったからだ。かわりに、別のことをいった。「国王として命令する。ここを出ろ」

「あたしは、すでに別の命令を受けています。あなたといっしょでなければ、ここを離《はな》れません」

「アマリンダ姫の命令か？」ちくしょう、頭にくる！

「あなたの身を守るため、できるかぎりのことをするようにと、おおせつかりました。だれのいうこともきかない方だけど、あたしならあなたを説得し、手遅《ておく》れになる前に連れだせるかもしれないから、と」イモジェンも、挑《いど》むようにあごをつきだした。「どちらかの命令を選べとおっしゃるのなら、姫の命令にしたがいます。姫のいうことが正しいからです。あなたは、ここにいるべきではありません」

いまのおれの怒りは、とても言葉ではいいあらわせない。アマリンダ姫とイモジェンが打ちとけたことは知っていたが、ふたりに裏切《うらぎ》られた気がした。宰相《さいしょう》の座《ざ》を要求したグレガー総《そう》隊長に負けないくらいの裏切りだ。

イモジェンが手をのばしてきたが、おれは顔をそむけ、はっとした。エイゴールの元を離れてから、かなり時間がたっている。「おれを助けに来たのなら、台所の肉切り包丁をとってきてくれ。だれかにたずねられたら、おれが盗《ぬす》んだっていうんだぞ」

イモジェンはあきれた顔をし、ドアをあけた。おれは出ていこうとしたイモジェンの腕《うで》をつかんでいった。

「話のつづきは、また今度だ」

イモジェンも、おれと同じくらいきつい口調でいった。「ええ、わかってます」

数分後、おれはエイゴールの元にもどり、肉切り包丁をわたした。もう片方《かたほう》の手には、あたたかいロールパンをひとつ持っていた。

エイゴールは、にやりとした。「もめたか？」

「包丁を盗《ぬす》むのは楽だった。それより召使《めしつか》いをふりきるほうが大変だった」

「召使いには手を出すな。さもないと、ここにいられなくなるぞ。よし、ついてこい」エイゴールについていったら、暗くてせまい小屋にたどりついた。中に数名の海賊《かいぞく》がそろっているのを見て、入り口で立ちどまった。エリックもいるが、こっちを見ようとしない。いやな予感がする。

「すわれ」エイゴールが小さなテーブルの前の椅子《いす》を引いた。

すわったひょうしに、手がベルトをかすめた。このベルトに、ナイフか剣《けん》がぱっとあらわれてくれればいいのだが、もちろんそんなことはない。肉切り包丁を手放さなければよかった。いまはエイゴールが、おれを威圧《いあつ》するように持っている。エリックは、おれを仲間にするよう、海賊たちを説得できなかったのか？

エイゴールが、おれの真正面にすわっている男を指さした。背《せ》は高くも低くもないが、筋肉《きんにく》は隆々《りゅうりゅう》だ。おびただしい数の傷《きず》が海賊としての年月を物語り、海賊たちの上に立つ威厳《いげん》をただよわせている。あごひげほど整えられていない茶色の髪《かみ》には、金髪《きんぱつ》がまざっている。だがおれの注意をひいたのは、なんといっても目だった。闇《やみ》のような切れ長の目のせいで、魂《たましい》がかけらもないように見える。

「おい、セージ」と、エイゴールがいった。「こちらが、われらの王、デブリンだ」

デブリンを見つめた。血がごうごうと血管をかけめぐる。デブリンがしたことを思いだし、憎悪《ぞうお》がふきだしてきた。顔色を変えずにいるだけで、せいいっぱいだ。カーシア国を守るには、海賊をたおすしかない。まずはデブリンからだ。この瞬間《しゅんかん》、おれはたおせると自信を持った。

デブリンが握手《あくしゅ》しようと手をさしだしたので、おれもおずおずと手をのばした。デブリンがおれの手をとり――次の瞬間、おれの腕《うで》をテーブルにたたきつけた。即座《そくざ》にエイゴールが背後《はいご》にまわり、おれの首に腕をまわし、もう片方の手でおれののどに肉切り包丁をつきつける。包丁から顔をそらしたら、首をしめつけられた。

「セージといったな？」と、デブリン。

「これから質問《しつもん》ぜめですか？」おれは反抗《はんこう》的な口調でいった。「ならば、まともに息をさせてくださいよ」

デブリンがエイゴールに向かってうなずき、エイゴールが腕をゆるめた。が、包丁の切っ先は、まだぞっとするほど近い。

「セージよ、腕の力が強いな」

「祖母《そぼ》の血ですかね。がっしりした人だったんで」

デブリンはおれの軽口にほほえんで、いった。「それをきいてほっとした。さもないと、おまえがここに持ってきたあの重い剣を、長時間ふりまわして力をつけたのかと思うところだ」

「あれを使うのは、だれかを刺《さ》すときだけですよ」

今度はデブリンもほほえまなかった。「おれが何年も前にあの司祭を殺したときいて、動揺《どうよう》したそうだな」

「ええ、まあ」デブリンからエリックへ視線《しせん》をうつしたら、エリックが、自分で説明しろ、と手で合図した。

「でも、いますぐ殺されることになったら、はるかに動揺しちまいますよ」

デブリンは、おれの言葉をおもしろがってくれたらしい。「あの司祭と知りあいだったのか？」

「はい」

「どういう知りあいだ？」

「しばらく泊《と》めてくれました」

「あの司祭は、おれの信頼《しんらい》を裏切《うらぎ》った」デブリンは自分が注目の的となっているのをたしかめようと、部屋全体を見まわした。全員、まちがいなく、デブリンを見つめていた。「だから、死んでもらわねばならなかった。どうだ、気に入らないか？」

包丁のするどい刃《は》が皮膚《ひふ》にあたる。デブリンの言葉に集中できないが、小声で答えた。「ええ」

テーブルには、カーシア国の地図がひろげられていた。のぞきこんだら、刃に皮膚を軽く切られてぎょっとした。エイゴールがうっかり切ってしまったのか？　それとも、命がかかっていることをわざと思い知らせたのか？

「例の洞窟《どうくつ》の場所を教えろ」と、デブリンがいった。

おれは地図から目をそらした。「ことわる」

デブリンがエイゴールを見あげた。「殺せ」

エイゴールが包丁を持ちあげる。おれは身をよじって逃《のが》れようとしたが、エイゴールに首をおさえられ、デブリンに手をつかまれていて、かんたんには逃《に》げられない。あいているほうの手でエイゴールの腕《うで》をつかみ、早口でいった。「おれがいないと、洞窟は見つからない。頭と胴体《どうたい》がくっついていたほうが、都合がいい」

デブリンはエイゴールに向かってかすかに首をふってから、おれの手をつかみなおした。「おまえはチャンスがあればあの司祭の敵《かたき》をとりかねないと、エリックは考えている」

まだ心臓《しんぞう》がどきどきしていたが、おれはデブリンを見すえていった。「ええ、そうですね」こいつを見て、あの司祭を思いだすなというほうがむりだ。

デブリンは手をのばし、おれのほおを軽くたたいた。「若造《わかぞう》、いい答えだ。ちがう答えだったら、うそつきめと即座《そくざ》に殺すところだ」おれは顔を引っこめ、デブリンも手を引っこめた。「カーシア国の財宝《ざいほう》を盗《ぬす》む準備《じゅんび》に数日かかる。アベニア国に横取りされる前にぶんどるぞ」

「アベニア国もねらってるんですか」

「アベニア国は、カーシア国を攻め滅《ほろ》ぼす気《せ》だ。いちはやく分け前をぶんどるのに、人手は多いほどいい。だから、おまえたちを歓迎《かんげい》してやろう」

おれは素直《すなお》に信じられず、片方《かたほう》の眉《まゆ》をつりあげた。「そんなにあっさりと?」

まわりにいた海賊《かいぞく》たちが、どっと笑った。デブリンもだ。「海賊になるのはかんたんだ。海賊でいられるれ《ちか》うだけでいい」

かどうかのほうが、むずかしい。さしあたっては、おれに忠誠《ちゅうせい》を誓《ちか》うだけでいい」

おれは、デブリンをじろじろと見た。「具体的にどう誓うんですか？　仕えるって誓うんですか？　それとも、頭を下げろと？　おれはどっちもしませんよ」

「おい、セージ！」エリックにしかられても、おどろかなかった。もっと早くしかられると思っていたくらいだ。エリックが、やめておけ、とおれに首をふる。

デブリンは、口の片側《かたがわ》をつりあげただけだった。「海賊《かいぞく》としての度胸《どきょう》があるのはみとめてやろう。しかるべきときがきたら、例の洞窟《どうくつ》のありかを教えると約束しろ。それと、海賊の掟《おきて》への服従《ふくじゅう》も誓ってもらう。これからは一生、海賊として生きることになる。つまり、海賊王の許可《きょか》なしにターブレードを離《はな》れることはゆるされない。海賊王の命令につねにしたがうと誓え。したがわない場合は、残酷《ざんこく》きわまりない方法で死んでもらう」

おれは目をつぶり、デブリンの要求をひとつひとつ頭の中でなぞった。忠誠を誓うのをこばんだら、いますぐ殺される。でも、ここに来たのは海賊を滅《ほろ》ぼすためだ。こんな要求をのんでいいのか？

「セージよ、答えろ」と、デブリン。

「しーっ。考えさせてくれ」少したってから、おれは目をあけてうなずいた。「誓います」

デブリンがおれの背後《はいご》のだれかに合図した。小屋に流れてきた焦《こ》げたにおいから、次に起こることはすでに察しがついた。エイゴールが包丁をおろしたが、おれの首にまわした腕《うで》はそのままだ。デブリンがおれの手を強く握《にぎ》り、ふたりの海賊がおれの腕をつかんでテーブルにおしつけた。垂《た》れてきた汗《あせ》が、眉《まゆ》にたまる。しっかりとおさえつけられていてよかった。そうでなければ、逃《に》げようとしたかもしれない。

煙《けむり》のにおいのする太った海賊が、おれとデブリンのあいだに立った。先が赤くなった焼きごてを両手で持っている。

「じっとしてろ」その海賊がいった。逆《さか》らおうとしたが、エイゴールに木の切れ端《はし》を口につっこまれ、おさえられた。同時に太った男が、ひじと手首のあいだに熱い焼きごてをおしつける。

焼きごてに皮膚《ひふ》を焼かれて絶叫《ぜっきょう》し、腕を引っこめようとしたが、おさえられていてどうしようもない。焼印は一秒で終わり、すぐにだれかが腕に冷たい布《ぬの》を巻《ま》きつけた。

おさえつけられたまま、遠くなりかけた意識《いしき》がようやくもどった。布をどけ、皮膚に焼きつけられた印を見つめた。北東を向いたウミヘビと、北西を向いたヘビが一匹《ぴき》ずつ、Xに交差した印。陸と海に恐怖《きょうふ》をもたらす海賊の象徴《しょうちょう》だ。

「おめでとう」と、デブリンがようやくおれの手を離《はな》した。「これでおまえも海賊の一員だ」

25

小屋を出たら、まっさきにエリックが寄《よ》ってきて、おれの背中《せなか》をたたいてにやりとした。「まったく、おまえみたいに無茶な若造《わかぞう》は初めてだ。ぜったい殺されるって二度も思ったぜ」

「おれもだめかと思ったよ」布《ぬの》はあたたまり、腕《うで》の痛《いた》みをおさえられなくなっていたが、とりあえずあてておいた。「焼きごてのことは知らなかった」

「包丁より焼きごてのほうがましだろ。おまえ、おれには洞窟《どうくつ》の場所を明かすっていったくせに」

「あっちのタイミングじゃなく、おれのタイミングで明かす」

エリックはおれをにらんだが、それ以上はなにもいわなかった。もし洞窟の場所を教えたら、あの小屋を生きて出られなかったことは、おれもエリックもわかっていた。

エイゴールがとなりに来た。「デブリンにあんな口をきいたヤツはいないのに、なぜかデブリンは感心したようだ」

「で、これからどうする？」おれはエイゴールにたずねた。

エイゴールは先に立って歩きだした。「まずは食事だ。そのあと、デブリンがおまえの技能《ぎのう》をためすだろうよ」

「フィンクはまだ牢屋《ろうや》だ。次はフィンクがさっきの小屋に連れていかれるのか？」フィンクが焼印をおされるのは、力づくでふせぐつもりだった。

エリックは首をふった。「フィンクはガキだ。数年たってからだな」

「ガキは牢屋から出した」と、エイゴール。「いっしょに食事だ」

数分後には食堂に着いた。食事用の長いテーブルがならび、フィンクはすでにベンチにすわっていて、こっちこっち、と手をふった。小屋での出来事を耳にしたらしく、おれを見たとたん、いきおいよく立ちあがって、おれの腕をつかんだ。「やったね！」

フィンクの指がやけどのそばに食いこんだので、おれはひるんでふりはらった。焼印を見て、フィンクは目を見ひらいた。海賊《かいぞく》になるとはどういうことか、あらためて感じたのだろう。

「そうね、やったわね」という声にふりかえったら、背後《はいご》にイモジェンが立っていた。ひしゃくをつっこんだシチューの大鍋《おおなべ》を持っている。海賊たちにシチューを配っていたらしい。「望みがかなったってわけ？」

おれはまともに見なかった。「いちいちいわなくてもわかるだろ」

「口を出すなってこと？」イモジェンは眉《まゆ》をひそめ、おれの皿にはシチューを入れずに先へ進んだ。

フィンクは皿にたっぷり入れてもらい、ベンチにもどって、おれににやりとした。「お願いしますとか、ありがとうとか、いったほうがいいんじゃないの」

「じゃあ、お願いしますから、おれのことは放っておいてくれたらありがとうだ」おれはベンチに割《わ》りこみながらいった。

一分ほどして、さっき台所で見かけた黒髪《くろかみ》の少女が、別のシチューの大鍋《おおなべ》を持ってやってきた。おれの皿にたっぷりシチューを入れながら、「新入りさん？」とたずねてくる。「あたしはセリーナよ」

「近づいちゃだめ！」すぐさまイモジェンが、セリーナのとなりに来た。

「あいさつしただけよ」

「こいつが、さっき話した、台所のヤツ」

セリーナが眉《まゆ》をつりあげた。「だろうと思った」イモジェンから忠告《ちゅうこく》されて、かえっておれへの評価《ひょうか》が高まったらしい。

イモジェンがどんな悪口をいったのかわからないので、おれは首をかしげた。とにかく、元からの知りあいではないかという疑惑《ぎわく》の目はそらせた。

「掟《おきて》にしたがうと誓《ちか》う前のことだし、まあ、いいじゃないの」イモジェンに引っぱられていくセリーナのささやきが、きこえた気がした。「ふふっ、ハンサムね。あたしなら、同じことをされても文句《もんく》はいわないけど」

思わず口元がゆるんでしまった。

となりでフィンクがくすくすと笑っていた。「ねえ、なにをしたの？」

「さあ、なんだろうな」質問《しつもん》を打ちきるために、シチューを食べはじめた。

周囲では海賊《かいぞく》たちがおおいにしゃべり、おおいに食べ、げらげらと笑っている。おれとエリックも、昔からの友だちのように話しかけられた。といっても、もっぱらこたえるのはエリックのほうだ。今度ばかりはフィンクがいてくれて助かった。ひっきりなしにしゃべるフィンクのおかげで、こっちはしゃべらなくてすむ。

海賊たちの頼《たの》みに応《おう》じて動くイモジェンを、目立たないように気をつけながらずっと見守った。おたがい新入りだし、おれはイモジェンが牢屋《ろうや》に来たとき、すでに軽はずみな行動をとってしまった。まあ、イモジェンがおれに冷たくするのは、おれがなにかしたせいだとまわりが思っているかぎり、イモジェンの身に危険《きけん》がおよぶことはないだろう。

昼食が終わった直後、エイゴールに呼《よ》ばれ、ある場所へ連れていかれた。雑草《ざっそう》が抜《ぬ》かれて踏《ふ》みかためられたその場所には、木々に長い釘《くぎ》が何本も打たれ、いろいろな木剣《ぼっけん》がつるされている。

おれは後ずさりした。「おれは盗賊《とうぞく》だ。戦うのは得意じゃない」

エイゴールが自分用に木剣を選んだ。「海賊は盗《ぬす》みも戦いもするだろ。デブリンがおまえの腕前《うでまえ》をためしたがってる」

「エリックもためされたのか？」

「ああ、ためされた」と、エリック本人がやってきた。海賊も数人来ている。ここからだと食事をした場所は見えないが、イモジェンは残って後かたづけをしているのだろうか。ならば、正直、ありがたい。イモジェンには、こんなところを見せたくない。

「剣《けん》を選べ」と、エイゴールに命じられた。

しかたなく木剣《ぼっけん》がつるされた木々に近づき、生まれて初めて見るふりをしてながめた。これを剣《けん》と呼《よ》ぶなんて、いいかげんにもほどがある。柄《つか》のついた、ただの太い棒《ぼう》きれだ。

エイゴールはすぐにいらついて、すぐそばの木から一本はずし、おれの手におしつけた。「ほら」

エイゴールが自分の木剣を持ちあげたので、おれも持ちあげ、足を踏《ふ》んばった。先にエイゴールに攻撃《こうげき》させるのだ。エイゴールの強い一撃《いちげき》が肩《かた》にあたり、おれは体勢《たいせい》をくずした。

「なにをぐずぐずしてる？　かかってこい！」

「ごめん」あざになると思いながら、肩をさすった。「もう始まってたとは思わなくて」

エイゴールに打ちかかったが、わざと大きくはずした。エイゴールが左に動くふりをして、右側から打ってきた。なにを大げさな！　こっちはまともに戦っていないのだから、フェイントなど必要ないのに。大半の攻撃は木剣で受けたが、腕《うで》に一撃を食らった。

最初は乗り気でなかった見物人もすぐにどっと笑い、一度痛《いた》い目にあわせなきゃだめだ、などとおれをやじった。おれの粗末《そまつ》な剣術《けんじゅつ》をだしにして、自分の腕を見せつけようとするエイゴールを、さかんにあおっている。エイゴールはおれが木剣をふるたびに、おれに三、四発命中させた。おれの木剣が命中することもあったが、打たれてばかりの茶番なので、やる気になれない。

強く背中《せなか》を打たれて息ができなくなり、とうとう木剣を手放した。「もう……もう……やめてくれ」

「おまえ、たいした腕じゃないな」

「上手だなんて……いったおぼえは……ない」

エイゴールは、少しのあいだおれを見つめた。「期待しすぎたようだ。先日、仲間にくわわった若造《わかぞう》は、おまえと同じ年ごろだが、剣術の腕はみごとだった」

そいつは、きっとローデンだ。そろそろ海からもどってくるころだろう。おれは木剣を木にもどした。「で、次は？」

「おまえがばかでなけりゃ、ここに残って剣術の稽古《けいこ》だ」

「ばかだとしたら？」

エイゴールは明らかにがっかりした様子で、肩をすくめた。「はっきりいって、おまえの剣術がここまで下手で、ほっとした。さっきあんなふうにデブリンを脅《おど》すから、てっきり本気かと思ったぜ」

本気だとも。すべて本心だ。

エイゴールが近づいてきた。「いっておくが、おれはデブリンの身を守る。おれの身は、ほかのだれかが守る。下の者は上の者の身を守るんだ。だがここに、おまえの身を守るやつはいない。だから、あの脅しのとおりにしようとしたら、この世とおさらばすると思え。わかったか？」

いやというほどわかっている。デブリンの命をねらうなら、おれもデブリンもこの世とおさらば、というわけだ。

エイゴールが大半の海賊《かいぞく》を引きつれて立ちさった。エイゴールたちが大またで遠ざかっていくときに、イモジェンが一本の木へ花を持っていくのが見えた。イモジェンがおれに向かって首をふるので、おれはイモジェンに背《せ》を向けた。イモジェンの助けを必要としているなんて、思われたくない。少しして見たら、イモジェンは去っていた。

エリックとフィンクは残っていた。

「ずいぶん、ぶざまだったねえ」と、フィンク。

「そいつはどうも」あざだらけになったのは残念だ。そうでなければ、笑い話にできたのに。

「おい、このあいだの晩《ばん》、カーシア国でおまえにやられたおれの手下はなんだったんだ？」と、エリックがたずねた。「おまえ、あいつらと戦ったんだよな」

おれはにやりとした。「おれより腕《うで》が悪かったってことだね」

「よほど油断《ゆだん》したところを襲《おそ》ったとしか思えない。あんなにぶざまに負けるなんて、演技《えんぎ》かと思ったぜ」

そう、演技そのものだ。

「あんたは、エイゴールとどうだったんだ？」

エリックは肩《かた》をすくめた。「エイゴールの腕はまあまあだが、達人じゃない。おれは持ちこたえたぞ」

「じゃあ、こつを教えてくれよ」

エリックは声をあげて笑った。「こつなんてねえよ。鍛《きた》えるのみだ。おまえの場合は、かなり稽古《けいこ》しないとな」

「稽古ならできるけど、このおれを鍛えるなんて、だれもうまくいったためしがない」

エリックはなにやら説明しはじめたが、とちゅうであきらめ、ハーロウの懐中時計《かいちゅうどけい》で時間をたしかめて、時計をポケットにしまった。

「あんた、その時計にもっと注意したほうがいいよ」

「いや、思ったほど高価《こうか》な物じゃない。傷《きず》やへこみが多すぎる。今度町に行ったら、溶《と》かして金にして売るつもりだ」

ふざけるな！

そのあとの午後は、キャンプの中を見てまわった。台所のそばの崖《がけ》から、水が海岸へいきおいよく流れおちていた。エリックがそれを指さし、におってきたから水浴びをしたらどうだ、とおれにいうので、さんざん苦労してようやくこうなったのに、水浴びをして台無しにする気はない、といってやった。水浴びをしたら背中《せなか》の傷があらわになることまでは、いわずにすんだ。傷を見られたら過去《かこ》をほじくりかえされるし、下手をすると正体がばれかねない。

海岸におりてすぐ、海沿《うみぞ》いに気持ちのいい場所を見つけ、散歩をやめた。しばらくすると、エリックだけでなくフィンクまでも愛想をつかし、もっとまともなことをしにいったが、おれはすわって海をながめているだけで満足だった。こういう安らぎがほしくてたまらない。すぐになにかが起こるという不安が、日に日につのっていたのだ。

もうすぐ、おれにはどうしようもないことが起こる——。そんな気がしてならなかった。

26

その日の午後遅《おそ》く、イモジェンをもう一度説得したくて、丘《おか》の上へぶらぶらともどったところ、崖《がけ》の下の港へ一隻《いっせき》の船が入ってくるのが見えた。海賊《かいぞく》の印をかかげた停泊《ていはく》中の帆船《はんせん》とはちがう船だが、まわりの話からすると仲間が乗っているらしい。たぶん海賊につかまった船だ。

見晴らしのいい丘のてっぺんに移動《いどう》したが、船は遠くだし、望遠鏡がないので、乗組員と海賊の見分けがつかない。海賊は好んで黒い服ばかり着て、ろくに身だしなみを整えないのだが、それは海賊にかぎった話ではなく、アベニア人はたいていそうなのだ。

エイゴールがとなりに来て、満足げにため息をついた。「あの船は、いいもうけになりそうだ。なあ?」

「乗組員は?」

「どうせ死んでるさ」と、エイゴールはこともなげに答えた。「まだ死んでなくても、すぐに死ぬ。だろ?」

エイゴールは声をあげて笑ったが、おれが軽口につきあわないのでむっとし、意地の悪い口調でいった。「おまえが海賊になれたのは、デブリンが強欲《ごうよく》だからだ。おれが決めていいのなら、おまえをあの牢屋《ろうや》から生きて出しはしなかった。エリックはいろいろいっていたが、おまえに海賊の度胸《どきょう》があるとは思えない」

「見るからに平和な船を襲《おそ》うのに、たいして度胸はいらないね」と、おれは港の船のほうへあごをしゃくった。

乗船していた海賊たちが海岸に男をひとり放りなげた瞬間《しゅんかん》、海岸の海賊たちがどっとわいた。その男は動いていた。たったひとりの生き残りらしい。

「あの男はどうなるんだ？」

とたずねたら、頭に苔《こけ》でも生えているのかといわんばかりに、エイゴールがおれを見た。「ここを生きて出るやつはいない」

海賊王のデブリンも船に気づき、おれとエイゴールのそばに立った。そのあいだにも、海岸に放りだされた生き残りの乗組員が急な丘の斜面《しゃめん》を引きずられていく。デブリンの足元に投げだされてようやく、乗組員の顔がまともに見えた。

年齢《ねんれい》はおそらく五十代。つば広帽《ぼう》から、もじゃもじゃの白いものがまじった髪《かみ》がはみだしている。帽子からすると、地位の高い船員らしい。鼻血のあとがあり、片目《かため》が腫《は》れて濃《こ》いあざになっていた。にらみつけようとしているが、見るからにおびえている。

「名前は？」デブリンがたずねた。

「スイフティ・ティラゴン。航海士だ」

デブリンが航海士のほおをたたいた。「きかれたことだけ答えろ！」

エイゴールが、船をとらえた海賊から手わたされた書類を持って進みでた。「積み荷は岩石だけです」

「岩石じゃない」と航海士がいった。「南の鉱山《こうざん》から鉱石《こうせき》を運んでるんだ。銅《どう》とか、鉛《なまり》とか、採掘《さいくつ》された鉱物を」

「どこへ運ぶ?」

「イゼルへ。売るために。頼《たの》む、解放《かいほう》してくれ。数カ月かけて採掘《さいくつ》したんだ。賃金《ちんぎん》を待っている仲間が何百人もいる」

おれは内心うめいた。積み荷の価値《かち》を、なぜわざわざ教えたりするのだ?

デブリンが海賊《かいぞく》たちのほうへ手をふった。「おれの手下もずっと賃金を待っている。この鉱石《こうせき》が必要なのは、イゼルにいる連中よりもおれたちのほうだ」そして、エイゴールのほうへあごをしゃくった。「こいつを殺し、荷物をおろせ」

男が悲鳴をあげる。すでにおれは、群集《ぐんしゅう》をかきわけて前に出ていた。「もっと大胆《だいたん》にいくべきですよ」

口をはさんだからには、それなりの提案《ていあん》じゃないとゆるさんとばかりに、デブリンがおれをにらみつけた。

おれとしては、そうであることを祈《いの》るしかない。「この男からは二度盗《ぬす》めますよ。明日、海賊に乗組員のふりをさせて、こいつといっしょにイゼルに送りこむんです。で、鉱石を売って金をもらったあと、こいつを殺せばいい。十分な人数を送りこめば、積み荷もわたさずにすみますよ」

デブリンは欲《よく》を刺激《しげき》されて、にたりとし、おれとたいして年の変わらない金髪《きんぱつ》の巻《ま》き毛の海賊を指さして命じた。「この男をしばりあげておけ。朝、呼《よ》びにいく」

「牢屋《ろうや》に入れておけばいいんじゃないですか?」

「牢屋にはすでに数人、頭を冷やさせるために、一晩《ひとばん》ぶちこんである。木にしばりつけておけ。見張《みは》りの目はおおぜいあるから、どうせなにもできやしない」

いま、おれにできるのはここまでだ。立ちさろうとして通りすぎたら、航海士がおれの靴《くつ》につばを吐《は》き、立ちどまったおれにいった。「おれの部下を殺すだけじゃ物足りず、客からも盗むのか。卑劣《ひれつ》きわまる金の亡者《もうじゃ》め！」

「あんたの命の恩人《おんじん》だぞ」と、おれはいいかえした。

「たった一日、命がのびただけだ」

「ならば、それをうまく使うんだな。ここじゃ、たった一日でも貴重《きちょう》だ」

「おまえを呪《のろ》うよう、悪魔《あくま》にいってやる」

「じゃあ、順番待ちだな」と、おれは冷ややかにいった。「おれを呪う連中は、おおぜいいるんで」

ほかの海賊たちと夕食の席へ向かったら、とちゅうでエリックが追いついてきた。「ありゃあ、名案だ。とりあえず、デブリンには気に入られたな」

「デブリンにどう思われようと、これっぽっちも気にしてない」

エリックは盗み聞きされていないかと、あたりを見まわした。「おい、気をつけろ。おまえがどう思おうと、デブリンはここでは王なんだぞ」エリックの言葉を鼻先でせせら笑ったら、腕《うで》をつかまれた。「海賊王を見くだすなんて、おまえ、何様のつもりだ？　おまえは、えらくもなんともない。そんな態度《たいど》じゃ損《そん》するぞ」

「そりゃ、どうも」デブリンにかわいがられないのは、百も承知《しょうち》だ。

夕食は昼食とたいして変わらず、うるさくて、やけに陽気で、不快《ふかい》だった。イモジェンを目で追ったが、ちらっとしか見えなかった。イモジェンは、ほかの召使《めしつか》いたちがいそがしくて運べなかった皿を台所に運んでいた。

全員が寝《ね》つくまで、数時間かかった。海賊《かいぞく》たちは、海岸の崖《がけ》に面した大きな三階建てのやぐらの中で寝る。けわしい崖が防風壁《ぼうふうへき》となるが、残りの三方はあいている。おれが寝ているのは一階だ。二階は一階よりわずかに海風が弱まるので、強い立場の海賊たちが使っている。三階には個室《こしつ》があるが、なにに使われているのかわからない。海賊王デブリンや、エイゴールのような幹部《かんぶ》は、崖の上にそれぞれ専用《せんよう》の小屋がある。寝床《ねどこ》のやぐらを抜《ぬ》けだすのは、拍子《ひょうし》抜けするほどかんたんだった。海賊たちは夜もそうぞうしく、ぐっすり眠《ねむ》っている。抜けだしたあと、海岸から丘《おか》へもどるほうが難問《なんもん》だ。真後ろの崖は絶壁《ぜっぺき》で、夜のぼるのはむずかしい。少し先のなだらかな丘に階段《かいだん》がもうけてあるが、そこは見張《みは》り番がいる。そこで階段とは反対方向に進み、岩をよじのぼって丘の上に出た。

タープブレード・ベイは、意外なほど警備《けいび》がゆるかった。数名の見張り番が巡回《じゅんかい》しているが、よほどのバカでないかぎり、襲《おそ》ってくるやつなどいるわけがないと油断《ゆだん》している。それでも捕虜《ほりょ》の航海士の元へ向かいながら、おれは用心をおこたらなかった。

その航海士は顔を胸《むね》につきそうなくらい前にかたむけて、木のそばで眠っていた。あの姿勢《しせい》で、どうして眠れるのだろう？　おれなど、ふかふかのベッドでもぜんぜん眠れないことがよくあるのに。毛布《もうふ》が一枚《まい》かけてあった。海賊王のデブリンは、朝、航海に出られるていどには生かしておいて、そのあと殺すつもりなのだ。

航海士が目をさますころには、両手のロープの結び目を半分くらい、ほどいていた。声をあげたらおれもあんたも殺される、とささやいたら、航海士は即座《そくざ》に口をつぐんだ。ロープをほどきおわると、木にまわされていた両腕《りょううで》を前に持ってきてやった。筋肉《きんにく》がこわばっていて、航海士はうめいたが、脚《あし》の上に手をおいてやったら、すぐに落ちついた。

「おまえか？」おれがだれかわかって、航海士がひそひそ声でいった。「殺しにきたのか？」

「ばかいえ。だまってろ」

「殺しにきたんじゃないなら、さっきは悪かった」

「いいか、よーくきけ。あんたの船と積み荷は、もう海賊のものだ。あんたは徒歩で逃《に》げるしかない」

航海士はうなずいた。逃げるつもりで、早くも両脚をさすっている。

あたりを見まわし、だれもいないのをたしかめてから、いった。「ここを抜けだしたら、ぜったい見つかるな。行方をくらまし、だれもあんたがいるとは思わない場所へ行け。もしつかまったら、さすがに助けられない」

航海士は、おれの腕《うで》に手をおいた。「ちゃんと礼をいえるよう、名前を教えてくれ」

「生きていてくれれば、それでいい。帽子《ぼうし》をくれ」素直《すなお》に帽子をさしだした航海士に、おれはいった。「さあ、行け。早く」

航海士はまたうなずき、おれの手を強く握《にぎ》ってからすばやく立ちあがり、一度もふりかえることなく走りさった。

人間が木によりかかっているように見せるため、一本の棒《ぼう》に毛布《もうふ》をかぶせ、頭の部分に帽子《ぼうし》をのせた。近くで見れば一発でにせものだとわかるが、遠くの見張《みは》り番からは捕虜《ほりょ》がつながれているように見えると思いたい。十分もたたないうちに寝床《ねどこ》のやぐらにもどり、エリックのベッドのそばを通りかかった。ハーロウから盗《ぬす》んだ懐中時計《かいちゅうどけい》は、エリックのベッドの下にかくしてある。とりかえして、どこかにかくしておきたい。

でも、盗まなかった。まだ、だめだ。すべてが終わるまでには、かならずとりもどしてみせる、と心の中で誓《ちか》った。

翌朝《よくあさ》、早めに起きた連中と朝食へ向かったころ、とちゅうに人だかりができていた。みんな、輪の中に向かってどなっている。航海士がつかまったのか、と不安になって、かけよった。輪の外にはフィンクが立っていたが、背《せ》が低すぎてのぞけないでいた。

「おい、フィンク、なにごとだ？」

「きのうの晩《ばん》、航海士をしばりあげたヤツが、こらしめられてるんだ。ちゃんとしばっておかなかったから、眠《ねむ》っているあいだに逃《に》げられちまったって、デブリンがいってた」

おれは人をかきわけて飛びこんだ。デブリンは、木の枝《えだ》のムチで巻《ま》き毛の少年を打っていた。少年は身を守ろうと体を丸めていたが、デブリンに打たれるたびに悲鳴をあげている。

「やめろ！」おれは前に飛びだし、デブリンの腕《うで》をつかんだ。「こいつのせいか、わからないじゃないですか。縄抜《なわぬ》けが得意な航海士だったのかもしれない」

「きちんとしばっておけば、逃げられずにすんだ」

「縄抜けができるやつなら、おおぜいいますよ」

といったら、デブリンはおれの手をふりはらった。「たとえば、どこのどいつだ？」

やめておけばいいものを、デブリンににらまれて、おれは引くに引けなくなった。「おれはできますよ」

デブリンは、地面で丸まったままの少年などどうでもよくなり、おれのほうを向いて、底意地の悪い笑みをうかべた。「ほーう、じゃあ、見せてもらおう。こいつをしばりあげろ！」

「えっ？」おれは顔をしかめ、ふたりの海賊《かいぞく》につかまれたが、体をよじって逃げた。「ちょ、ちょっと、悪いことなんて、してないじゃないですか！」少なくとも、この数時間はしていない。

「だれもおまえを責《せ》めちゃいない」デブリンがそういい、同時にふたりの海賊がまたおれをつかんだ。「できるといったから、ためすだけだ」

もがいたが、手を後ろでしばられ、何重にもロープを結ばれてようやく放してもらえた。まあ、たいして困《こま》りはしない。しばられるときに左右の手を離《はな》して結び目にすきまを作っておいたし、ロープの片端《かたはし》は見つけてある。

結び目のほどき方は、ターベルディ夫人の孤児院《こじいん》に入ってすぐにおぼえた。おれたちのような年下の子どもを屋根裏部屋《やねうら》でしばりあげ、あいつらは腹《はら》がすいてないんで夕食はいりません、などと平気で夫人にいう、底意地の悪い年上の連中のおかげだ。ある晩《ばん》、手先を根気よく器用に動かせば、結び目をほどけることを知った。となれば復讐《ふくしゅう》だ。翌朝《よくあさ》、年上の連中は、目がさめたらベッドにしばりつけられていて、おれたちはゆうと朝食をとった。以来、意地悪はなくなったが、おれは結び目をほどく技術《ぎじゅつ》に磨《みが》きをかけた。

ところがデブリンはおれを馬小屋のほうへ引きずっていけと、あごで合図した。おれは脚《あし》をふんばって抵《てい》抗《こう》したが、さらにふたりの海賊《かいぞく》に脚をつかまれて四人がかりで馬小屋へとかつぎこまれ、水おけの真正面に落とされた。おれはデブリンに向かって首をふった。「やめてくれ！　そこまでできるとは――」

「苦しくなったら手をあげろ。あげられるものならな」

デブリンはそういって、おれの顔を水おけにつっこみ、足でおれの背中《せなか》をおさえつけた。おれはあえて抵抗しなかった。むだだし、息が苦しくなるだけだ。できるだけロープをぬらさないよう、背中をそらした。一滴《いってき》でも水をよぶんに吸《す》うと、ロープがふやけて太くなり、結び目が固くなる。

ひとつひとつの結び目の形をたしかめ、結び目のすきまに手をねじこんですばやく動かした。が、じれったいし、苦しくて集中できない。息をためこむひまもなく顔を水おけにつっこまれてしまったので、すでに肺《はい》が痛《いた》い。

次の結び目を探《さぐ》りあてたが、手首より上だ。手首を曲げても指がとどかず、顔が水につかっているあいだにほどけない。

苦しいどころじゃない！　息をしないと死ぬ！　ロープをほどけなければ、あと数秒の命だ！　意思とは裏腹《うらはら》に肺ががまんの限界《げんかい》をこえ、水を大量に飲んでしまった。無意識《むいしき》のうちに、体が空気をもとめてけいれんする。と、背中をおさえていた足が消え、デブリンがおれを水から引きあげ、柱に向かって投げつけた。おれはへたりこみ、水を吐《は》きだしながらせきこんだ。

デブリンが、おれの正面にしゃがみこんだ。「おれたちの処罰《しょばつ》に文句《もんく》をつけたら自分も処罰されることを、早くおぼえろ。できもしないことをいいやがって」

おれは無言でデブリンの肉づきのいい手をつかみ、その手のひらに、ほどいたロープを落とした。「ご忠告《ちゅうこく》を……どうも」まだ、息が切れる。「でもおれは……できもしないことは……いわないんで」

デブリンは毒づき、おれにロープを投げつけ、手下たちを引きつれて馬小屋を出た。おれはロープをポケットにしまった。いつか役に立つかもしれない。落ちついてから立ちあがり、海岸へと歩きはじめた。

とちゅうでフィンクを追いこした。フィンクはなにかいいかけたが、おれはにらんでだまらせた。「どうやってほどいたかは、教えない。おまえは、ここからさっさと逃《に》げろ」

フィンクはうなずいた。「うん、わかってる」

27

カーシアが内陸国なのは不運だった。カーシア国は気候がよく、隣《となり》の国々に比《くら》べて天然資源《しげん》に恵《めぐ》まれている。

しかし、領海《りょうかい》がない。

ターブレード・ベイの海岸は岩だらけだった。太陽が照りつけると、はだしの足には熱いが、海岸がないよりはましだ。一日中、水平線上のおだやかな波をながめながら、すわっていられる。海の向こうには見知らぬ国々がある。いつか船旅に出て、外国を探検《たんけん》し、外国人の暮《く》らしぶりを学べるかもしれない。じつはターベルディ夫人の孤児院《こじいん》を追いだされたとき、船で外国に行こうとしたことがあった。もしばれたら両親がぎょっとするだろうと思うと、よけいやりたくなったのだった。

海上すれすれを旋回《せんかい》し、魅力《みりょく》的なダンスをするカモメの群《む》れを、長いあいだながめていた。朝食のパンが残っていたので、ちぎって浜辺《はまべ》に投げたら、数羽がおりてきて、とりあいになった。さらにちぎって投げ、そのたびにカモメたちを引きよせてから、ちぎったパンをつまみ、いちばん勇ましそうなカモメにさしだした。カモメは危険《きけん》をおかしてまでとりにいくべきかと、おれの顔とパンを交互《こうご》にせわしなくながめている。

「ほら」と、おれはつぶやいた。「ほしいんだろ。来いよ」

カモメはパンに向かって突進《とっしん》したが、近くに石を投げつけられた瞬間《しゅんかん》、ぱっと飛んだ。群れの残りもいっせいに飛びたった。

背後《はいご》で、デブリンが吐《は》きすてるようにいった。「うるせえ鳥だ。くずひろいめが」

まるで海賊《かいぞく》のほうが上等なような口ぶりだ、と思ったが、おれはあえてなにもいわず、海へと視線《しせん》をもどした。いずれ話をすることになるのは、わかっていた。

デブリンが、となりに来ていった。「物思いにふけっているようだな」

浜辺に視線をうつした。「はい、いままでは」

デブリンはおれの剣《けん》を持っていた。それをおれの前につきたて、鞘《さや》を横に放ってから、いきおいよく腰《こし》をおろし、後ろに腕《うで》をついた。

少しのあいだ、剣を見つめてから、たずねた。「おれのナイフは？」

「あずかっている。もらうぞ」

「大切にしてくださいよ。盗《ぬす》みかえしたとき、切れ味がなまっていたりしないように」

デブリンは静かに笑った。「おまえの盗みの腕はいいはずだと、エイゴールがいってたぞ。剣術《けんじゅつ》の腕が情《なさ》けないぶん、いいはずだと」

おれは肩《かた》をすくめてやりすごした。「情けないとは、ずいぶん一方的な言い分ですね。おれにいわせてもらえれば、あれは互角《ごかく》の戦いで、惜《お》しくも負けただけですよ」

「じょうだんも休み休みいいえ」また腕《うで》の悪さをからかわれると思い、デブリンに笑いかけたが、デブリンの顔は真剣《しんけん》そのものだった。

「おまえをあっさり海賊《かいぞく》にしたのは、エリックからきいた話のせいだ。バーゲン王に立ちむかって、だましたそうだな。カーシア国では、罪《つみ》のない女と子どもを守るためエリックの手下を襲《おそ》い、おまえは切り傷《きず》ひとつですんだが、手下の数名は重傷《じゅうしょう》を負ったそうじゃないか。セージよ、どうしてそんなことができた？」

「まあ、不意をついたんで」

「なるほど。だが貴族《きぞく》の屋敷《やしき》では、どうせおまえはなんでも手に入れるから、素直《すなお》にわたしたほうがいい、といった男がいたそうじゃないか。そのあと、おまえはその男を殺したと、エリックはいってたぞ」デブリンはおれの返事を待ったが、おれがだまって見つめかえすだけなので、つづけた。「おれは、おまえが剣《けん》の達人というほうに賭《か》ける。エイゴールとの戦いは、自分を弱く見せるためにわざと負けた。わからないのは、なぜそうしたかだ」

おれはエイゴールとの打ち合いであちこちにできたあざが見えるよう、袖《そで》をめくった。「エイゴールの剣をとめられるのに、ここまでやられると思います？」

「ああ、思う」デブリンはくちびるをゆがめ、おれを値踏《ねぶ》みした。「おまえは、ただの盗人《ぬすっと》じゃない。カーシア国の財宝《ざいほう》がつまった洞窟《どうくつ》があるとしても、明かすつもりはないんだろ。それはさておき、おまえは根っからのうそつきだ」

おれは緊張《きんちょう》しつつ、本気で笑った。「まさか。それどころか、自分では根っからの正直者だと思ってますよ。まわりから誤解《ごかい》されやすいだけで」

「じゃあ、エイゴールとの打ち合いも誤解だったのか？」と、デブリンがおれの剣を指さした。「とれ。剣を持ってみろ」

これみよがしにため息をついてから、立ちあがって剣をとった。ちゃんと持てないふりや重すぎるふりは、見抜《みぬ》かれるのでしなかった。

デブリンも立ちあがり、武器《ぶき》を持っていない証拠《しょうこ》に腕をひろげた。「教会の司祭のことがずっと気になっているんだが、おまえ、どうやって知りあった？」

「一度、泊《と》めてもらったんですよ」

「ほう。フォンテレインという名だったが、知っていたか？」

おれは首をふった。

「やつはダイチェルだけでなく、アベニア北部でもよく知られた男だった。長年にわたり、数えきれないくらい多くの孤児《こじ》を泊め、いっさい見返りをもとめなかった」

父上はおれの宿賃《やどちん》として金をはらったのだろうかと、一瞬《いっしゅん》思った。たぶんはらっていないだろう。金をはらったら、おれがただの孤児ではないかも、と疑《うたが》った司祭に、そうだとつげるようなものだ。

「そこでおれは、司祭に最高の見返りをあたえてやった」と、デブリンがつづけた。「殉教者《じゅんきょうしゃ》にしてやった。

信条《しんじょう》のために死なせてやったんだ。なぜ殺したか、わかるか？」

剣《けん》を握《にぎ》るおれの手に力がこもった。この極悪人に剣をふるうまっとうな理由なら、いくらでもある。

デブリンは自分の質問《しつもん》に自分で答えた。「司祭本人が、カーシア国の次男の王子をあずかったと思っていたからだ。その王子は、おれたちが襲撃《しゅうげき》した船から、まんまと逃《に》げやがった」

「逃げられたときは、さぞおもしろくなかったでしょうね。十歳《さい》の少年にだまされたとわかるまで、どのくらいかかったんです？」

デブリンは右目をピクッとさせてから答えた。「船ともども沈《しず》んだとばかり思っていた……あの司祭が、アベニア国で弟の行方を探《さが》していた兄の皇太子《こうたいし》に、使いをよこすまでは。そのことが、めぐりめぐっておれたちの耳にもとどいた。だが教会にかけつけたとき、少年は消えていた。司祭は王子ではなかったといったが、弁解《べんかい》は無用だ。その少年が教会に来た時点でおれたちに知らせ、身元を確認《かくにん》させるべきだったんだ」

「でも、もし王子でなかったとしたら、司祭は犬死にじゃないですか」

「海賊《かいぞく》をうやまわなかったアベニア人はどうなるか、思い知らせたんだ！　司祭を知っていたなら、死に様が想像《そうぞう》できるだろ。やつは命乞《いのちご》いをせず、涙《なみだ》を流さず、取引もしなかった。かわいそうだが見せしめだから、じわじわと苦しめて殺すしかなかった」

「カーシア国にもどってきた王子のことは、どうするんです？」

とたずねたら、デブリンの目がけわしくなった。その目は血に飢《う》えていた。そう、おれの血に。「ジャロンのことは心配ない。すぐにでも、つかまえてやる」

怒《いか》りが全身をかけ抜《ぬ》け、どうにもおさまらない。デブリンをやるなら、いまだ。なのに、なぜかためらった。汗《あせ》で剣がすべるので、右手に持ちかえた。

と、デブリンがにやりとした。「その剣を使えばいい。さあ、かかってこい。あの司祭の敵討《かたきう》ちをするかもしれないと、いってたじゃないか」

デブリンをにらみつけるうち、全身がかっと熱くなった。デブリンは、あきらかにおれを挑発《ちょうはつ》している。ならば、挑発に乗ってなにが悪い？　そもそも、そのためにやってきたんじゃないのか？　おれがなにをしようと、本人の自業自得だ。祖国《そこく》を救えるかもしれない――。なのに、おれはいつになく弱気で、剣をつきだせなかった。

デブリンが石をわしづかみにし、おれの肩《かた》にひとつ投げつけ、「エイゴールのいうとおりかもしれない」と、別の石をおれの胸《むね》にあてた。「おまえは剣豪《けんごう》でもなんでもない。これといった能力《のうりょく》のない、ただの盗人《ぬすっと》だ。結び目をほどくのは器用だが、あの技《わざ》じゃ、おれもおまえも食っていけない」

デブリンはさらに強く石を投げつけ、おれの腹《はら》に切り傷《きず》を負わせた。「おれたちよりも、自分のほうが上等だと思ってるのか？　おれよりも上等だと？　さあ、戦え！」と、残りの石を全部おれに投げつけた。顔に飛んできた石をすばやくよけようとしたが、よけきれなかった石がほおにあたった。

ついに闘志《とうし》がわき、剣を持ちあげた。デブリンも怒りに顔をひきつらせ、足を踏《ふ》みしめて前に出る。おれはデブリンの黒い目を見つめ——ふいに、その目が空っぽなことに気づいた。デブリンの目には、人情《にんじょう》も愛《あい》情《じょう》も魂《たましい》もない。怒《いか》りをのぞけば、完全に空っぽだ。しかもデブリンの怒りは、おれが長くためてきた怒りにそっくりなので、ぞっとした。

海賊《かいぞく》に襲《おそ》われた夜からずっと、おれは怒りをためこみ、海賊を滅《ほろ》ぼすしかないと思いつめてきた。しかし、そうすることでデブリンのようになってしまうのなら、別の方法で勝つしかない。デブリンを襲えないわけじゃない。あえて襲わないのだ。デブリンのようになってたまるか！

無言で剣《けん》をおろし、立ちさろうとしたが、腕《うで》をつかまれ、強引にふりむかされた。砂《すな》に足をとられ、乱暴《らんぼう》にぶつかったおれにデブリンはいった。「洞窟《どうくつ》に、本当にお宝《たから》がつまってるんだろうな。さもないと、おまえを海賊にしたのは、人生最大のあやまちだったことになる。おまえは、なんの価値《かち》もないクズだ。剣をふるうチャンスをやったのに、とんだ腰抜《こしぬ》けで、使おうともしなかった。丸腰《まるごし》の相手にも使わないとは、あきれたもんだ」

デブリンはおれを浜辺《はまべ》につきとばし、立ちさろうとした。おれは立ちあがりながら、つぶやいた。「丸腰じゃないくせに」

「なんだと？」と、ふりかえったデブリンは、おれが小型ナイフを握《にぎ》っているのを見た。デブリンの腰《こし》にはさんであったナイフ。さっき乱暴にぶつかったときに盗《ぬす》んだナイフだ。デブリンの顔が怒りで赤くなった。

「わざと剣で襲わせ、このナイフでおれを刺《さ》すつもりだったんですよね」おれはデブリンの足元にナイフを放りなげた。「うまい手だけど、いまのおれは海賊ですよ。身内じゃないですか」

「本当に身内なら、ナイフを盗んだりしない」

「おれのナイフがほしいんです。あんたの使ってる、こんな二流のおもちゃじゃなくて」おれはそういって、立ちさろうとした。

と、デブリンが大声をあげた。「セージ！」

ふりかえったらナイフが飛んできたので、とっさに剣を持ちあげ、刃《は》の平たい腹《はら》でナイフをはたいた。ナイフは右にそれ、背《せ》の高い草むらに落ちた。

デブリンはおれと目をあわせ、すごみのある笑みをうかべた。「やはり、剣を使えるんだな。なのに、使おうとしなかった。いつ使う気だ？」

おれは、ほんの少しためらってから答えた。「おれは、あんたより腕がいい。それをみんなにわからせるときが来るまで、とっておきますよ」

今度は引きとめられずにすんだが、すぐに報《むく》いを受けることになるのはわかっていた。

28

　キャンプにもどるとちゅう、木立のそばにイモジェンがいた。ひざまずいて、ヒナギクを植えている。ふと顔をあげておれに気づき、眉《まゆ》をひそめた。

「とりみだしているようですね。下でなにがあったんです？」

「時間がないんだ。きみも、おれも」

　イモジェンが手まねきする。おれはため息をついた。落ちつくまでひとりになりたいが、イモジェンの頼《たの》みはことわれない。とくに、ここでは。

「だれかに見られたら、どうするんだ」と、おれはあたりを見まわした。人影《ひとかげ》はあるが、とりあえず近くにはだれもいない。

「じゃあ、こちらへ」イモジェンについて小高い丘《おか》をおり、木立と坂が視線《しせん》をさえぎってくれる場所へ移《うつ》った。イモジェンがエプロンのポケットから生のじゃがいもをひとつとりだし、となりにすわるよう、身振《みぶ》りでおれに指示《しじ》した。「焼印のやけどは、おつらいでしょう」

　おれは顔をしかめた。「それで、じゃがいも？」

「しーっ。腕《うで》を見せてください」焼印をおされた腕をのばしたら、イモジェンは焼印がよく見えるよう、手首をひねった。「痛《いた》みます？」

「いや、だいじょうぶだ」

「そうですよね。あなたは骨《ほね》をまっぷたつにへし折られても、だいじょうぶっていうんです」

イモジェンはおれの腕を自分のひざにのせ、じゃがいもの皮をむいて薄切《うすぎ》りにし、やけどの上においた。と、すぐに皮膚《ひふ》の熱が吸収《きゅうしゅう》されはじめた。じゃがいもの薄切りでやけどをおおうと、イモジェンはナイフと残ったじゃがいもを地面におき、おれの手首とひじの下に手を入れ、じゃがいもが落ちないように腕をささえてくれた。

そのまま数分間、おたがい、だまっていた。すぐにこわれてしまいそうな平和なひとときを、つまらない言葉で終わりにしたくない。口をひらいたら、事態《じたい》を悪化させるか、ここを出ろとイモジェンを説得してしまいそうだ。情《なさ》けないが、心のどこかでは、イモジェンにそばにいてほしいと思っていた。味方がいてくれるだけで、ほっとする。

ようやく、イモジェンが声を出した。「デブリンと浜辺《はまべ》にいるのを見ました。挑発《ちょうはつ》されてましたよね」

「テストされたんだ」

「まだ生きてるってことは、合格《ごうかく》したんですね」

「いや。やつのテストには、なにをやっても合格しないと思う」

イモジェンは熱を吸《す》ったじゃがいもを地面に落とし、それほど熱を吸収していないじゃがいもをやけどの上に移《うつ》した。「戦うのかと思いました。ここからでも、あなたが戦いたくてたまらないのが、つたわってきたので」

「まあな」本音をいえば、いまでも戦いたい。

「海賊《かいぞく》たちをたおすなんてむりですよ、ジャロンさま」

「ああ、わかってる」

「ここから逃《に》げるしかありません。今夜、ふたりで逃げましょう。逃げたからといって恥《は》じることはないんです」

「逃げる？」おれはいらついて、腕《うで》からじゃがいもをはらいおとし、立ちあがって剣《けん》を持った。「先週おれが城《しろ》を出たのは、逃げるためじゃないとわかってたんじゃないのか。そういったよな？」

イモジェンのほおを、一筋《ひとすじ》の涙《なみだ》がつたった。「あなたは逃げない。逃げるしかないときでも、逃げないんです」

「そうだ！　ぜったい逃げない！」おれは吐《は》きすてるようにいい、立ちさろうとした。

「ジャロンさま、それだけじゃないんです」おれが完全に背《せ》を向ける前に、イモジェンは立ちあがってつけくわえた。「デブリンがしゃべっているのを、ちらっときいたんです。ローデンが来ます。明日、ここに」

おれはとまって、目をとじた。「あいつは、きみがここにいると知ってるのか？」

イモジェンは首をふった。「ローデンは志願《しがん》してカーシア国へ行ったそうです。あなたへのメッセージをつたえるためでなく、自分の存在《そんざい》を知らせるために。個人《こじん》的なうらみから、あなたを襲《おそ》ったんです。わからないんですか？」

　いやというほどわかっていた。やっと最後に会って以来、その事実は鉛《なまり》の重しのように心にずっと沈《しず》んでいる。

　おれは首をかしげた。「きみは、おれにこんな話をするつもりはなかったんだろ？」

「海賊があなたを追いかえすか、あなたが自分のしていることの愚《おろ》かさに気づいて、こんな話をする前にいなくなってくれればいいと思ってました」人に見られる危険《きけん》があるのに、イモジェンはおれへと近づいた。「わからないんですか？　セージという名前をきいた瞬間《しゅんかん》、ローデンにばれます。名前ならほかにいくらでもあるのに、なぜちゃんと考えなかったんです？　なぜ、ローデンの気をひかない名前にしなかったんですか？」

　おれが目をふせるのを見て、イモジェンは大きく息を吸《す》い、「えっ、まさか……」とささやいた。「最初から、ローデンに気づかせるつもりだったんですか？　お願いですから、ちがうといってください」

　おれはため息をついた。「そのとおりだ」

　その一言で、イモジェンの怒《いか》りに火がついた。「先週、ローデンに殺されかけたのを忘《わす》れたんですか？　安全な城と警護隊《けいごたい》と仲間を捨《す》てて、ここにひとりで乗りこむなんて。それで、なにがどうよくなるっていうんですか？　自分の敵《てき》がなにか、わかってるんですか？」

　おれは反抗《はんこう》的にあごをつきだし、イモジェンから目をそらしたが、イモジェンの話はとまらなかった。「あなたが強くて、武器《ぶき》を使いこなせるのは知っています。でも噂《うわさ》によるとローデンは、あなたが王座《おうざ》についた夜から、かたときも剣《けん》を離《はな》さないのだとか。ローデンがもどってきたら、あなたはローデンだけじゃなく、海賊《かいぞく》全員と戦うことになるんです。海賊はローデンの側につきますから、勝ち目はありません。ぜんぜん、これっぽっちも、ないんです」イモジェンはおれの顔を両手ではさみ、自分のほうへ向かせた。「お願いです。あたしのいうことをきいてください。海賊たちやローデンにどれだけ腹《はら》を立てていても、ここに残ったら明日までの命です」

「おれはそこまで信用ないのか？」

「信用だけじゃ人を救えません」イモジェンは、目に涙《なみだ》をためてつづけた。「なにがあっても逃《に》げないと決めているのは知ってます。ほかの場合なら、すばらしいと思います。でも、今回だけは逃げないと……。お願いです、あたしのために逃げて。あたしのために生きてください」

「きみは本気で、おれにそんな人間になれというのか？　無力な獲物《えもの》のように、一生ちぢこまって生きるような人間に？」

「生きることを選ぶ人間になってほしいんです！　あなたが生きのびることが、あたしには大切なんです！　夜のうちにカーシア国へもどれば、警護隊《けいごたい》に命じて、海賊の攻撃《こうげき》にそなえられます」

「もうすぐ宰相《さいしょう》が選出されるんだぞ！　いまのおれに、警護隊を動かす力はない！」グレガー総《そう》隊長なら、評議員《ひょうぎいん》たちをあっさりと説得し、宰相におさまるだろう。戦争が目前にせまったいま、評議員たちはグレガーのいいなりで――。

ふいに、めまいをおぼえてよろめき、動悸《どうき》が激《はげ》しくなるのを感じた。

いいかげん、裏で糸を引いてる人物に気づけ。ローデンは、そういっていた。アベニア国王はおれの国を、海賊はおれの財宝《ざいほう》を虎視眈々《こしたんたん》とねらっているが、いまの段階《だんかい》では、まだおれに手を出せない。しかし、いまの段階で、おれの権力《けんりょく》を直接《ちょくせつ》ねらえるやつがひとりいる。

正しい質問をしろ、とコナーはいっていた。独房《どくぼう》を出た瞬間《しゅんかん》から、コナーとの会話が心にひっかかっていたのだが、いくら思いかえしても、正しい質問がなにかわからなかった——いままでは。

イモジェンが、おれの腕《うで》にふれた。「ジャロンさま、だいじょうぶですか？」

「いや」声がかすれた。いつのまにか剣を握《にぎ》りしめていた。まるで強敵《きょうてき》がすぐ目の前にいるかのように——。

その瞬間、独房で見落とした、ある事実に気づいた。

そして、ひざからくずれおちた。

毒のダバーニス・オイルについてコナーにたずねたとき、グレガー総隊長は剣に手をのばしていた。

「なぜだ？」おれは、つぶやいた。「質問しただけなのに。なぜグレガーは剣に手をのばした？」

イモジェンが首をふった。「なんの話です？」

おれの家族が殺される一カ月前、父上は評議員たちをあやしむようになり、城《しろ》に入る前に所持品検査《けんさ》を義《ぎ》務《む》づけた、とモットはいっていた。それでもコナーは、海賊から手に入れたダバーニス・オイルの小瓶《こびん》を城に持ちこめた——。

正しい質問をしろ。

そうだ。ダバーニス・オイルをどこから手に入れたかではなく、なぜ持ちこめたかをたずねるべきだったのだ。

コナーがおれの家族を殺すには、協力者が必要だった。城《しろ》の中にもうひとり、第二の裏切《うらぎ》り者がいたのだ。

コナーは、毒を持ちこんだ時点では気づいていなかったかもしれない。だが海賊《かいぞく》たちなら、城のだれかと手を組み、コナーが毒を城に持ちこめるよう、かんたんにはからえたはずだ。

評議員《ひょうぎいん》を所持品検査《けんさ》なしに入城《にゅうじょう》させる権限《けんげん》を持つ人物は、ひとりしかいない。アベニア国王の連れが海賊なのに、身元をたしかめずに入城させられたのも、同じ人物――グレガー総《そう》隊長だ。

グレガーがコナーのいる独房《どくぼう》で剣《けん》に手をのばしたのは、あの瞬間《しゅんかん》、グレガーこそ第二の裏切り者であることに、おれが気づいたと思ったからだ。だから、グレガーは剣をふるおうとした。おれを切り殺すつもりだったのだ。

グレガーはおれが城の庭で襲《おそ》われることも、ローデンがおれに脅《おど》しとゆさぶりをかけにきた使者だということも、事前に知っていた。おれがおびえれば、やはり宰相《さいしょう》が必要だと、評議員たちに主張《しゅちょう》できる。

グレガーがおれをどこへかくそうと、海賊たちにはその場所がつつ抜《ぬ》けだったにちがいない。

海賊たちは、コナーの命などどうでもよかった。コナーとの関係はすでにばれている。しかしグレガーは、国王一家殺害に自分が関わっていることが万が一にもばれないよう、コナーに死んでもらう必要がある。

三日後、グレガーは宰相の座《ざ》について、カーシア国の実権《じっけん》を握《にぎ》る。そのさまたげとなるのは？　目下、おれのふりをしているトビアスだけだ。トビアスが危《あぶ》ない！　アマリンダ姫《ひめ》はどうなる？　トビアスとグレガーの板ばさみになる姫は？

おれは顔をあげ、イモジェンを見た。イモジェンは、うろたえておろおろしていた。「あの、どうなさったのです？」

おれは立ちあがった。「ここを出よう。今夜、馬小屋で待ちあわせだ。キャンプの明かりがすべて消えてから、一時間後に」

「徹夜《てつや》の見張《みは》りがいます」

「そいつらをさけて来られるか？」

「はい」イモジェンは一呼吸《ひとこきゅう》入れてから、ほおの涙《なみだ》をぬぐった。「ありがとうございます、ジャロンさま」

おれはうなずいて目をとじ、これからやらなければならないことを頭の中にならべていった。目をあけたとき、イモジェンはすでに消えていた。

29

その晩《ばん》、夕食に向かったら、すでにフィンクが席についていた。エリックもほかの連中とフィンクのななめ向かいにすわっていた。フィンクがつめて席を作ってくれたが、上の空でおれにあいさつすると、シチューの皿を前におしやり、テーブルにつっぷしてしまった。

「眠《ねむ》いのか？　午後の昼寝《ひるね》をしなかったのか？」とたずねたら、

「うるさい」と、つっけんどんにいわれたので、おどろいた。おれたちのあいだでは、つっけんどんはおれのほう、と決まっていたはずなのに。

「ちゃんとすわらないと、頭にシチューをぶっかけられるぞ」といったら、フィンクはおれをにらんだが、起きあがった。「うん？　どうした？」

フィンクはだれかが聞き耳を立てていないかと、こっそりあたりを見まわした。海賊《かいぞく》にもなれないガキの話など、だれもきいたりしないのに。「おれ……帰りたい」

「帰りたい？　盗賊団《とうぞくだん》に？」

「うん。ここはいやだ」

「エリックは残るぞ。たぶん、二度ともどらない」

「わかってるよ」と、フィンクは肩《かた》をすくめた。「あんたは？」

もしおれが帰らなかったら、トビアスが替《か》え玉だとばれてしまう。そうしたらグレガー総《そう》隊長はトビアスに仕返しをし、おれが舞《ま》いもどって悪事をばらす前に、アマリンダ姫《ひめ》もカーシア国も手中におさめてしまう。でも、いまここを抜《ぬ》けだせば、海賊たちはカーシア国に戦争をしかけ、すべてを破壊《はかい》する――。

「どうすればいいんだろうな」とつぶやくのが、せいいっぱいだった。

そのとき、前にも給仕をしてくれた黒髪《くろかみ》の少女セリーナがおれたちの皿にシチューを入れに来たので、おれもフィンクも口をつぐんだ。セリーナは、おれの肩に手をおいてささやいた。「少しよぶんに食べないと。あなた、やせすぎよ」

おれはセリーナにほほえみかけ、おまけしてくれたことに感謝《かんしゃ》した。とくに腹《はら》がすいているわけじゃないが、残さずに食べるつもりだ。最近は、自分でもやせすぎだと思う。

「ほら、見ろよ」フィンクが、少し離《はな》れた場所で不快《ふかい》そうに目を細めてセリーナをにらむイモジェンを指さした。「あんたのこと、きらってないと思うよ。ほかの子がおまけしただけで、怒《おこ》ってる。あれは嫉妬《しっと》だね」

おれはイモジェンの目をとらえ、こっちを見るなとかすかに首をふった。それだけでイモジェンには意味が通じ、おれに背《せ》を向けて離れていった。

別のテーブルにいた海賊王デブリンが立ちあがり、声をとどろかせた。「気晴らしがほしい。よし、おれと勝負だ」

全員だまりこんだ。デブリンとの対戦ショーなど、だれも望まない。デブリンは剣《けん》を引きぬき、切っ先をつぎつぎとだれかに向けた。「対戦相手はおまえか？　おまえか？」おれは目の前の皿をひたすら見つめ、口を引きむすんだ。

「おい、名乗りをあげる者はいないのか？　おれに勝てると思うやつはいないのか？」デブリンはそういうと、ぎらつく陽光のように、おれに視線《しせん》を浴びせた。「セージ、どうだ？」

誘《さそ》いではなく、命令だった。したがうほかなく、勝つ見こみもない。デブリンに殺されるか、たとえ勝ってもデブリンの手下たちに殺される。吐きそうだ。

「シチューが冷めないうちに食べてからにしませんか？」

「おれはもう食った。夕食など、おまえにはどうでもいい」どうせ食べたものを消化する前に死ぬ、という意味だ。

それでも、もう一口食べた。デブリンがおれを見すえながらテーブルを離《はな》れ、こっちへ向かってくる。やむなく、おれも立ちあがった。確実《かくじつ》にいえるのは、どっちみち負けるということだけだ。

そのとき、怒声《どせい》があがったので、ようやく顔をあげた。見れば、デブリンがシチューをかぶり、右腕《みぎうで》と胸《むね》から肉汁《にくじゅう》を垂《た》らしていた。

「もうしわけありません。お姿《すがた》が見えませんでした」イモジェンが空っぽになったシチューの大鍋《おおなべ》を両手で握《にぎ》りしめ、デブリンに深ぶかと頭を下げる。

「がさつな女中め！」デブリンはイモジェンをなぐろうと手を上げたが、ゆっくりと下げ、まずイモジェンを、つづいておれをにらんで毒づき、足音も荒《あら》く立ちさった。

おれはまたすわったが、剣をきつく握りしめていたので、手を離してスプーンを持つのに苦労した。イモジェンは、だまって手伝ってくれるほかの女中たちといっしょに後かたづけをし、そそくさと去った。海賊《かいぞく》たちはざわついていたが、だれも目立ちたくないので、声をおさえている。フィンクは、恐怖《きょうふ》のあまりすくみあがっていた。

「フィンク」おれは小声で呼《よ》びかけた。「食え」

「あんた、たったいま、殺されるところだったんだよ」

「いいから食え」

けれどフィンクは皿をどけ、またテーブルにつっぷした。おれは一晩中《ひとばんじゅう》、頭の中でくりかえしてきた難問《なんもん》にようやく決着をつけ、スプーンを皿につっこんでささやいた。「今夜、キャンプの明かりがすべて消えてから一時間後に、馬小屋に来い」

「なんで？」

「いいから来い。だれにも見つかるなよ」

＊

消灯の三十分後に起きあがったら、フィンクはすでにいなかった。一時間以上前に外のトイレへ行くと出ていって、それきりもどっていないのだが、だれも気づかない。

おれは無言で起きあがり、ベッドで寝《ね》ているように見えるよう、毛布《もうふ》をくしゃくしゃにした。今夜は悪魔《あくま》が情《なさ》けをかけてくれたのか、ほかに起きている者はいない。おれが忍《しの》び足で近づいていった人物も、ぐっすり眠《ねむ》っている。

その人物、エリックは、隅《すみ》のほうで寝ていた。冷たい海風がまっさきに吹《ふ》きつける場所なので、毛布をきつく体に巻《ま》きつけ、頭の先しか見えない。

海賊《かいぞく》はそれぞれベッドの下を物置にし、所持品を入れたかばんや箱をおいている者が多いが、エリックは新入りなので所持品がほとんどなく、ベッドの中に持ちこみにくい物だけをおいている。エリックのベッドの下には、ブーツと剣《けん》の鞘《さや》があった。鞘は空っぽだ。剣は持って寝ているにちがいない。大半の海賊はそうだ。ベッドの下の床《ゆか》を手探《てさぐ》りし、お目当ての品を見つけた。

ハーロウの懐中時計《かいちゅうどけい》。カチカチという音を消すために、握《にぎ》ってシャツにしまい、静かに外に出た。くもり空で暗い。徹夜《てつや》の見張《みは》りからかくれるのに、ちょうどいい。デブリンの小屋に向かい、一、二分、どうするか考えて立ちつくした。運の悪いことに、コナーとちがってデブリンがいびきをかかないのは、ここからでもわかる。たぶん眠りが浅いのだろう。しかも真っ暗な小屋の中で、わずか数分でおれのナイフを見つけなければならないと思うと、気遅《おく》れする。

それでも、あのナイフは、どうしてもとりもどしたい。というより、デブリンに持っていてほしくない。

小屋のドアを少しずつあけ、一歩踏《ふ》みこんだが、すぐに足をひっこめた。そばにだれかいる——。背後《はいご》で砂《すな》を踏むかすかな音を耳にし、すばやくふりかえったら、闇《やみ》の中からイモジェンが、くちびるに指を一本立ててあらわれた。

イモジェンは、おれの耳にくちびるをよせてささやいた。「なにをしているのです？」

「きみに持たせる武器《ぶき》がほしくて。念のために」

「あなたが守ってくれますし、これもあります」イモジェンはおれから体を離《はな》し、ポケットからナイフを一本とりだした。

おれはうなずいてから、デブリンの小屋のドアに視線《しせん》をもどし、「待ってろ」といって入ろうとした。が、イモジェンはおれの腕《うで》をつかんで首をふった。「だめです、ジャロンさま。お願いですから、このまま行きましょう」

おれのききたいせりふじゃなかったが、イモジェンのいうとおりだ。こんな危険《きけん》を覚悟《かくご》して小屋に入るのは、どうかしている。イモジェンが歩きだしたので、おれもあきらめてついていき、ふたりで闇に乗じて馬小屋へと急いだ。

「夜の見張りは何人だ？」

「さあ。あたしにわかるのは、あたしたちの部屋のそばを十分おきに巡回《じゅんかい》していることだけです」

前に航海士を逃《に》がしたときもそうだった。もう少しのんびりしてくれるといいのに。

馬小屋のそばの茂《しげ》みに、しゃがんでかくれた。見張《みは》りが一名、馬たちをのぞきながら、馬小屋の中を歩いている。

「あの見張りがいなくなったら、急がないとな」おれはハーロウの懐中時計《かいちゅうどけい》をシャツからとりだし、イモジェンの手に握《にぎ》らせた。

「これは？」懐中時計だとわかっても、イモジェンはとまどっていた。

「かくしておけ」おれはささやいた。「とても大切な物なんだ」

イモジェンはおれに背《せ》を向け、こちらに向きなおったときは懐中時計が消えていた。「なぜ、時計を——」とイモジェンがいいかけたが、おれはだまらせた。見張りが馬小屋を出て、足を引きずりながらこっちへ向かってくる。近づくにつれて、きのうデブリンが木の枝《えだ》で打った巻《ま》き毛の少年だとわかった。おれも孤児院《こじいん》で一度、ターベルディ夫人に木の枝で打たれたことがあるのでわかる。足を引きずっているのは、痛《いた》いからだ。「そナイフをくれ、とイモジェンに手を出したが、受けとる前に、見張りの少年がすぐそばで立ちどまった。

ここにかくれてるやつ、出てこい」

おれはイモジェンの肩《かた》に手をおいておさえ、ひとりで立ちあがった。ふたりそろって見つかっていないといいのだが。見張りの少年は、片手《かたて》に剣《けん》を持っていた。切っ先を下げているところからすると、使い慣《な》れていないようだ。

少年がさらに寄《よ》ってきた。「外でなにをしてる？」

「頼《たの》む、見逃《みのが》してくれ」

「だれか、いっしょだな」

「それだけは、きかないでくれ」

「立て」

と少年に命じられ、イモジェンがゆっくりと立ちあがった。密会《みっかい》だとにおわせるために、髪《かみ》をほどいている。

少年は首をふった。「女には手出ししないのが海賊《かいぞく》の掟《おきて》だ」

「今回だけは、見逃してくれ」少年が納得《なっとく》していない様子なので、つけくわえた。「だれだって、うっかりすることがあるだろ。女のこととか……捕虜《ほりょ》のロープをしっかりしばっておかなかったこととか」

少年はうっとひるんだ。おれが口をはさんだおかげであれ以上打たれずにすんだことは、思いだしたくなかったらしい。

「見なかったことにするよ」とうとう、少年はいった。「見張りはほかにもいるから、早くもどったほうがいい」

「ああ、ぜったいそうする」

少年がいなくなってすぐ、おれとイモジェンは馬小屋にかけこんだ。ミスティックは中央の一画にいた。イモジェンに手伝ってもらい、二分後にはミスティックに鞍《くら》をのせ、乗れる状態《じょうたい》にした。

そのとき、「だれかいる」と、イモジェンが暗がりにかくれた。

顔をあげたら、フィンクが柵《さく》を越《こ》えて飛びこんでくるのが見えたので、「だいじょうぶだ」とイモジェンを手まねきした。「こいつも逃《に》げるから」

「思ったより来るのが大変でさ」と、フィンク。「遅《おそ》くなって、ごめん」そしてイモジェンを見て、一瞬《いっしゅん》はっとした。「この人、ここでなにしてるの？　きらわれてるんじゃなかったっけ？」

いまはきらわれていなくても、このあとすぐにきらわれることになる――。イモジェンをミスティックの背中《せなか》に乗せてから、フィンクを手まねきした。

「あんたの馬に乗るわけにはいかないよ」と、フィンク。

「かまわないさ。いまは、おまえたちの馬だ」

「じゃあ、あなたのために、もう一頭いりますね」と、イモジェンがあたりを見まわした。

「いや」おれは、きっぱりと首をふった。「いらない」

「三人は乗れませんよ」といってから、イモジェンの顔がさっとくもった。「まさか、そんな！　だから、さっきあたしに時計を……」

「ライベスに住んでいるルーロン・ハーロウという貴族《きぞく》の物なんだ。かならず返してくれ」

「ここを出るって決めたじゃないですか。じょうだんはやめてください」

おれはじょうだんじゃないことをしめすためにきびしい顔をし、グレガー総《そう》隊長の策略《さくりゃく》について細かく記した手紙をイモジェンにわたした。「これを、かならずモットにとどけてくれ。ほかのだれかにわたる危険《きけん》があれば、捨《す》てろ。おれもすぐに行くから」

「だめです、いっしょでなければ」と、イモジェンが手紙を握《にぎ》りしめる。

おれは手をひろげ、イモジェンが台所からとってきたナイフを見せた。イモジェンはナイフが目の前にあるのに、さっきまでしまっておいたスカートのポケットをたしかめた。「いますぐ出ていくと約束してくれるか？　それともこれをフィンクにわたし、きみが出ていくように仕向けさせようか？」

イモジェンはくちびるをきつくむすび、前を見つめた。おれはフィンクに、デブリンがおれをしばらせるときに使ったロープをわたした。「必要ならば、これで彼女《かのじょ》をおまえにつないでもいいが、無事に遠くへ逃げのびるまでは、おまえのそばを離《はな》れないと思う」フィンクには、ナイフもわたした。

ようやく口をひらいたイモジェンは、とげとげしく早口でまくしたてた。「あなたのために花を植えたのに、もう枯《か》れかけてます。なぜかわかります？　土地が悪いからです。ここに花は似《に》あわない。あなたも同じです。連中をごらんなさい。あなたも、ああなるんですよ」

そうかもしれないが、イモジェンといいあらそっている場合じゃない。おれはミスティックを引きながら、ふたりにつげた。「モットはダイチェルの教会にいる。フィンク、かならずイモジェンを送りとどけてくれ。モットと三人で、アベニア国を出ろ」

「あなたは？　どうするんです？」イモジェンがたずねた。

「もし逃げられたら、ドリリエドで会おう」

「もしって、どういうことですか？」

おれはイモジェンにしかめ面《つら》をし、ミスティックの尻《しり》をたたいた。「ジャロンさま、お願いです」イモジェンがふりかえっていったが、すでにミスティックはふたりを乗せて走りだしていた。

フィンクのたずねる声がした。「ジャロンって、だれ?」

30

静かな早朝に警鐘《けいしょう》が鳴りひびいた。おれは、その前から起きていた。じつは一睡《いっすい》もしていない。ドリリエドを離《はな》れて一週間――。本当にいろいろあったが、これからの数時間は、いままで以上に緊張《きんちょう》を強いられるだろう。警鐘の原因《げんいん》はまちがいなく、イモジェンの失踪《しっそう》だ。

エイゴールが寝床《ねどこ》のやぐらにかけこんできて、さけんだ。「台所の女中がひとりいない！　馬を盗《ぬす》みやがった！」

エリックがきょろきょろしながら、自分のベッドの横に立った。「フィンクも……おれといっしょに来たガキもいない」

「盗まれたのは、おまえの馬だ」エイゴールがおれにいった。

「いまはフィンクの馬だ」と、おれはいいかえした。「きのうの晩《ばん》、賭《か》けに負けたんだ。そう遠くには行ってないだろ。ふたりで森に果実でもとりにいったんじゃないのか」

「森はすでに調べた」エイゴールの目がけわしくなった。「それにだ、キャンプを離れるのに許可《きょか》がいることに変わりはない。ふたりともおびえて逃《に》げだしたと、デブリンは確信《かくしん》してる。どこへ逃げた？」

「フィンクなら、たぶんダイチェルにもどる」と、エリック。

「でもあの女中は、ダイチェルには行きたがらない」おれもいった。「この前しゃべったときに、はっきりそういっていた」

「いまのところ、なくなったのは馬だけだ」エイゴールはそういうと、全員に呼《よ》びかけた。「支度《したく》しろ。キャンプを徹底《てってい》的に調べる」

おれはブーツに足をつっこんだ。エリックはすでにブーツをはいていて、おれのとなりにやってきた。

「おい、なにがあった？　フィンクは逃《に》げたかったのか？」

「ここに居場所《いばしょ》がなかったからな。もし逃げたのなら、あいつにはよかったんじゃないか」

「そうだな」エリックは、がっかりして舌《した》を鳴らした。「チッ、せっかく小間使いができて便利だったのに」

支度が整うと、すぐに全員でキャンプ周辺を捜索《そうさく》した。といっても、ふたりはとうにキャンプを出ているし、こっちは海賊《かいぞく》たちがひしめくばかりで意味がなかった。

証拠《しょうこ》を残していないかたしかめようと、おれはまっさきに馬小屋へ行き、昨晩《さくばん》の足取りを逆《さか》さにたどったが、なにもなかった。結局エイゴールも、イモジェンとフィンクはすでに逃げたとしか考えられない、という結論《けつろん》にたっした。

結論が出たので、海賊たちは食堂へと移動《いどう》しはじめた。しかし給仕係の女中たちは朝からずっとイモジェンについてきかれていたので、残念ながら朝食はできていなかった。午前中いっぱい、どうでもいいふたりの捜索にかりだされ、全員いらついていたので、泣き面に蜂《はち》だ。

おれはみんなからできるだけ離《はな》れたくて、海岸へと丘《おか》をくだりはじめた。時間がないので、考えごとのできる場所がほしかった。

そのとき、頭上のキャンプから、見張《みは》り番のさけび声がした。「だれか来る！　女中とガキがもどってきた！」

おれはとっさにふりかえり、もっとよく見ようと、見張り番や海賊たちのそばへかけもどった。なぜイモジェンはもどってきた？　無事に逃がすだけでも大変だったのに。次回はないし、たとえあるとしても手遅《ておく》れだ。ここからだと、まだ姿《すがた》は見えない。

「女とガキだけじゃない」と、見張り番がつづけた。「ふたりをつかまえたやつもいっしょだ」

「つかまえたやつ？」エイゴールが見張り番から望遠鏡をうばいとり、自分の目におしあてた。

「何者だ？」と、デブリンが居丈高《いたけだか》にたずねる。

エイゴールは、見張り番に望遠鏡をもどして答えた。「カーシア人の兵士のようです。アベニア国王がうちの連中をドリリエドの城《しろ》に忍《しの》びこませるのを手引きした、あいつですよ。名前はなんでしたっけ？」

デブリンは剣《けん》を引きぬき、吐《は》きすてるように答えた。「グレガー・ブレスランだ」

おれはぎょっとし、近くの木にもたれかかった。いまにも心臓《しんぞう》が飛びだしそうだ。あのグレガーが、海賊のキャンプに来るとは。しかもイモジェンをつかまえて。

グレガーがミスティックの手綱《たづな》を引いてのりこんできた瞬間《しゅんかん》、グレガーに見つからない場所にかくれた。

イモジェンとフィンクは、おれがフィンクにわたしたロープでしばられ、おびえきっていた。

どうするか、必死に考えた。イモジェンもフィンクも海賊《かいぞく》ではないので、掟《おきて》にはしばられない。きっとそうだ。そのまま無傷《むきず》で、牢屋《ろうや》に入れられるだろう。そうすれば、ふたりが牢屋にいるあいだにしのびこんで、助けだせる。

考えがまとまったので、グレガーに意識《いしき》を集中した。不満の声があがったのを見ると、グレガーを歓迎《かんげい》する者はいないようだ。でもおれの不満に比《くら》べれば、たいした不満じゃない。トビアスが替《か》え玉だとグレガーが気づき、おれはここにいると知っている可能性《かのうせい》も無視《むし》できない。その場合は、おれの正体をあばきに来たとみていい。

おれとエリックがここに到着《とうちゃく》したときのように、グレガーは剣《けん》の刃《は》を下にして入ってきた。

まずエイゴールが近づいた。「ブレスランさま、ここには一方的におしかけないよう、注意しましたよね？計画では、宰相《さいしょう》に選ばれて、ジャロンの力がそがれるまで待つことになっていたのでは？」

「理由なく来てはならないのは、わかっている」と、グレガーが答えた。「しかし理由があるのだ。まずは逃《に》げだしたこの者たちを、みやげとして進呈《しんてい》しよう」

海賊のキャンプから逃げてきたことは、フィンクが白状《はくじょう》したにちがいない。イモジェンが白状するはずがない。

「どこで見つけたのです？」と、エイゴールがたずねた。

「ここからだいぶ離《はな》れた、ダイチェルへ向かう道でだ」

おれは内心うめいた。往来《おうらい》のはげしい道を通ったほうがかえって見つかりにくいと思ったのだろう。人気《ひとけ》のない道のほうがよかったのに。

おれは雑談《ざつだん》をする気などないのに、エリックは察しが悪く、となりに来ておれの肩《かた》をたたいた。「セージ、おまえ、どう思う？　フィンクと花娘《はなむすめ》はどうなる？」

返事がわりに肩をすくめるあいだに、エイゴールはイモジェンとフィンクに近づいた。「逃げようといいだしたのはどっちだ？」

「あたしです。とちゅうで助けがいると思って、この子に頼《たの》みこんだんです」と、イモジェンがいい、

「ちがうよ」とフィンクも声をあげた。「おれもこの人も逃げたかった。こわかったんです」

「そうだろうとも」と、エイゴール。「だがな、まずはデブリンのところに行って、自由にさせてくれと頼むべきだったんだ。暗闇《くらやみ》に乗じて逃げるなんて、あやしいな」

「あやしんで当然だ」と、グレガーが口をはさんだ。「ガキのことは知らないが、そっちの娘はただの女じゃない。ジャロン王がカーシア国の王座《おうざ》につくのに一役買った女だ。ジャロン王と親しいのはだれもが知っている」

デブリンはがぜん興味《きょうみ》をしめして前に出て、フィンクとイモジェンを馬からおろすよう、ふたりの海賊に命じた。先にフィンクがおろされ、ひざまずかされ、少しでも動いたら脚《あし》を切りおとすと脅《おど》された。フィン

クは目を見ひらき、まばたきすらしなかった。もう、逃《に》げようがない。

つづいてイモジェンが、デブリンの正面に連行された。背筋《せすじ》をのばしているが、おびえているのがここまでつたわってくる。

「カーシア国王と親しい女が、なぜアベニア人の海賊《かいぞく》の元へ働きにきた？」デブリンがたずねた。

「グレガーはまちがってます。あんな男と親しいだなんて」本気でいっているのかと思うほど、イモジェンはどうどうとしていた。「あたしを追いはらったんです。城《しろ》からできるだけ遠くにとっとと去れ、と。グレガーも事実だとみとめるはずです。食べていかなきゃならないので、ここに来たんです」

「それにしても、おどろくべき偶然《ぐうぜん》だな。おれたちとおまえの王との因縁《いんねん》を知っているか」と、デブリンがすごみのある声で笑った。「グレガー、きかせてやれ」

「この海賊たちは、四年前、コナーがジャロン王子を殺すためにやとった者たちだ。ジャロン王から、とっくにきいているとは思うが」グレガーはそういうと、デブリンに目を向けた。「ここに来たのも、そのことと関係がある。カーシア国の評議員《ひょうぎいん》は、おまえたちにベビン・コナーを引きわたすことを了承《りょうしょう》した。あの愚《おろ》か者は傲慢《ごうまん》で、だれの力も借りずに国王一家を殺したと思いこんでいる。おまえたちとつながりがあるのは自分ひとりだと思っているのだ。やっかいばらいできて、せいせいする」

「コナーを殺したがっていたのは、おれたちではなく、あんただ」と、デブリン。「コナーをこっちで始末することにしたのは、コナーがおまえと海賊とのつながりをうっかりばらしたらまずいからだろうが。しかしおれたちにとって重要なのは、あくまでジャロンだ。ジャロンはどうなった？」

グレガーはうなずいた。「おまえたちが近づきやすい北部の国境《こっきょう》に追いやろうとしたんだが、頼《たの》みもしないのにドリリエドに舞《ま》いもどってきた。しかしその後は、部屋にこもりきりだ。ふるえあがり、極度におびえ、弱りきっている。だが、じきに立ちなおり、また性懲《しょうこ》りもなく支配《しはい》しようとするぞ。長年ジャロン王をねらってきたおまえたちには、いまが絶好《ぜっこう》のチャンスだ。おれは城にもどりしだい、評議員たちからカーシア国の宰相《さいしょう》に選ばれ、カーシア警護隊《けいごたい》の全権《ぜんけん》を握《にぎ》る。おまえたちが無事に城へ入れるよう、おれがはからってやる。このとりきめは、われらの友情《ゆうじょう》をかためることになろう」

エリックがおれを見た。「例のカーシア国の財宝《ざいほう》は、もうすぐ手に入りそうだが、おれたちの思っていたのとはちがう形になるな」

「ああ」と、おれは小声でいった。「おれにも想定外だ」グレガーが替《か》え玉のトビアスに気づいていないのはありがたいが、たったいま、海賊を城に手引きするといった以上、喜んではいられない。

海賊王デブリンと手下のエイゴールは、グレガーの発言をめぐって、ひそひそと相談していた。フィンクは、ひざまずいたまま動かない。落ちつきをとりもどしたのは賢明《けんめい》だ。ぽつんと立っているイモジェンは、明らかにおびえているが、顔には出さないようにしている。グレガーはいかにも横柄《おうへい》にあごをつきだし、イモジェンとフィンクの処分《しょぶん》が決まるのを待っていた。

数分後、デブリンはフィンクとイモジェンを指さした。「まずはこのふたりだ。正式には掟《おきて》やぶりじゃないが、許可《きょか》なく逃《に》げた以上、罰《ばっ》しないわけにはいかない。処分《しょぶん》が決まるまで、牢屋《ろうや》に入れておけ」

「しかし、女は罪《つみ》をおかしているぞ」と、グレガーが口をはさんだ。

人ごみにまぎれていても、デブリンがいらいらとため息をつくのがわかった。「なんだ？」

グレガーは、コートの中からある物をとりだした。ハーロウの懐中時計《かいちゅうどけい》だ！「これをスカートの中にかくしていた。男物の時計だから、盗《ぬす》んだにちがいない」

エリックがはっとした。このさわぎで、いままで懐中時計がなくなっていることに気づかなかったのだ。

そして、前に飛びだした。「おれのだ！」

「最後に見たのはいつだ？」と、エイゴールがたずねた。

「きのうの夜。寝《ね》る前にベッドの下においた」

「女が入りこんで盗むのはむりだ。たしかフィンクは、そばで寝ていたな」と、エイゴールはイモジェンとフィンクを見た。「どっちが盗んだか、さっさと白状《はくじょう》しろ。さもないと、ふたりとも罰するぞ」

フィンクとイモジェンは恐怖《きょうふ》に目を見ひらき、顔を見あわせた。先に声をあげたのは、イモジェンのほうだった。「あたしです。フィンクは、あたしが持っていたことも知りません」

「ガキは、どけておけ。女は覚悟《かくご》しろ」と、デブリンはイモジェンに近づいていった。イモジェンは、すくんでいるように見えた。「海賊《かいぞく》には、女中には手を出すなという掟《おきて》がある。だが女中が海賊に対して罪を犯《おか》したら、海賊と同じ重い罰《ばっ》を受けてもらう。ムチを持ってこい！」

グレガーが前に出た。「かわりに女をくれ。ジャロン王の報復《ほうふく》をおさえる切り札にできる。やつはカーシア全土を引きわたしてでも、この女を守る。ああ、まちがいない」

デブリンの手に、ムチがわたった。デブリンはムチに指を走らせて、いった。「こっちの罰が先だ。そのあとは、好きなように利用しろ。まずは、仲間内での盗みは厳禁《げんきん》だと知らしめる！　女を後ろ向きにしろ」

「時計を盗んだのは、そいつじゃない！」広場へ飛びだしたおれに、すべての視線《しせん》が集まった。あわてて飛びだしたせいで、少し息が切れた。「おれだ」

31

こんな状況《じょうきょう》でなかったら、けっこう笑えただろう。海賊《かいぞく》たちはセージだとしか思わないのに、グレガーだけは仰天《ぎょうてん》してよろめいたのだ。いっそのこと、転んで怪我《けが》でもすればよかったのに。

おれはデブリンを見つめながら、持っていた剣《けん》をかまえた。「きこえなかったのか？　懐中時計《かいちゅうどけい》を盗《ぬす》んだのはおれだ。ついでにいうと、ふたりを逃《に》がしたのもおれだ。昨晩《さくばん》、逃がした。女にムチをふるうなら、ムチがしなる前にあんたをたおす」

デブリンは、にやりとした。「盗人《ぬすっと》だから懐中時計を盗んだのはわかるが、セージよ、おまえは剣術《けんじゅつ》が下手なんじゃなかったのか？」

そのとき、グレガーがようやく立ちなおって、声をあげた。「セージだと？　デブリン、こんなことをいってはなんだが、あんたはバカだ。こいつがだれか、知らないのか？」

デブリンは気にさわったらしく、わざと冷笑して腕《うで》を組んだ。「教えてくれ」

グレガーは、おれを見て顔をしかめた。「こいつは祖国《そこく》カーシアの言葉だけでなく、アベニアのなまりも流暢《りゅうちょう》に話せる。その気になれば雪から白い色を盗めるともいわれているが、だんじてただの盗人じゃない。デブリン、あんたの目の前にいるのは、この四年間、海賊をなやませてきた張本人《ちょうほんにん》。カーシア国の行方不明だったジャロン王子だ」

またしても喜劇《きげき》の瞬間《しゅんかん》だ。しかし、声をあげて笑う者はひとりもいなかった。おれでさえ笑わない。デブリンは驚愕《きょうがく》のあまりムチを落としかけ、口をあんぐりとあけた。おれが剣をかまえているうえ、デブリンが命じていないので、まだだれもかかってはこない。

エリックは、前列で首をふっていた。エリックをだまして海賊のキャンプへ案内させたのを、おれは心の底から後悔《こうかい》していた。こうなった以上、エリックはどうなるかわからない。エリックのとなりでは、顔を真っ赤にしたエイゴールが、早くもエリックの処刑《しょけい》を考えているようだ。

いや、ちがうかも。むしろエイゴールは、おれの処刑を考えているのか？　とにかくおれの命が最優先《さいゆうせん》で、エリックは二の次だ。

「ほ……本当か？」と、デブリンがおれにたずねた。「おまえは……ジャロン王子か？」

「今はジャロン王だ。読み書きができない連中には、情報《じょうほう》がつたわるのが遅《おそ》いんだな」おれはありったけのさげすみをこめて、グレガーをにらみつけた。「おれにひれ伏《ふ》すなり、頭を下げるなり、するべきじゃないのか？」

グレガーは、ふんと鼻でわらった。「そうする間もなく、殺されるんじゃないですか」

「じゃあ、おれの長命を祈《いの》って飲んだ酒は、全部うそだったんだな」

「あの世でご家族にすぐに会えると思えば、いいじゃないですか」グレガーはそういって、眉間《みけん》にしわをよせた。「ん？　あなたがここにいるとなると、城《しろ》にいるのは……？」

おれは首をかしげていった。「おまえの秘密《ひみつ》をばらせ。そうしたら、おれの秘密もばらしてやるよ」そして、またデブリンを見た。「ここから先のことは、おれとあんたで決着をつける。フィンクとイモジェンはじゃまだ。解放《かいほう》しろ」

「そのあと、どうなる？」と、デブリン。

「海賊《かいぞく》がおれに降伏《こうふく》し、おれはどうどうとここを去る」おれは、グレガーのほうへ頭をかたむけた。「かわりに、この男をやるよ」

「それじゃあ、海賊史上、例をみない仕事が残ってしまう。おまえを殺しそこなって落胆《らくたん》し、いまだに立ちなおれない海賊もいるんだぞ」

「同じ落胆を味わっているやつは、あんたたちだけじゃない。おれを殺したい連中はほかにもいるのに、あんたが先に殺すのは、ずるいんじゃないか」

デブリンは、大声でせせら笑った。「馬で逃《に》げたガキは、海岸の上の部屋にぶちこんでおけ。用はない。グレガーは牢屋《ろうや》だ」

「な、なんだと？」グレガーはどなって剣《けん》を引きぬこうとしたが、その前に四人の海賊にとりおさえられた。

「いままでは、ジャロンを殺す機会をうかがうしかなかった」デブリンの声は、グレガーに負けないくらい陰湿《いんしつ》だった。「なのにいまは、ジャロンにくわえ、カーシア国の宰相候補《さいしょうこうほ》までつかまえたぞ」と、手下たちに向かってうなずく。「ふたりとも連れていけ」

海賊たちはフィンクをつかみ、強引に立たせた。グレガーもとりかこまれて武器《ぶき》をうばわれ、フィンクとともに連行されていった。脅《おど》しつつ慈悲《じひ》を乞《こ》うグレガーの奇妙《きみょう》なさけび声は、遠くからもきこえてきて、みっともなかった。

つづいてデブリンは、イモジェンに向かって頭をかたむけた。「カーシア国から獲物《えもの》をぶんどるのに、もうグレガーは必要ない。この女がいるからな」

おれはイモジェンに近より、背中《せなか》にかばった。「イモジェンも、フィンクと同じ部屋に入れろ。イモジェンにききたいことは、すべておれが答えてやる」

デブリンがおれに笑いかけた。「あいにくと、反対のこともいえるぞ。おまえにききたいことは、すべて女を使ってききだせる」と、手下たちに向かって手をあげた。「おまえら、なにをするかわかるな」

巣に向かう蜂《はち》の群《む》れのように、海賊たちがいっせいにおれをとりかこむ。手当たり次第になぐりつけ、傷《きず》つけてやったが、おれもなぐられた。海賊の中にエリックもまじっていたが、エリックのことはチャンスがあってもなぐらなかった。しかしいくらあばれても、敵《てき》は四方八方からなぐりかかってくる。あっけなく決着がつき、おれは剣をとりあげられてその刃《は》の背《せ》で後頭部をなぐられ、地面にたおれた。即座《そくざ》に両手を後ろでしばられ、イモジェンともどもデブリンの足元に放りだされた。

少しでもなぐさめになればと、イモジェンに体をよせた。しかしイモジェンは完全に追いつめられたとわかっていたので、なぐさめにはならなかった。

「ジャロン王よ、じつに勇気ある行動だが、勝ち目がないのは目に見えていたはず。カーシア国の財宝《ざいほう》のありかを明かすという約束は、果たしてもらうぞ。正直、あてにしていなかったが、もっと信用するべきだった。おまえならまちがいなく、知っているわけだ。さあ、白状《はくじょう》しろ」

エイゴールはすでにおれのとなりにカーシア国の地図をひろげ、おれの出方を見ようと、片方《かたほう》の眉《まゆ》をつりあげている。

おれは地図を無視《むし》して、だまりこんだ。デブリンは図に乗ってしゃべりつづけている。おれが白状するとは思っていないようだ。したがうそぶりをまるで見せないから当然か。

デブリンはおれとイモジェンの前を歩きながら、海賊《かいぞく》全員に向かって語りかけた。「いずれわれわれがカーシア国の滅亡《めつぼう》に一役買うのはわかっていたが、指揮《しき》をとるのはアベニア国王だと思っていた。それが、いまはどうだ。今日という日が終わるまでに、この世からジャロンは消える。このおれが、カーシア国王となるのだ」

「カーシア国の王なんて、やめておいたほうがいい」

「なぜだ？」

「あんた、けっこう太ってるだろ。おれの玉座《ぎょくざ》には、すわれない」

といったら、デブリンは声をあげて笑った。「心づかいには感謝《かんしゃ》するが、新しい玉座を作らせるまでの辛《しん》抱《ぼう》だ。たしかカーシア国には、王になる者と婚約《こんやく》中の若《わか》い姫《ひめ》がいるそうだな。かなりの美人だとか」

「そういうあんたは、かなりの醜男《ぶおとこ》だ。子どもがあわれだな。いくら姫が美人でも、あんたがその面《つら》じゃ、どうしようもない」

「そんな危険《きけん》は承知《しょうち》のうえだ」

「じゃあ、どうする？」と、おれは首をかしげた。この状態《じょうたい》で反抗《はんこう》するには、こうするのがせいいっぱいだ。

「いっておくが、おれはぜったい祖国《そこく》を見捨《みす》てない。おまえみたいなブタに、だれがわたすものか」

「次にそのせりふをいうときは、命はないと思え」と、デブリンはにやりとした。「いや、いわなくてすむようにしてやろう。おまえを殺すつもりはない。おまえは、まだだ。ジャロンよ、財宝の洞窟《どうくつ》のありかを白状し、王座《おうざ》をあきらめろ。さもないと、となりでひざまずいている女を殺す」

デブリンがうなずくのを見て、ふたりの海賊がイモジェンを立たせた。イモジェンがおびえ、悲鳴をあげておれを見る。

おれは立ちあがろうとしたが、海賊に両側からおさえつけられた。「掟《おきて》はどうした！　彼女《かのじょ》はなんの罪《つみ》も犯《おか》してない！　指一本ふれるな！」

「女はおまえがここに来た時点でうそをつき、掟をやぶった。女に罰《ばつ》の準備《じゅんび》をしろ」

おれは、もがきつづけた。「このふぬけ野郎《やろう》が！　デブリン、おれを罰《ばつ》しろ！　彼女じゃなくて、おれを！」

「グレガーのいうとおりだな」デブリンは、ムチを輪に丸めながらいった。「この女のためなら、なんでもするのか」

海賊《かいぞく》たちは、木からおろした大きい板の両端《りょうたん》にイモジェンの手をしばりつけた。手首を入れる穴《あな》がくりぬいてあり、ムチで打たれても動けないようになっている。

おれはこのときまでに後ろ手にしばられたロープをほどき、片手《かたて》を抜《ぬ》いていた。片足《かたあし》で背後《はいご》の海賊をつまずかせ、立ちあがって別の海賊のあごをなぐる。おれをつかまえようとした海賊をよけて剣《けん》をとろうとしたが、その前にとりおさえられ、背中《せなか》を強打されて息がつまった。立ちなおる間もなく、両腕《りょううで》を背後にひねりあげられる。

「デブリン……決闘《けっとう》だ」息が切れ、声は干《ひ》からび、しわがれていた。「海賊王のあんたに……挑戦《ちょうせん》する」

デブリンは首をふった。「おまえに決闘をもうしこむ権利《けんり》はない。うそをついてここに来たくせに」

厳密《げんみつ》にいうとうそはついていないが、あれこれいっている場合じゃない。おれは片腕《かたうで》を強引にふりほどき、焼印をあらわにした。「うそをつこうがつくまいが、おれは海賊だ。あんたに挑戦する権利はじゅうぶんあるし、あんたには掟《おきて》にしたがって受ける義務《ぎむ》がある」

「いいだろう」デブリンは、ようやくムチをおろした。「ガキの王に剣を返してやれ。挑戦を受けて立つ。さっさと死ね」

32

正直にいうと、さっさと死ぬつもりはなかった。ただ死ぬだけではすまされない。海賊のキャンプに乗りこむなんてバカだ、といった連中が正しかったことになってしまう。ここで死んで、グレガーにざまあみろと思われるのも、しゃくにさわる。とはいえ、デブリンも死ぬつもりはなさそうだ。どちらかが負けるしかないとしたら、デブリンに負けてほしいのに。

海賊たちはざわつきながら、おれとデブリンをとりかこんだ。イモジェンは輪の外にとりのこされたが、かえってよかった。万が一死ぬことになったら、イモジェンに見られたくない。おれは悪魔《あくま》たちに、悪さをするならおれではなくデブリンにしてくれ、と小声でお願いした。最近、悪魔たちはおればかり選んできたのだから、当然のお願いだ。

エイゴールがおれの剣を輪の中に放りなげた。剣をとるには、デブリンのそばに飛びこむしかない。おれは剣に飛びつき、即座《そくざ》に横にころがった。デブリンの剣がふりおろされ、刃《は》がおれのシャツの後ろに刺《さ》さる。一瞬《いっしゅん》動きを封《ふう》じられたが、すぐに布《ぬの》を引き裂《さ》いて離《はな》れた。

刃が深ぶかと地面に刺さり、デブリンが両手で引きぬこうとする。すかさず、くるぶしを切りつけてやった。デブリンが悲鳴をあげ、地面から引きぬいた剣で切りかかってくる。それを剣ではばんだが、おされてやむなくあおむけになった。デブリンがさらに攻撃《こうげき》しようとしたが、両ひざを思いきり蹴《け》りつけてやった。

まわりの海賊《かいぞく》は、デブリンを応援《おうえん》していた。おれを応援する声はない。名前がきこえても、死ねとかなんとかいっている。まあ、しかたない。

デブリンがよろめいたすきにすばやく立って向かっていき、体勢《たいせい》を立てなおしたデブリンと剣《けん》をまじえた。力ではまちがいなく負けている。こっちは、攻撃をはばむだけで必死だ。おれの剣は羽毛のようで、なんの衝撃《しょうげき》もあたえられないらしい。

それでも小柄《こがら》なのが幸いし、足も速かったので、攻撃をかわすのは楽だった。おれのほうが若《わか》いので、できるだけ相手を動かして疲《つか》れさせる作戦に出た。これがじょじょに功を奏《そう》し、デブリンの剣はいきおいこそ変わらないが、反応《はんのう》が遅《おそ》くなってきた。それにつけこんで、おれはさらに攻《せ》めたてた。

右側からの攻撃をかわしたら、バランスをくずしてしまった。その瞬間《しゅんかん》、デブリンが剣を持ちかえたので、突進《とっしん》して肩《かた》をつき刺《さ》したら、大声をあげてひっくりかえった。デブリンの腕力《わんりょく》が弱まり、傷《きず》からだらだらと血を流している。ようやく、優位《ゆうい》に立てた。

剣をくりだすスピードをあげ、見物人のほうへデブリンを追いつめていった。海賊たちはすっかり沈黙《ちんもく》し、デブリンを冷めた目で見ている。失脚《しっきゃく》を望んでいる者がいるのかも、と初めて思った。もっとも、おれに海賊王になってほしいとも思っていないだろうが。

デブリンが剣を落とした。勝負がつくと思ったそのとき、デブリンが背中《せなか》からもう片方《かたほう》の手をふりおろした。その手に握《にぎ》られた物に気づき、おれはすばやく身をかわした。

「おれのナイフだぞ！」おれのナイフで殺そうとするなんて——。デブリンをにらみつけ、刃《は》の平たい面をやつの腕《うで》にたたきつけた。さらに、デブリンが反射《はんしゃ》的に落としたナイフをひろおうとしたところを、蹴りたおしてやった。

デブリンが、助けてくれ、と片手《かたて》をあげ、ゆっくりとひざまずいた。おれはデブリンの首に剣をつきつけ、しゃがんでナイフをひろった。「盗《ぬす》みかえす手間がはぶけて助かった。あんたから盗むのは、むずかしかっただろうよ」

デブリンが頭を下げた。「セージ……ジャロン、頼《たの》む。命は助けてくれ」

「死にたくなければ、イモジェンを解放《かいほう》しろ」

「自分の命のためとはいえ、デブリンにあの女を解放する権限《けんげん》はない」と、エイゴールが前に進みでた。「女には、海賊の掟《おきて》をやぶった責任《せきにん》をとってもらう」

「だがな、ジャロンよ、おまえのことは助けてやれるぞ」と、デブリンがうなるようにいい、おれに刺された肩をつかんだ。「たとえおれを殺しても、海賊たちはおまえを海賊王とはみとめない。おれが死んだ瞬間から、おまえはつぎつぎと海賊たちに挑戦《ちょうせん》され、いずれ力尽《つ》きてたおれるだけだ。もしおれを助けてくれれば、おまえも助けてやろう。おまえを解放し、海賊は二度とおまえを攻撃しないと約束する」

「本気の証拠《しょうこ》に、おれの宮廷《きゅうてい》であんたと通じている連中の名前をいってみろ」

デブリンはうなったが、おれが首につきつけた剣《けん》をどけず、切っ先で皮膚《ひふ》を軽くひっかくと白状《はくじょう》した。「ほかにはいない。コナーと、コナーがしくじったあとはグレガーだけだ」

おれは、剣の切っ先をわずかに引っこめた。「本当だと誓《ちか》うか？」

「ああ」と、デブリンがおれを見あげた。「頼《たの》む」

「じゃあ、あんたの申し出を受けよう。ただし、ひとつ条件《じょうけん》がある。この取引で助かるのは、イモジェンの命だ。イモジェンを解放《かいほう》しろ。ここから安全に逃《に》がすと確約《かくやく》しろ」

デブリンは、信じられないといわんばかりにまばたきした。「おまえは……どうなる？」

「捕虜《ほりょ》になる。イモジェンは無罪放免《むざいほうめん》だ」

「ならば、自分で女を解放しろ」デブリンは、背後《はいご》にいた海賊《かいぞく》たちに低い声でつげた。「このたわけの話をきいただろうが。どけ！」

海賊たちが道をあけ、イモジェンがあらわれた。涙《なみだ》でほおをぬらし、おれを見てまた涙を流す。おれは、イモジェンの手首のロープをほどきはじめた。

「だめです、こんなこと……。ほかに方法があるはずです。デブリンと決着をつければ――」

「デブリンのいうとおりだ。もしいま、おれが海賊王にのしあがったら、連中はおれを殺してから、きみを襲《おそ》う。この方法なら、少なくともひとりは無事に逃げられる」

「ならば、あなたが逃げてください。王国を救わないと」

「きみが救うんだ。ドリリエドにもどって、グレガーの裏切《うらぎ》りをあばいてくれ」

「だめです、ジャロンさま。あなたが殺されてしまいます！」

おれの計画では、殺される予定はなかった。正直、助かる見こみはあまりないが、財宝《ざいほう》の洞窟《どうくつ》を見つけるにはおれが必要だから、少しは時間をかせげる。

海賊たちのほうを、ちらっとふりかえった。デブリンの肩《かた》の手当てをしている者もいるが、拳《こぶし》を握《にぎ》ってこっちを見つめ、殺せという命令を待ちわびている者のほうがはるかに多い。いっせいに襲ってきたらどうなるだろう。ぞっとするが、イモジェンには本音を見せたくないし、知られたくもない。考えただけで手がふるえ、ロープがなかなかほどけない。

イモジェンはうろたえ、先にロープがほどけて自由になった手で、おれのほおにふれた。「国王は祖国《そこく》のために命をさしだすべきです。でも、お願いですから、いまはご自分の命を優先《ゆうせん》してください。あたしのためだけじゃないんです。もしあなたが死んだら、カーシア国も滅《ほろ》びます」

手がふるえ、イモジェンの右手のロープをほどけず、ナイフで切り裂《さ》いた。イモジェンはロープをふりほどき、おれにすがりついた。「もしあたしを友と思ってくださるのなら、あたしの願いをきいれてください。逃げる方法がきっとあります。お願いですから、別の方法で、あたしといっしょに逃げてください。どうか、手遅《てお》くれになる前に」

むりやり意識《いしき》を集中し、イモジェンのほうへ顔を寄《よ》せ、耳元でささやいた。「まだ終わったわけじゃない。

死ぬために来たんじゃない」

「あたしだって、あなたを失うために来たんじゃありません！」イモジェンの切実な思いのこもった指が、おれの肩《かた》に食いこんだ。「あなたは逃《に》げるしかないんです。あたしのために逃げないのなら、国民のために逃げてください。国民が大切じゃないんですか？」

「大切に決まってるだろ」国民を粗末《そまつ》にしているようにいわれるのは心外だ。胸《むね》がつまって息苦しくなり、いったん目をとじた。目をあけたときは、しっかりとした声を出せた。「ミスティックを走らせて、ドリリエドに向かってくれ。もどってくるなよ。二度ともどるな」

イモジェンがなにかいう前に、おれは背後《はいご》から海賊《かいぞく》たちにつかまれ、剣《けん》とナイフをとりあげられた。イモジェンがミスティックにかけよって飛び乗るのを見とどけてからは、抵抗《ていこう》しなかった。一瞬《いっしゅん》、デブリンを襲《おそ》おうとするかのように、イモジェンがこっちをふりかえる。

「行け！」おれはさけんだ。

イモジェンは涙《なみだ》を流しながらうなずき、ミスティックの脇腹《わきばら》を蹴《け》って、森の中へ走りさった。

デブリンは椅子《いす》にすわり、肩に包帯を巻《ま》いていた。もっとまともな手当てがすぐに必要になるだろうが、応急《おうきゅう》手当てとしてはじゅうぶんだ。デブリンの前に連れていかれ、ひざまずかされそうになったが、おれはこばんであぐらをかき、かえってデブリンを楽しませることになった。

「おまえは、おれに誓《ちか》いを立てた。それをやぶったということで、いいな？」

おれの考えではやぶっていないが、言葉の微妙《びみょう》な解釈《かいしゃく》をめぐって話しあえる相手じゃない。たとえ話しあっても、やぶったと決めつけられるのがおちだ。

「処刑《しょけい》なんて残酷《ざんこく》なことはやめて、トランプゲームで勝負をつけられないか？」

といったら、デブリンは軽く笑った。「こわいのか？」

こわい、などという言葉では、とてもいいあらわせない。背後で海賊につかまれた手は、まだふるえがとまらない。だがおれは、自分に腹《はら》を立ててもいた。善意《ぜんい》でやったこととはいえ、ここに来たこと自体が、やはりまちがいだった。おれのあやまちのつけを、どれだけの人間が払《はら》わされることになるのか。

デブリンが、おれのほうへ身を乗りだした。「こわくて当然だ。まだムチを持っているし、カーシア国の地図もある。おまえをさんざんムチ打って、洞窟《どうくつ》の場所を吐《は》かせてやる」

デブリンが手下に向かってうなずき、おれは強引に立たされ、さっきまでイモジェンがしばられていた場所へ引きずられていった。板の手首の位置に血がこびりついている。一瞬、だれの血だろうと思った。いったいなにをして、ここにしばりつけられたのか？　手を引きぬこうともがいて、ついた血にちがいない。きっとおれも同じ目にあわされる。殺されるときが来たら、ようやく死ねるとほっとするにちがいない。

板にしばりつけられながら、恐怖《きょうふ》の絶叫《ぜっきょう》をあげたくなったが、ぐっとこらえた。イモジェンは、まだ遠くに行っていない。この事態《じたい》をイモジェンに知られたくない。

でも、心の中では、耳をつんざくような声で泣きわめいていた。

33

シャツはすでにぼろぼろだったので、海賊《かいぞく》たちはやすやすと引きちぎった。デブリンはすわったまま見物を決めこみ、エイゴールがムチを持った。凶暴《きょうぼう》な顔つきからすると、ムチをふるえるのが楽しくてたまらないらしい。

「おれをさんざんこけにしやがって、何様のつもりだ？」と、エイゴールは冷笑した。

答えはいやというほど知っていると思ったので、あえてだまっていた。

「デブリンには勝てたかもしれないが、実戦ではおれのほうが上だ」と、エイゴールがさらにいう。

それはないだろう。エイゴールはあまりにもわかりやすくて、危険《きけん》を感じない。しかしそれをいったら火に油をそそぐようなものだし、ムチを持っているので、やはりだまっていた。

むきだしになった上半身のどこを最初にムチ打とうかと、エイゴールが周囲をぐるっとまわった。おれは深呼吸《しんこきゅう》をくりかえし、覚悟《かくご》を決めようとした。コナー邸《てい》の地下牢《ちかろう》でモットとクレガンにムチ打たれてから、それほど時間がたっていない。あのときも拷問《ごうもん》だったが、コナーのムチは太かったし、エイゴールのムチのように深い切り傷《きず》ではなく、あざをつけるのが目的だった。モットのムチ打ちは罰《ばつ》だったので、ひたすら耐《た》えればいずれ終わるとわかっていた。しかしエイゴールは情報《じょうほう》を引きだすのが目的なので、おれが洞窟《どうくつ》の場所を白状《はくじょう》するか、あるいは死ぬまでやめないだろう。

「ちょっと見てくださいよ、これを」と、エイゴールがおれから目を離《はな》すことなく、デブリンを呼《よ》んだ。「王の体じゃない」

見世物のようにあつかわれてむっとし、あきれた顔をしたが、口はつぐんでいた。見世物になることで、ひとまず一、二分は時間をかせげそうだ。

デブリンが興味《きょうみ》をしめし、立ちあがっておれの背中《せなか》側にまわった。椅子《いす》にすわったままでも、エリックの手下の盗賊《とうぞく》に切られた腹《はら》と、ローデンに切られた腕《うで》の傷は見えただろう。しかも、王にふさわしい豪勢《ごうせい》な食事ばかり食べているとは思えないくらいやせているし、エイゴールとの打ち合いであざだらけだ。たったいま海賊たちに襲《おそ》われ、全身傷だらけだし、背中にはファーゼンウッド屋敷《やしき》で負った二本の傷あとがある。

デブリンがおれの正面にもどってきたが、表情《ひょうじょう》は読めなかった。尊敬《そんけい》の表情ではないが、怒《いか》りの表情でもない。

「おまえの国の民は、文明が進んでいるのかと思っていた。国王というより、身代わりでムチ打たれる少年のような体をしているのは、なぜだ？」

「文明が遅《おく》れている一部の国民をつい怒《おこ》らせてしまうんで。でも、あんたは文明が進んでいるようだな。そう……文化的な海賊だ。ムチ打たないでくれると、ありがたいんだが」

「なぜ、ムチ打つなと？」

おれは、やっとのことで笑みをうかべた。「痛《いた》いんだ」

「ふん、そうだろうとも」デブリンは、肩《かた》をそびやかして椅子《いす》にもどった。「ムチで謙虚《けんきょ》さをたたきこんでから、洞窟《どうくつ》の話をするとしよう」

「時間のむだだね。おれは謙虚さとは無縁《むえん》だし、秘密《ひみつ》を明かす気もない」

エイゴールが、ムチをほどいてしならせる。その音にひるんで、歯を食いしばった。イモジェンに声をきかせたくない。だが、叫《さけ》び声をこらえるのはむりだ。いままでさんざんあらがってきたが、結局はデブリンに屈《くっ》して白状《はくじょう》するかもと、心の中を不安がよぎる。

エイゴールがムチをふるおうと、低くうなって腕《うで》を引いた。が、ムチは飛んでこなかった。

「な、なんだ？」

と、エイゴールが困惑《こんわく》してふりかえった。

おれもそっちを見たら、見物人の群《む》れの前にローデンが立っていた。ムチの端《はし》をつかみ、手首に巻《ま》きつけてエイゴールからとりあげていく。そのあいだも、けっしておれから目を離《はな》さない。つき刺《さ》さるような視線《しせん》を感じる。

ローデンがムチをとめてくれたのはありがたいが、同情《どうじょう》のかけらもない表情《ひょうじょう》が気がかりだ。

「てめえ、よくも……」とエイゴールがいい、

「ローデン！　なんのまねだ？」とデブリンも声をあげた。

ローデンは手首に巻きおえたムチを地面に放りなげ、おれに向かっていった。「早くもどれ、という伝言をもらった。セージという名のガキが、お宝《たから》があるといって海賊《かいぞく》の元にやってきたとな。まさか、おまえじゃあるまいと思ってた」

「おれについて見あやまったのは、初めてじゃないだろ」

といったら、ローデンは声をはりあげた。

「デブリンさま、カーシア国王になにかするときは、おれを優先《ゆうせん》すると約束しましたよね」

「その王が志願《しがん》して海賊となった以上、話は別だ」

ローデンは純粋《じゅんすい》におどろいてこっちを向き、おれの腕の焼印を見て、がくぜんとして口をあけた。また目があったので、おれはほほえみかけた。デブリンにあらためていわれると、まぬけすぎて、ばつが悪い。

「こいつが？」ローデンは、はげしく首をふった。まるでそうすれば、納得《なっとく》できるかのように。「カーシア国王が海賊に？」

「そのときは、正体を知らなかった」

「なぜわからなかったんだ！」ローデンの顔つきがけわしくなった。「前に話したのに。警告《けいこく》したのに！」

しばられ、ムチ打たれる寸前《すんぜん》なのに、海賊たちが事前におれについて警告されていたと知って、つい胸《むね》をはりたくなった。

「おまえが話したのは、ジャロンについてだ」と、デブリン。「セージという名前はいっさい出なかった」

ローデンはおれを見て、不快《ふかい》そうに目を細めた。「どんな名前でも、おれがここにいる以上、こいつはおれのものだ。引きわたしてください」

デブリンは首をふった。「こいつはたったいま、イモジェンという名の女を助けるかわりに、自分の命をさしだした」

ローデンがおれをにらむ。今度はおれも目をそらした。イモジェンがここでなにをしていたか、質問《しつもん》されたくない。

ローデンがデブリンのほうをふりかえった。「おれと約束したのは、その前ですよね」

デブリンは肩《かた》の包帯に血がにじみだしていたにもかかわらず、わざわざ立ちあがって、ローデンと向かいあった。「海賊《かいぞく》がカーシア国を襲撃《しゅうげき》するときは、ほうびとして国王をやるとは約束した。だが、今回は話がちがう。ジャロンのほうから出向いてきたのだ」

ローデンは見るからにかっとして、デブリンにつめよった。「計画では、海賊はジャロンを殺すけれど、ジャロン殺害の罪《つみ》はアベニア国になすりつけ、そのかわり分け前も多くゆずるんでしたよね。もしいまジャロンを殺したら、カーシア国に復讐《ふくしゅう》されるのはおれたちですよ」

「ジャロンの噂《うわさ》はきいている」と、デブリン。「カーシア国がジャロンのために復讐するとは思えない」

「しますよ」ローデンは、きっぱりといった。「もしおれがファーゼンウッド屋敷《やしき》で見たとおりのやつなら、国民は地獄《じごく》の果てまで、こいつについていきますよ」

おれは首をかしげた。おれは、ローデンがファーゼンウッド屋敷で見たおれのままなのか？　ローデンとふたりだけで話せたらよかったのに。ローデンの目は怒《いか》りに燃《も》えているが、それはおれのせい？　それともデブリンのせい？

ローデンは腕《うで》を組んだ。「じゃあ、こいつをどうするつもりですか？」

「カーシア国のどこかに、王室の財宝《ざいほう》がつまった洞窟《どうくつ》がある。その場所をなにがなんでも吐《は》かせ、そのあとはおれが決める」

「話がちがう！」ローデンはゆずらなかった。「こいつはおれがもらいます。いますぐ」

デブリンはローデンを無視《むし》し、「エイゴール、ジャロンを二十回ムチで打ってから、洞窟についてたずねろ」と命じ、ローデンにつげた。「では、こうしよう。カーシア国のお宝《たから》を手に入れたあとで、ジャロンをおまえにくれてやる。おまえから復讐の機会をうばうつもりはない」

おれは、はっとして顔をあげた。ローデンは、自分のかわりにおれが王の座《ざ》についたから復讐したがっているのだ。しかし、すでに城《しろ》でおれの腕をざっくりと切ったではないか。復讐したいのはこっちのほうだ。もうぜんと腹《はら》が立ってきて、さけんだ。

「ふざけるな！　デブリン、あんたは腰抜《こしぬ》けのブタだ。どんな拷問《ごうもん》でも受けてやる。おれはなにがあろうと、ぜったい、洞窟の場所は吐かない。ローデン、おまえはおれの本名を知ってるよな。王座《おうざ》は、最初からおれのものだったんだ。いまさらおまえがなにをしようが、国王はおれだ。反逆者《はんぎゃくしゃ》になるだけだぞ。デブリンよりも見下げたやつになりたいのか」

エイゴールがいちはやくムチをつかみ、おれを打とうとした。おれは激痛《げきつう》を覚悟《かくご》して目をとじたので、ローデンのすばやい動きが見えず、ムチが飛んでくる前にエイゴールの怒声《どせい》が悲痛《ひつう》なうめきに変わり、地面にたおれたことしかわからなかった。目をあけたら、ローデンが血まみれの剣《けん》を手に、エイゴールの背後《はいご》に立っていた。

「ローデンをとめろ！」とデブリンがさけんだ。

ローデンは城《しろ》で衛兵《えいへい》たちをなぎたおしたように、海賊《かいぞく》たちをやわらかいバターのごとく、つぎつぎと切っていった。まもなく海賊たちは後ずさり、ローデンの標的を見きわめてからは、戦うのをやめた。

デブリンは、手下たちの後ろに立っていた。手下たちに守られていたのではなく、楯《たて》にしていたのだ。剣は引きぬいているが、負傷《ふしょう》していないほうの腕《うで》でだらんと持っているだけだ。

「おれは海賊王だ。ローデン、おまえは海賊の掟《おきて》にそむき――」

「あんたは、おれとの約束をほごにした。剣を捨《す》てろ」

「だれが捨てるか」デブリンは剣をくりだしたが、ローデンにやすやすとかわされ、逆《ぎゃく》に胸《むね》のすぐ下を刺《さ》されて、地面にたおれたときには死んでいた。

海賊たちは、海賊王としてずっと君臨《くんりん》してきたデブリンがローデンにやられ、あっけなく死んだことが信じられないのか、しばらく死体を見つめていた。

ローデンも、デブリンの死体を見つめていた。攻撃《こうげき》をしかけられて応戦《おうせん》しただけで、殺すつもりはなかったのだろう。だが海賊王を殺した以上、もうローデンはただの海賊じゃない。そのことは本人もわかっていた。

「新しい海賊王の誕生《たんじょう》だ」と、ローデンは宣言《せんげん》した。「これからは、おれの命令にしたがってもらう」なにを命じるのかと、海賊たちがローデンを見る。ローデンは、おれに向かってあごをしゃくった。「ジャロンを連行しろ。シャツを着せておけ。処分《しょぶん》を決めるまで、牢屋《ろうや》にぶちこんでおけ」

「牢屋には、売国奴《ばいこくど》の総《そう》隊長が入っている」と、おれは声をあげた。「殺しあいになるぞ。おれも総隊長も生かしておきたかったら、おれは別の場所にしろ」

おれのとなりで、海賊が声をあげた。「さっきとじこめたガキと同じ場所に入れときます。こいつとガキは、たしかいっしょに来たんで」

ローデンは、そいつをちらっと見ていった。「厳重《げんじゅう》に監禁《かんきん》しておける場所か？」

「たぶん牢屋よりも厳重ですよ。いままで逃《に》げだしたやつはいません」

「いいだろう」

おれは手のロープを切ってほどかれ、両側から海賊にはさまれた。連行されていくおれを、ローデンは一度も見なかった。おれも声をかけなかったが、それは言葉が見つからなかったからだ。ローデンは海賊からおれを救ったわけじゃない。逃《のが》れられない運命を遅《おく》らせただけだ。

34

海賊《かいぞく》の言葉どおり、おれが連れていかれた部屋は、このままおれが入れられた牢屋《ろうや》よりも、はるかに厳重《げんじゅう》そうだった。牢屋は半地下だったので、見張《みは》り番さえかわせばそれほど苦労せずに逃《に》げられる。だがこの部屋は、寝床《ねどこ》のやぐらの最上階だ。崖《がけ》の途中《とちゅう》にあるうえ、海賊たちは鍵《かぎ》をあけるのに手間どっている。部屋の内側から鍵をこじあけるのはむりだろう。たとえこじあけられたとしても、階段《かいだん》をおりるときに重装備《じゅうそうび》の海賊たちの前を通りすぎなければならないし、崖の上に直接《ちょくせつ》出られる階段はない。いままで逃げだした者がいないのも当然だ。逃げようとした者すら、ほとんどいなかったと思う。

ドアがあき、そこにおれが立っているのを見て、フィンクは興奮《こうふん》してさけび、飛びはねた。

「また会えるなんて思ってなかった。いやみじゃないよ。本気だよ」

おれは、疲《つか》れた顔でほほえんだ。「いやみだなんて思わないさ」

海賊たちは、おれを中へつきとばした。部屋には、小さなテーブルと椅子《いす》がひとつずつしかない。とくに乱暴《らんぼう》に腕《うで》をつかんでいた海賊が、フィンクに声をかけた。「こいつは助かったわけじゃないから、なつくなよ」

海賊たちがシャツを一枚《まい》投げてよこした。意外にも、おれが着ていたシャツよりも上等だ。そしてドアをしめ、鍵をかけて離《はな》れていった。

「見張りは？　いないのか？」おれは、シャツを頭からかぶりながらフィンクにたずねた。

「うん。話し相手がほしくて、ひとりおいてくれって頼《たの》んだんだけど、見張りなんていらないし、おれは無害だからってことわられた」

「まあ、たしかに無害だな。でも、おまえがいてくれてうれしいよ」

「イモジェンは？」

「ここを出た……と思う」

「ああ、よかった」フィンクはテーブルにちょこんとすわり、おれを見つめた。「イモジェンが、あんたの本名はジャロンで、カーシア国王だっていってた」

おれはとくになにを見るでもなく、フィンクとならんでテーブルにすわった。「そのとおりだ」

フィンクは鼻をかきながら、なおもおれを見つめた。「王様っぽくないね。見た目も、行動も」

「自分でも、よくそう思うよ」

「あんたは海賊を滅《ほろ》ぼす作戦でここに来たんだけど、だれも思いつかないようなひどい作戦だって、イモジェンはいってたよ」

「そういわれると、反論《はんろん》しにくいな」

「あんたは、歴代のカーシア国王の中でいちばんの大バカ者なんだって。カーシア国を救えるのはあんたしかいないのに、みすみす殺される道を選ぶなんて、考えなしもいいところだ、ともいってたよ」

おれはにやりとした。「イモジェンの話はそれくらいにしとけ。これ以上、イモジェンの意見はききたくない」

フィンクもにやりとした。「だよね。辛辣《しんらつ》な意見は、まだこれからだし」そして、あくびをした。「でもさ、おれは、セージだったころのあんたが好きだった。王様でも、まだ友だちでいられるよね？」

「もちろんだ」おれはテーブルからおりて、部屋の中をうろつきはじめた。ローデンはどのくらい、おれをここにとじこめておくだろう？　おれを呼《よ》びだして、なにをする？

ドアの反対側に小さな窓《まど》がひとつあった。のぞいても崖《がけ》のてっぺんはまだ見えないが、ここが地面からどのくらいの高さかはだいたいわかる。おれは、またしてもうろついた。

「あーあ、腹《はら》がへった」とうとうフィンクがいった。「あんたは？」

「ああ、腹ぺこだ」前の晩《ばん》に夕食を少し食べたきりで、午後になろうとしている。それでも、空腹《くうふく》から気をそらすのに苦労しなかった。ローデンとまともに話をするまで生きのびる方法を、考えなければならないのだ。

おれはフィンクのほうを向いた。「きいてくれ。海賊《かいぞく》王が変わったんだ。新しい海賊王の名はローデン。おれがまだ生きているのは、ローデンがおれをうらんでいて、じっくりと痛《いた》めつけたいからだ。いいか、フィンク、ローデンが来たら、おれの友だちのようにふるまうな。おれをかばったり、助けようとしたりするなよ。おまえの立場が悪くなるだけだ」

フィンクは肩《かた》をすくめた。「おれ、べつにこわくないけど」

おれはフィンクの腕《うで》をつかみ、むりやりこっちを向かせた。「フィンク、まじめにいってるんだ。おまえに罵声《ばせい》をあびせ、おれを本気で憎《にく》むように仕向けてもいいんだぞ。おれには、お手のものだからな。でも、そうはしたくないんだ。フィンク、できるといってくれ。ローデンには、おれから離《はな》れたくてしかたないように思わせろ。おれを傷《きず》つけてもかまわないから、ひどいことをいって、ひどいことをしろ。おまえが生きのびるには、それしかないんだ」

フィンクは眉《まゆ》をひそめ、なにかいおうとしたが、ドアの鍵《かぎ》のあく音に口をつぐんだ。

おれは覚悟《かくご》を決め、フィンクをちらっと見て念をおした。「いいな、やるんだぞ」

ドアがあき、エリックが背後《はいご》にいた海賊たちに乱暴《らんぼう》につきとばされて入ってきた。右目が腫《は》れあがってあざになり、くちびるから血を流しているが、足はひきずっていない。エリックへの暴行《ぼうこう》はこれで終わりだと思いたいが、残念ながらそうはいかないだろう。

おれと目があったとき、エリックの目には殺気がみなぎっていた。すぐにでも謝《あやま》りたいが、ふざけて侮辱《ぶじょく》しているようにとられかねない。しかも、入ってきたのはエリックひとりじゃなかった。

エリックのあとからふたりの巨漢《きょかん》が入ってきたうえ、少なくとも三、四名の海賊が入り口の見張《みは》りについた。ふたりの巨漢はそれぞれ、手錠《てじょう》のついた鎖《くさり》を腕にかけている。たぶん、おれに使うのだろう。

おれは平和的な方法を選び、抵抗《ていこう》する気がない証拠《しょうこ》に両腕《りょううで》をさしだした。それでも壁《かべ》に乱暴におしつけられたので、当然のごとく蹴《け》りつけてやった。向こうが礼儀《れいぎ》をわきまえないのなら、おれも同じだ。

フィンクとエリックは、部屋の反対側に立っていた。フィンクは見るからにおびえていたが、エリックはざまあみろといわんばかりの顔をしている。しめしめと思っていたとしても、おれには責《せ》められない。海賊《かいぞく》たちは部屋の隅《すみ》の梁《はり》に鎖《くさり》を巻《ま》きつけてから、おれの手首と足首にしっかりと錠《じょう》をはめた。バランスをとろうと足を動かしたら、それが反抗的《はんこう》ととられ、ひとりに腹《はら》を思いきりなぐられて息がつまり、体をおりまげた。

背後《はいご》でフィンクの声がした。「おれのかわりに、もう一発頼《たの》むよ」

おれはかすかにほほえんだが、体をおりまげたままでいた。いま腰《こし》をのばしたら、海賊たちがフィンクの願いをかなえるだけだ。

海賊のひとりが、かがみこんでどなった。「デブリンが海賊王だったときとは、比《くら》べものにならんぞ。新しい海賊王がおまえをどうするか、小耳にはさんだ。いますぐ悪魔《あくま》に殺してもらったほうが身のためだ」

悪い案じゃないが、残念ながら悪魔はきっとローデンの味方だ。

35

海賊たちがいなくなったとたん、フィンクが近づこうとしたが、エリックに肩《かた》をつかまれ、とめられた。

「こいつは仲間じゃない」エリックの声は冷たかった。「おれにとっても、おまえにとっても」

フィンクがこっちを見たので、おれはかすかに首をふった。おれをきらっているようにローデンに思わせろ、とすでにいってあったが、ローデン以外にもそうするのだということに気づき、フィンクはけわしい目つきになっていった。「おれもなぐりたかっただけさ」

今日これまでに受けた拳《こぶし》に比べれば、フィンクの拳などなんでもない。なぐられてもかまわなかったが、引きさがってくれてほっとした。

「いまさらだけど……エリック……すまなかった」なぐられた腹がまだ痛《いた》いので、おれはゆっくりといった。

「なにがいまさらだ！」エリックがどなった。「正体もうそ、お宝《たから》の話もうそだ！　おまえの処分《しょぶん》は軽すぎる。おれは、命がけでおまえをここに連れてきたんだ。連中はおまえを始末したら、おれも始末する。たぶんフィンクもだ」

「こんなはずじゃなかったんだ」おれにも、エリックにも、なんのなぐさめにもならないが、そういわずにはいられなかった。

エリックが前に出た。なぐらないでくれるとありがたい。なぐるとしても、まだ怪我《けが》をしていない数少ない場所にしてほしい。「ずっと気になっていたことがある」と、エリックは切りだした。「ライベスで、貴族《きぞく》の屋敷《やしき》に押《お》し入って男を追いかけたとき、本当に殺したのか？」

「殺したなんて、一言もいったおぼえはない。そっちが勝手に思っただけだろ。答えはノーだ。なにもしていない。あの男はおれの友だちだったんだ」

「もう友だちじゃないような口ぶりだな」

「仕えてはくれるさ、おれが国王でいるかぎり」いったん言葉を切り、この数日でモットをどれだけやきもきさせたか考えた。「でも、おれにはもう、友だちなんて残っていない」

「ここには、まちがいなくいねえな」エリックはそれだけいうと、椅子《いす》にどっかりと腰《こし》をおろし、腕《うで》を組んだ。フィンクはエリックのとなりのテーブルの上にあぐらをかいてすわり、手で頭を抱《かか》えた。ふたりともこっちを見ない。

おれは体重を移動《いどう》して部屋の隅《すみ》にもたれかかり、目をとじた。少しは眠《ねむ》れそうだ。

二分眠ったか、二時間眠ったか、よくわからないが、大声につづいてドアの鍵《かぎ》があく音がし、おれはしぶしぶ目をあけた。エリックとフィンクをちらっと見たら、ふたりともさっきと同じ場所にすわっていた。

エリックも鍵の音を耳にして、首をかたむけた。「だれが来たか知らねえが、覚悟《かくご》はできてるか？」

「いや」おれはつぶやいた。覚悟などできていない。

ドアがあき、エリックとフィンクははじかれたように立って、奥《おく》の壁《かべ》へと後ずさった。おれはひどくだるくて、のろのろと体を起こした。力がわいてこない。この数日、緊張《きんちょう》しっぱなしで、とうとう体力がつきてしまったのだ。

今回やってきたのはローデンだった。おれに錠《じょう》をはめたふたりの海賊《かいぞく》もいっしょで、前回と同じように数名が入り口を固めている。

ローデンは腕を組み、冷たい目でおれを見すえた。他人に怒《いか》りや嫌悪《けんお》の目を向けられるのは初めてじゃないが、ローデンにそういう目をされるのはいやだ。ファーゼンウッド屋敷では、それなりに友情《ゆうじょう》をはぐくんだと思っていた。しかしそのあと、ローデンはコナーの手下のクレガンにあやつられ、クレガンのどす黒い野望の手先となった。思いあがりかもしれないが、おれが王座《おうざ》についたという理由だけで、ローデンがおれを憎悪《ぞうお》するとは考えられない。まずはローデンにしゃべらせるほうがいいと判断《はんだん》し、おれは目をふせて待った。

ローデンは、先にフィンクに話しかけた。「エリックはセージの正体を知らなかったといっているが、おまえはどうだ？」

フィンクは首をふっていった。「ただの盗人《ぬすっと》じゃないとは思ってました。ふつうの盗人とは、なんとなくちがってましたから」

ローデンはエリックへと視線《しせん》をうつし、不快《ふかい》そうに目を細めた。「ガキでさえ、なにかちがうとわかっていたぞ。ふたりとも、この部屋を生きて出ることはないと思え」

ふたりとも、という言葉におれはふくまれていないが、喜んでいる場合じゃない。ローデンがなんのためにおれを生かしておくか知らないが、いいことのはずがない。

「お、お願いです……」フィンクが、鼻をすすりながらいった。見れば、本当に泣いていた。「お願いですから、殺さないでください。おれ、まだガキなんです」

「やめろ」

「お願いです、このとおりです」フィンクのほおを、大粒《おおつぶ》の涙《なみだ》がこぼれおちた。じつに感動的だ。

ローデンはあきれた顔をしたが、涙は功を奏《そう》し表情《ひょうじょう》がやわらいだ。「考えておくから。とにかく、やめろ!」

「助けてくれたら、おれたち、まだお役に立てます」

というフィンクの言葉に、ローデンは眉《まゆ》をつりあげた。「ほう? どんなふうに?」

「ジャロンを引きうけますよ」フィンクは少しばかり立ちなおりが早く、もう涙をぬぐっていた。「おれもエリックも、たっぷり恨《うら》みがありますし」

おれはふきだしそうになった。おれを憎《にく》んでいるように思わせる、なかなかの演技《えんぎ》だ。しかしうまくはいかず、ローデンは首をふっただけだった。「悪いが、おれにはおれの考えがある」

残念ながら、やはり恐《おそ》れていたとおりになった。

ローデンがおれのほうを向いた。「先週のおれの脅《おど》しを無視《むし》したな」

「まあ、そうなるな」

「本気じゃないと思ったのか？　おれが、はったりをかましたとでも？」

「本気なのはわかってた。だからこそ、ここに来るしかなかったんだ」

「でも、その前におれを探《さが》しただろ。モットとトビアスをカーシア各地に派遣《はけん》して。なぜだ？」

「あのトンネルでの決着が、気に入らなかったんだ」城《しろ》にもどった晩《ばん》、おれとローデンは、城の地下のせまいトンネルの中で戦った。もしローデンが勝っていたら、そのまま入城《にゅうじょう》してジャロンを名乗り、王座《おうざ》につこうとしただろう。だが、うまくいったとは思えない。ローデンが侍従長《じじゅうちょう》のカーウィン卿《きょう》をごまかせるはずがなく、ペテンを見やぶられたにちがいない。あの晩の戦いで、おれはローデンを殺すチャンスがあったのに、思いとどまった。ローデンにも同じように思いとどまった瞬間《しゅんかん》があったように感じるのだが、思いすごしだろうか。

ローデンが軽く笑った。「気に入らなかっただと？　なぜだ？　おれが生きているからか？」ローデンの声が暗くなった。「あの晩、おれに情《なさ》けをかけて逃《に》がしたと思っているんだろうが、それはちがう。おまえは、おれに呪《のろ》いをかけたんだ。おまえから離《はな》れるには、ここに来るしかないだろうが」

「ここまで危険《きけん》じゃない場所を選んでくれたらよかったのに。おれもひどい海賊《かいぞく》だが、おまえはもっとひどい海賊だ」

ローデンは瞬時《しゅんじ》に顔をこわばらせ、手の甲《こう》でおれの顔をなぐった。「いまは対等だ。大口をたたくな。おれだって、おまえと同じ王だぞ」

「よくいうよ」と、おれはあざ笑った。「海賊王《かいぞく》なんて、なんの名誉《めいよ》もない。えらくもなんともないだろ。結局は手下に殺されるだけで、むくわれない」

「じゃあ、なぜわざわざ、海賊にくわわりに来た？」

「おまえのせいで、そうするしかなくなったからだ」

「あるいは、城《しろ》の庭での戦いに決着をつけたくなったからか」ローデンは、おれの目をとらえて、つけくわえた。「おれが城に忍《しの》びこんだのは、おまえが王座《おうざ》についたあの晩《ばん》に、だまされたからだ。おまえはおれをだまして決闘《けっとう》に勝ち、王座をうばった！」

ローデンと剣《けん》をまじえたあの晩、おれはバランスをくずしたふりをして剣を落とした。だがあれは、だましたのではなく作戦だ。作戦にひっかかったローデンが悪い。おれは命乞《いのちご》いをし、相手を油断《ゆだん》させてだますと、あらかじめ手の内をあかしていたのだから。

「おまえは、うそまみれだ」と、ローデンがつづけた。「いつもそうだった。つぎの日の朝、ドリリエドがどんなだったか、わかるか？　どこを向いてもお祝いで、カーシア国の新時代を喜ぶ声ばかりだった。なにが新国王万歳《ばんざい》だ。おまえなんかのために！」

「ああ、みんな、おれを祝ってくれた。おれはジャロンだ。みとめたくないかもしれないが、事実は事実だ」

「名前が変わっても、おまえに王の資格《しかく》はない！」ローデンの声はいっそう大きく、するどくなった。「あのトンネルで勝利した者が王になるはずだった。おれが王になるはずだったんだ！」

「じゃあ、剣をくれ。決闘のやりなおしだ。もしおまえが勝ったら、好きなだけ復讐《ふくしゅう》すればいい。もしおれが勝ったら、ほしいものを手に入れる」

「すでにおまえを拘束《こうそく》してるのに、いまさら決闘なんてするか」ローデンは、ばかにしたように目を細めた。

「おまえのほしいものは、わかってる。ここにのりこむことで、海賊たちがカーシア国に攻《せ》めこむのを防《ふせ》げるとでも思ったんだろ」

おれはうなずいた。「いっておくが、いまでもそのつもりだ」

「いまは、おれが海賊王だ。あがいても手遅《ておく》れだな。今夜、おれの海賊王就任《しゅうにん》を祝う宴《うたげ》がひらかれる。そのあと全員の前で、おれがおまえの命をうばい、おれに逆《さか》らったらどうなるかを見せつける。おまえを見せしめにして、おれの支配《しはい》を固めるんだ」

ローデンはじょうだんをいったつもりはないだろうが、おれは笑いとばしてやった。「よくいった！　いまの言葉をきくまでは、このあたりでおれ以上にふざけた支配者《しはいしゃ》はいないと思ってた！」

ローデンがまたおれをなぐろうと手をあげた。だが今度は、おれはひるまなかった。ローデンはゆっくりと手を下げ、部屋にいたふたりの海賊につげた。

「行くぞ。夜までにやることがたくさんある」

「このまま放っておくわけにはいきませんよ」大柄《おおがら》なほうの海賊が声をあげた。「こいつについて、いろいろ教えてくれたじゃありませんか」

「縄抜《なわぬ》けはやったことがあるが、鎖《くさり》はない」とローデン。「鎖まではむりだ」

いや、できる。イモジェンにこっそりわたされたヘアピンが、まだブーツの中にあるのだ。それを使えば、手足の錠《じょう》をかんたんにはずせる。

「でも、もし抜けられたら、あの窓《まど》から逃《に》げられますよ」

という手下の言葉に、ローデンはおれを見た。「その可能性《かのうせい》は否定《ひてい》できないな」

おれも否定しない。じつはそうするつもりだった。

ローデンが入り口にいる海賊《かいぞく》からこん棒《ぼう》をとりあげ、おれに近づいてきた。宙《ちゅう》で一回棒をふり、重さをたしかめている。寒気がした。いやな予感というやつか。でもローデンは、今夜のためにおれを生かしておくはず。脅《おど》すだけだと思いたい。

「悪いな」といって、ローデンが肩《かた》の後ろまでこん棒をふりあげた瞬間《しゅんかん》、おれはなにをされるか悟《さと》って、さけんだ。

「やめろ！　ローデン、やめろ！」

でもローデンはやめず、おれの右脚《みぎあし》のひざと足首のあいだにこん棒を力いっぱいふりおろした。すさまじい衝撃《しょうげき》――。電流が全身の神経《しんけい》を切り裂《さ》き、悲鳴となって飛びだした。骨《ほね》が折れたのは即座《そくざ》にわかったが、あまりの痛《いた》みに骨折《こっせつ》の具合がわからない。

上から手錠《てじょう》でつるされているので、横にたおれかかった。どこを見ても深い霧《きり》だ。くらくらして吐《は》いた。

「これで、鎖抜けはできなくなった。たとえできても、逃げられない」と、ローデン。

気のきいたことをいってやりたかったが、意識《いしき》が急速に遠のいていく。激痛《げきつう》と飢《う》えと疲労《ひろう》という最悪の条件《じょうけん》が重なって、おれは力なく前にくずれ、暗闇《くらやみ》に身をゆだねた。

36

痛《いた》みで目がさめた。ローデンにこん棒《ぼう》でなぐられ意識《いしき》を失い、そのまま、むなしいだけの浅い眠《ねむ》りへとつっていった。手錠《てじょう》が壁《かべ》の上のほうにあるので、床《ゆか》にすわれない。骨折《こっせつ》した脚《あし》に体重をのせてバランスをとろうとしたら、強烈《きょうれつ》な痛みが全身をかけ抜《ぬ》け、思わず目をあけて絶叫《ぜっきょう》した。エリックとフィンクに焦点《しょうてん》をあわせたら、ふたりとも恐怖《きょうふ》におびえ、おれを見つめながら部屋の端《はし》に立っていた。

「どのくらい……気絶《きぜつ》してた？」とつぶやいたが、だれも答えてくれないので、フィンクを見つめてたずねた。「どのくらいだ？」

「二時間くらいかな」

まだ外はそれほど暗くない。窓《まど》からさしこむ陽光の角度からすると、日が暮《く》れるまであと二、三時間か。ぐずぐずしてはいられない。

「どんな気分？」と、フィンクがたずねた。

「軽くいじられた気分……かな」筋肉《きんにく》をほぐそうと頭を後ろにそらしたが、ほとんど効果《こうか》はなかった。長時間首を動かさなかったせいで、いざ動かそうとしたら、首の筋肉が悲鳴をあげた。

「なぜローデンにあんな口をきいた？」エリックは、いまだに動揺《どうよう》をかくせないでいる。

「しくじった」ローデンを激怒《げきど》させ、剣《けん》での決闘《けっとう》に持ちこむつもりだったのに、あきらかに失敗した。

「わからねえな、おれには」と、エリックがつづけた。「おまえは国王だった。すべてを手にしてたんだろ。なのにいまじゃ、おれたちと同じところまで落ちぶれて、すべてを失おうとしてる。ローデンはおまえの命だけでなく、王国も襲《おそ》う気だぜ」

「あんた、全部まちがってるよ。おれはいまでも国王だ。国王は、王冠《おうかん》をかぶっているかどうかで決まるんじゃない。血筋《ちすじ》で決まるんだ。グレガーもここで拘束《こうそく》されてるから、とりあえずおれの王国は安全だ」おれはそういって、エリックをまっすぐ見つめた。「それに、あんたたちの仲間になったからといって、落ちぶれたことにはならない。あんたは盗賊《とうぞく》かもしれないが、悪いところより良いところのほうがはるかに多い。あんたと知りあいになれてよかったと思ってるよ」

エリックはしきりに目をしばたたき、とうとう無言でうつむいてしまった。

おれは、さしせまった問題のほうへ意識を集中した。ローデンは夜の宴《うたげ》を始める時刻《じこく》をはっきりとはいわなかったが、おれの持ち時間がなくなりつつあるのは、まちがいない。

問題は、イモジェンからもらったヘアピンが、ローデンに折られた右脚のブーツの中にあることだ。右脚を軽く動かしてみたが、痛むのはわかっていたし、ブーツを脱《ぬ》げるわけでもない。手錠のせいでブーツまで手がとどかないし、とどくとしても、錠《じょう》でブーツをおさえつけられている。

フィンクを呼《よ》びよせようとあごをしゃくり、ためらうフィンクに声をかけた。「どうかお助けくださいなんて、いわせないでくれよ。来てくれ」

フィンクはエリックをちらっと見たが、エリックが顔をあげないので、おれのほうへ近づいてきた。

「できるだけそっと、ブーツを脱《ぬ》がせてくれ」しゃべっているあいだにも痛《いた》みでひるむおれを見て、フィンクは青ざめた。そこで、フィンクをはげますためにつけくわえた。「もともとぶかぶかだったから、するっと抜《ぬ》けるさ。とにかく、ゆっくりと頼《たの》む」

フィンクが、骨折《こっせつ》した右脚《みぎあし》のそばにしゃがんだ。おれは、フィンクのために足を持ちあげることすらできない。フィンクがおれの足を少し持ちあげ、靴底《くつぞこ》を引っぱった瞬間《しゅんかん》、おれは悲鳴をあげてフィンクをとめ「計画変更《へんこう》だ」と、浅く呼吸《こきゅう》しながらいった。「ブーツを上からめくってくれ」

フィンクがブーツの上をつかんでめくったとたん、痛みが一気に燃《も》えあがった。が、今度はフィンクのほうが音をあげた。「めくるほうが、脱がすよりも痛いんじゃないの」

壁《かべ》ぎわにいたエリックがぶつぶつとつぶやいて立ちあがると、おれを見ずに自分のブーツの中に手を入れ、小さな折りたたみナイフをとりだし、「下がってろ」とフィンクに命じた。フィンクがすばやく下がり、エリックはおれのそばにひざまずいて、ブーツの脇《わき》をナイフで切り裂《さ》きはじめた。小さいナイフなので進みが遅《おそ》く、エリックが少しでもおれの脚を動かすたびに、うっとひるみ、必死で気絶《きぜつ》しないようにした。

ナイフが靴底まで達すると、ブーツを脱がせるのはわりとかんたんだった。

「ピンが……入ってる」おれは荒《あら》い息の合間にいった。「それを……くれ」

「おれがやるよ」と、フィンク。「鎖《くさり》を巻《ま》かれてるから、手がとどかないだろ」

フィンクはヘアピンをまっすぐのばして手錠《てじょう》にさしこみ、がちゃがちゃといじってレバーを見つけた。つづいて、ていねいに一回おしたところ、カチッという音がして手錠がはずれた。足の錠《じょう》もあけ、おれの脚からそっとどける。

鎖がはずれ、おれは床《ゆか》にくずれおちた。床にぶつかって痛かったが、無事な左脚が疲《つか》れきっていたので、ゆっくりすわるのはむりだった。

「このあと、どうする？」と、フィンク。「ドアの鍵《かぎ》は外からかかってる。とじこめられたままだよ」

おれは窓《まど》を見あげた。最近かなりやせたのを、初めてありがたいと思った。エリックが、うそだろ、という顔でおれを見つめた。「おい、ここがどこかわかってるのか？　海岸から石を投げてとどく距離《きょり》じゃねえぞ。崖《がけ》のてっぺんだって、同じくらい距離がある。逃《に》げられねえぞ」

すると、フィンクがエリックに体をおしつけてささやいた。「のぼれるらしいよ。ローデンがそういってた」

「崖をか？」と、エリックが首をふる。「脚が二本ともまともならまだしも、片脚じゃむりだ」

「ガラスを割《わ》ってくれ」おれはフィンクにいった。「だれも下にいないことを祈《いの》ろう」

ナイフをくれ、とフィンクがエリックに向かって手をさしだす。エリックはこれみよがしにため息をついてから、ナイフをわたした。フィンクは窓を割るときの台として、部屋の隅《すみ》から椅子《いす》を運んできた。ドアの外で足音がしないかと、全員だまって耳をすましたが、人の気配は感じない。ローデンはさぞ盛大《せいだい》な宴《うたげ》をひらくのだろう。見張《みは》り以外は全員、かりだされているにちがいない。

窓《まど》のガラスがとりはらわれると、おれはフィンクが立っていた椅子《いす》を指さした。「じゃあ、椅子をこわしてくれ。長い木を残してくれよ」

「添《そ》え木か」と、エリックはつぶやき、「見ちがえるようによくなるな」と皮肉をいいつつ、椅子を壁《かべ》にたたきつけはじめた。

おれはそのあいだに、おまえのシャツを脱《ぬ》いでできるだけ長く裂《さ》いてくれ、とフィンクに頼《たの》み、床《ゆか》にあおむけに寝《ね》そべって目をとじた。おれをこんな目にあわせたことを、ローデンに後悔《こうかい》させてやる。ぜったいに。

とうとう椅子がばらばらになった。大半はくだけて使いものにならないが、エリックはおれの脚《あし》とほぼ同じ長さの棒《ぼう》を一本、なんとか残してくれた。おれはエリックに、それをふたつに折ってくれと頼んだ。バランスを保《たも》つには、ひざを曲げる必要がある。

あとの作業は、なにもいわなくてもやってくれた。フィンクがおれの右脚のひざから下を二本の木ではさみ、それをエリックがシャツの細長い布《ぬの》できつくしばっていく。ふたりの助けを借りなければならないのはしゃくだったが、ひとりではできないのもわかっていた。右脚はいまだにずきずきするが、添え木で固定したらましになったので、ためしに立ちあがってみた。骨折《こっせつ》した脚には、いっさい体重をかけなかった。長年、壁をのぼったり、壁の細長い出っ張《ぱ》りを歩いたりしてきたおかげで、バランス感覚がとぎすまされ、体力もついている。

「じゃあ、窓の下にテーブルを持ってきてくれ」

「崖《がけ》をのぼるなんてむりだ」と、エリック。

「ここで殺されるのを待つくらいなら、崖から落ちたほうがましだ！」恐怖《きょうふ》のあまり、怒《おこ》っているような声になった。「助けてくれよ。頼む！」

「どうしようもないバカ野郎《やろう》だな、おまえは」と、エリックがまたいった。

「よくいわれるよ」おれはふたりを少し見つめ、つけくわえた。「だれかがおれをここに呼《よ》びにくる前に、たぶん見つかると思う。でも万が一のために、おれがどうやってひとりでここから逃《に》げたか、作り話を考えておいたほうがいい」

「すべてかたづく前に、おまえを憎《にく》むことになりそうだ」

「残念だよ。あんたは、おれを好きになってほしい数少ないひとりだったのに」

エリックはナイフに目を落とし、大きなため息をついてから、おれにさしだした。「ほら、持っていけ」

でも、おれは首をふった。「あんたの切り札じゃないか。あんたには、すでにじゅうぶんよくしてもらったよ」

テーブルの上にすわってから立ちあがり、窓枠《わく》をつかんだが、壁には足をかける場所がない。エリックがまたため息をつき、テーブルを少しどけ、おれの体が窓から出るまで持ちあげてくれた。

脚だけ部屋の内側に残した状態《じょうたい》で、いったん窓枠にすわり、下から吹《ふ》きつけてくる冷たい海風を胸《むね》いっぱいに吸《す》いこんだ。地上からの距離《きょり》も崖の上までの距離もエリックの予想を超《こ》えているが、崖の表面は思ったよりものぼりやすそうだ。つると草木がしっかりと根をおろして密《みっ》に生え、あちこちに岩がでっぱり、土がえぐれている。片脚《かたあし》でのぼりきれるかわからないが、ためしてみる価値《かち》はじゅうぶんにある。

37

少しのぼっただけで、無茶だとみとめざるをえなくなった。骨折《こっせつ》して右脚を使えないので、肩《かた》と腕《うで》によけいな力がかかるうえ、無事な左脚まで悲鳴をあげるとは思っていなかった。

岩壁《がんぺき》を一段《いちだん》はいあがるためには、いくつもの段階《だんかい》を踏《ふ》む必要がある。まず足場を見つける。まあ、これはむずかしくはない。移動《いどう》したあとに立ち往生《おうじょう》しないよう、数手先まで見越《みこ》すのがコツだ。それから、体全体をささえることになっても耐《た》えられる強いほうの手で、足場をつかむ。そして両手で岩壁にしがみつき、無事な左脚でジャンプして移動する。ジャンプの瞬間《しゅんかん》は、骨折した右脚も使えることがわかった。悪魔《あくま》から拷《ごう》問《もん》を受けているかのように痛《いた》むが、すばやく動くかぎりは、ジャンプのはずみで片手《かたて》を新しい位置へ動かすとき、バランスを保《たも》ってくれる。

このていどの岩壁ならば、いつもは三十分ほどでのぼれるが、今回ははるかにスピードが遅《おそ》い。だんだん暗くなり、今夜を生きのびる希望の光も弱まっていく。頭上で海賊《かいぞく》たちの声がするが、ありがたいことに、崖《がけ》の下をのぞく者はいない。いまもローデンの宴《うたげ》の準備《じゅんび》に追われているようで、かなりいそがしそうだ。

一時間かけて半分以上のぼった。全身のあらゆる筋肉《きんにく》が痛み、汗《あせ》だくになっていたが、のぼりきれそうだとわかったので、大切な人たちのことを考えて自分をはげまし、けんめいにのぼりつづけた。

まだ死ねない。謝《あやま》らなければならない人や、会いたい人がおおぜいいる。自分でも意外だったが、ドリリエドの町をもう一度見たいという思いもあった。城《しろ》の白い壁《かべ》を見たい。おれの家である城へ帰りたい。

だから、のぼりつづけた。とちゅうからは、痛《いた》むとわかっていても、骨折《こっせつ》した脚《あし》を使うようになった。あいかわらず体重はかけられないが、ほかの筋肉《きんにく》があまりにも痛いので、バランスをとって安定させるためにだ。それに、ぐずぐずしてもいられない。日が落ちてもまだのぼっているようでは、てっぺんにたどりつけない。

日没《にちぼつ》の直前に、崖《がけ》のてっぺんの岩に手がとどいた。しばらく動きをとめ、人気《ひとけ》がないのをたしかめた。宴《うたげ》が始まったらしく、だれもいない。ローデンは宴が終わるまで、おれを連れだす気はないようだ。宴の食事がえんえんとつづいてくれればいいのだが。

崖の上へ体を引きあげて転がり、荒《あら》い息で数分間寝《ね》そべって、ようやく動けるようになった。といっても、茂《しげ》みの中にかくれるのがやっとだ。全身どこもかしこも痛い。肩《かた》の痛みは、骨折した脚の痛みといい勝負だ。

ふと横を見て、口元がゆるんだ。

ターベルディ夫人の孤児院《こじいん》に入ってすぐの晩《ばん》、食べ物を盗《ぬす》んだ幼《おさな》い男の子を蹴《け》りつける少年をとめて、なぐられたことがあった。そのあとターベルディ夫人はおれを、庭にある、細長い深緑の葉で紫《むらさき》の花があざやかなアラバクの茂みへと連れていき、アラバクの葉をかむと痛みが麻痺《まひ》するのだと教えてくれた。

いま、おれがいるのは、そのアラバクの茂みの中だ。

枝《えだ》を一本、強く握《にぎ》り、そのまま枝にそって手を動かして葉を引きぬき、口の中に放りこんだ。味はまずいが、すぐに効果《こうか》が感じられた。

葉をさんざんかんで吐《は》きだし、別の枝の葉をむしって、またかんだ。痛みが引くことはなかったが、少しは楽になった。かみながら添《そ》え木の布《ぬの》をきつく巻《ま》きなおしたので、さらに痛みが軽くなった。

ここからは、気力で進むしかない。時間をむだにすれば追いこまれるだけだ、と自分にいいきかせた。せっかく崖の上までたどりついたのに、動けなくなったおれを見つけ、ローデンが近づいてくるところを想像《そうぞう》し、ようやく力がわいてきた。ここまでがんばったのに結局最後までたどりつけなかったのかと、おれをあざ笑うローデンの声がきこえるようだ。

といっても、骨折した右脚をひきずりながら、左足で地面を蹴って這《は》うのがやっとだ。だれも見ていないが、ずるずると地面を這うヘビとたいして変わらないのは、じつにみじめだ。フィンクのペットのネズミでさえ、もっとどうどうと歩いていたのに。これが、おれの成れの果てなのか。王座《おうざ》から離《はな》れすぎた国王は、もはや特別な存在《そんざい》でなくなるのか？　国王でありながら、これほどみじめで、自分がちっぽけに感じられたことはない。

向こうでどっと笑う声がし、海賊《かいぞく》たちの宴の場所はすぐにわかった。それほど遠くはない。前にエイゴールと木剣《ぼっけん》で戦った場所を通りすぎた。いまも棒《ぼう》きれのような木剣が何本も、木々にぶらさがっている。ゆっくりと左脚で立ち、二本の木剣をつかんで松葉杖《まつばづえ》のかわりにした。あまり役に立たず、背中《せなか》を曲げてかがんだうえ、一歩進むたびに歯を食いしばらなければならなかったが、とりあえず地面を這わなくてもよくなった。目的地までの距離《きょり》を半分にちぢめたとき、片方《かたほう》の木剣《ぼっけん》がくだけ、おれはまた地面にたおれた。

情《なさ》けなくて苦笑した。イモジェンが植えた花ばなが、すぐ目の前にあった。見逃《みのが》しようがない。おれが行く先々にある気がする。少なくとも、おれが問題を引きおこしそうな場所にはかならずある。そういえばイモジェンは、おれのために植えたといっていた。おれも海賊《かいぞく》のようになってしまいかねないから――。

いや、ちがう！　ようやくわかって、うめいた。イモジェンが花を植えたのは、海賊のようになってしまう危険《きけん》があるからじゃない。〝おれのため〟だ！　花の下の土を掘《ほ》ったら、すぐにかたい物にぶつかった。もう少し掘ったら、ナイフが一本あらわれた。最近、台所からたてつづけにナイフが消えた、とエイゴールがいっていたが、その中の一本にちがいない。イモジェンは、キャンプ全体にナイフを埋《う》めてまわったのだ。おれのために。

ブーツにナイフをかくして起きあがり、折れた木剣を捨《す》てた。先端《せんたん》がくだけた木剣は、とがった長い役立たずの棒《ぼう》きれにすぎない。折れていないほうの木剣は使うことにした。木剣に体重をかけ、骨折《こっせつ》した右脚《みぎあし》はバランスをとるだけにし、ぴょんぴょんとはねて前進できる。あまりにもみじめで、ローデンに向かって飛びはねるたびに、気力をふりしぼらなければならなかった。

近づくにつれて、あまい香《かお》りがただよってきた。あたたかい菓子《かし》がくばられているようだ。隅《すみ》に汚れた皿が積みあげてあった。台所まで行き来して運ぶために、女中のだれかがおいたのだろう。残飯をもとめて、横《よこ》音を立てずに皿をあさった。食べられるものならなんでもいい。あぶり肉から切りとった筋《すじ》ぐらいしかなかったが、できるかぎりむさぼった。

そのとき——「あっ」という声がしたので、すばやくふりかえった。餓死寸前《がしすんぜん》で、屈辱《くつじょく》的な姿《すがた》を気にするよゆうもない。おれを見つけて声をあげたのは、台所女中のセリーナだった。おれの目の前で立ちすくんでいる。おれはくちびるに一本指をあて、助けてくれと無言でうったえた。セリーナはすばやくあたりに目をやってから、おれから離《はな》れた場所にある皿の山へ近づき、何枚《まい》も重ねておれの前に持ってきてくれた。どの皿も残飯はそれほどなかったが、一口でも食べるたびに元気をとりもどした。

腹《はら》に食べ物を入れ、アラバクの葉でうずきと痛《いた》みがやわらいだ。ぐずぐずしていても意味がない。よし、準備《じゅんび》はできた。

立ちあがり、木剣を頼《たよ》りに、よたよたと宴《うたげ》に近づいていった。広場にテーブルが四角くならべられ、ローデンは上座《かみざ》についている。海賊たちは食べたりしゃべったりするのに夢中《むちゅう》で、おれに気づくのに少しかかったが、気づいたとたん、教会よりも静かになった。

ローデンが立ちあがってあんぐりと口をあけ、添《そ》え木をしばりつけたおれの右脚から杖《つえ》がわりの木剣へと視線《しせん》を動かした。「うそだろ」

「城《しろ》の庭での戦いに決着をつけよう」おれは、せいいっぱい声をはりあげた。「ローデン、海賊王のおまえに挑戦《ちょうせん》する」

38

大半の海賊《かいぞく》は、ローデンの出方を見ようとすわっていた。ローデンはじょうだんでもきいたかのように少しのあいだ軽く笑ったが、おれが本気だとわかるとうなずいた。「いいだろう」そして、テーブルをどけて決闘《けっとう》場を作れ、と大声で命じた。

「まずは剣《けん》をくれ」と、おれはいった。「ここの連中は、おれから剣をとりあげてばかりだな」

ローデンはおれに近づきながらまた軽く笑い、おれの杖《つえ》がわりの木剣《ぼっけん》へ手をふった。「もうあるじゃないか」

「木剣だぞ。木剣でおまえをどうやって刺《さ》すんだ？　とがってもいないのに」

ローデンはあごをかき、意地悪くにやりとした。「おれでもそいつは選ばないが、自分が選んだ結果を受けいれるしかないこともある。ここに来たとき、おまえはどんな結果を予想していた？」

「いまと同じ結果さ。今夜、おれに忠誠《ちゅうせい》を誓《ちか》わない海賊は全員死に、おまえはおれといっしょにカーシア国にもどる」おれの言葉に少しは心を動かされたかと、ローデンの反応《はんのう》をつぶさに観察したが、とくに変化はなかった――いまのところは。「ローデン、おれのそばにいてくれ。信頼《しんらい》できる総《そう》隊長が必要なんだ」

おれの言葉をきいた数人の海賊とともに、ローデンは高らかに笑いとばした。「とうとう、おかしくなっちまったか。まだわからないのか？　おれは、おまえの最大の敵《てき》だぞ」

「敵になる必要はない。おまえならきっと、はるかに強力な味方になれる」

「さっきおまえの脚《あし》をへし折ったし、夜が明けるまでに命をうばうつもりなんだぞ」

「おまえがお願いするのなら、いまの言葉をわびるチャンスをやろう」おれは、周囲に腕《うで》をふってつづけた。

「ここは、おまえのいるべき場所じゃない。おまえの体には、カーシア人の血が流れてる」

「だから、なんだ」

「戦う必要はないってことだ」おれは、戦意がないことを強調しようと木剣をおろした。「もっというと、戦いたくないと本気で思っている。ローデン、おれにはおまえが必要なんだ。戦争がせまっている」

ローデンは、信じられないという顔で首をふった。「ああ、そうだ。おれが戦争をしかけるからな」

おれは、にやりとしていった。「ならば、おれがなぜここに来たか、わかるだろ」

ひとりの海賊がローデンに近づいた。「テーブルをどけて、場所を用意しました」

ローデンがおれのほうを見た。「いますぐ手を引くなら、すみやかに死なせてやる。それが、おれにできるせいいっぱいのことだ」

「いや、おまえにとってせいいっぱいなのは、ここを離《はな》れることだ」

「はっ、やれるものならやってみろ」と、ローデンがおれを挑発《ちょうはつ》する。

「いいんだな」おれは無事な左足で必死にふんばり、木剣を持ちあげた。「海賊としてのおまえは、今夜で終わる。これからのおまえは、忠実《ちゅうじつ》な総隊長としておれといっしょに来るか、あるいはここでおれに殺されるかだ」

ローデンがあざ笑った。「片脚《かたあし》でか？」

「さすがに片脚は使えないと、勝てないよな」おれは、にやりとしていった。「戦うのはやめて、いっしょに来い。来るといってくれ」

ローデンは鞘《さや》から剣《けん》を引きぬき、大きくふりまわした。本物の戦士がうらやむくらい、軽がると剣をあやつっている。「これ以上はゆずらない。いますぐ降参《こうさん》しなければ、殺す」

そして決闘《けっとう》が始まった。

おれはまともに歩けないので、ほかの手段《しゅだん》に頼《たよ》るしかない。大きな岩に木剣《ぼっけん》がぶつかり、あやうくたおれそうになった。木剣は、さっき捨《す》てた木剣と同じようにくだけた。木製《もくせい》なので武器《ぶき》としては弱いままだが、くだけたおかげで、先端《せんたん》が剣よりするどくなった。

ローデンは明らかにおれのバランスをくずそうとしたが、おれはたいていの振《ふ》りをかわし、骨折《こっせつ》した脚をほとんど使わず、姿勢《しせい》を保《たも》った。しかしやがてローデンに戦略《せんりゃく》を見抜《みぬ》かれ、低い位置をねらわれるようになり、先端よりもがんじょうな柄《つか》の近くで、ローデンの剣を受けざるをえなくなった。だがローデンは打ちこむたびに剣をふりあげなければならず、そのすきに木剣のとがった先端で切りつけた。深手は負わせられなかったが、くだけた木剣のすべての先端に血がついている。いまのところは互角《ごかく》だ。

「ローデン、おまえの夢《ゆめ》はこんなものじゃない」

「海賊《かいぞく》の王になったんだぞ」

「ウジ虫の巣を支配《しはい》するライオンだ。名誉《めいよ》も誇《ほこ》りもない。おまえは、こんなところで終わるやつじゃない」

「まだだます気だな」と、ローデン。「せっぱつまって、やぶれかぶれになったか」

「せっぱつまったら、トビアスに助けをもとめる。だます気はない」

ローデンが胸《むね》をねらって打ってくる。おれはかわしたが、バランスをくずしてつきたおされた。地面に転がった瞬間《しゅんかん》、全身に激痛《げきつう》が走り、ひるんだすきに木剣を踏《ふ》みくだかれる。

「それだそれ、いまの動き」と、おれはローデンに声をかけた。「すばらしい。最高の総《そう》隊長になれるぞ」

ローデンはにこりともせず、おれに向かって刃《やいば》をふりおろした。それをよけ、無事な左脚でローデンを蹴《け》った。ローデンは一歩よろめき、また剣をふりあげたが、おれが両脚に飛びついたら転倒《てんとう》した。剣がおれの肩《かた》をかすめる。

おれはイモジェンからもらったナイフをとりだしてローデンのももを刺《さ》し、悲鳴をあげて飛びのいたローデンにいった。「脚の傷《きず》は痛《いた》いだろ、な？」

お返しにあごをなぐられたが、おれはたおれた拍子《ひょうし》にローデンの首を蹴りつけた。あごをなぐるのはひきょうだ。もう一度強く蹴りつけたら、ローデンの剣を持つ手がゆるんだので、剣に飛びつこうとした。だがローデンは持ちなおし、すばやく離《はな》れて立ちあがった。

「立て」ローデンは、息を切らしていた。「レスリングじゃない。剣の戦いだ」

おれは、息を整えながら手をさしだした。ローデンは剣《けん》をおろし、おれの腕《うで》をつかんで引きあげてから、たずねた。

「なぜおれを総《そう》隊長に？　経験《けいけん》のある者とか戦士とか、候補《こうほ》はほかにもおおぜいいるだろうが」

「カーシア国を脅《おど》す度胸《どきょう》があるなら、守れる強さもあるからだ」

「おれを信用できるのか？　いろいろあったのに」

「いまだって、おまえはおれを殺そうと思えば殺せた」おれはローデンと目をあわせた。「おれは敵《てき》の作り方ならいやというほど知ってるが、友だちの作り方はわからない。それでもファーゼンウッド屋敷《やしき》では、おまえと友だちになれたと思ってる……おまえがクレガンに心を毒されるまでは」

「クレガンは、おれに王子になってほしかっただけだ」

「それが、まちがいだった。王子になるチャンスなど、最初からなかったんだ。そうみとめれば、生きる道が見えてくるはずだ」

「まさか、おまえ……本当に……ジャロン本人なのか」ローデンは、初めて気づいたかのようにつぶやいた。

「おまえは、いまでもおれの友だちだ。友だちのいないおれがいうんだから、本気だぞ。ここは、おまえのいるべき場所じゃない。おまえは、こんな場所に来るべきじゃなかったんだ」ローデンがおれを見る。その目の中で、なにかが変わった。もともと、おれの話に耳をかたむけ、刺《さ》そうとはしない。おれはたたみかけた。「ひとかどの人物になりたいんだろ。人と差をつけたければ、いいことで差をつけろ。カーシア国で、おれの側近としていっしょに戦うんだ。ひとかどとは、そういうことじゃないのか」

ローデンは一瞬《いっしゅん》たじろいだが、すぐに声をはりあげた。「剣をくれ。こいつに剣を持たせないと、正々《せいせい》堂々《どうどう》とたおせない」

おれの位置からかなり離《はな》れた場所に、一本の剣が投げこまれた。おれは剣のほうへ顔をかたむけ、眉《まゆ》をつりあげた。「これじゃあ、剣を持っているとはいえないよな。あんな遠くにあるんだから」

ローデンはうめいて剣をとりにいき、おれにわたした瞬間《しゅんかん》、また襲《おそ》ってきた。

片脚《かたあし》が骨折《こっせつ》中でだんぜん不利だが、本物の剣があれば、本格《ほんかく》的に戦える。体がふらつかないよう、右足は地面につけたままにした。やむなく体重をかけるたびに、激痛《げきつう》で顔がゆがむ。ローデンの攻撃《こうげき》はおれよりはげしかったが、速さはおれのほうが上だ。だがローデンは、おれの周囲を回りさえすれば速度をそげることに気づき、おれたちはダンスでもするように剣をまじえた。

海賊《かいぞく》たちは興奮《こうふん》し、だんだん寄《よ》ってきて、人の輪がちぢまった。剣を大きくふりまわし、いきおいをつけたいローデンは、いらついているようだ。おれはなるべく動かないほうがいいので、輪がちぢまってくれれば助かる。骨折した右脚が動くたびに悲鳴をあげ、無視《むし》できなくなってきた。

そこで、海賊たちがこみあっている場所をねらい、ローデンをじりじりと追いつめた。海賊たちがひしめいているせいで、人の輪がひろがるのが遅《おそ》く、ローデンの動きを封《ふう》じられる。

剣がぶつかりあって離れた。おれがふりあげた剣をローデンが剣でとめようとしたが、すぐ後ろにいた海《かい》賊《ぞく》にぶつかっておしかえされる。ローデンが海賊をどなりつけようと、一瞬《いっしゅん》ふりかえった。

そのすきに、おれはローデンの剣《けん》ではなく、手をねらって剣をふりおろした。腕《うで》から血がしたたり、ローデンは悲鳴をあげ、また剣をふろうとした。が、手を負傷《ふしょう》し、うまく握《にぎ》れず落としてしまった。おれはローデンのシャツをつかみ、ローデンによりかかって体をささえながら、首に刃《は》をつきつけていった。

「怒《いか》りを捨《す》てろ。おれは最初から王になる運命だったんだ。おまえも運命にしたがえ。こんなところで終わるやつじゃない」

ローデンのけわしい表情《ひょうじょう》は変わらない。

おれはローデンの首からじょじょに刃を離《はな》し、つけくわえた。「おまえは王になる運命じゃない。王の軍隊を率《ひき》いる運命だ。おれの守護神《しゅごしん》となって守ってくれ。ローデン、友として、おまえが必要なんだ」

またしてもローデンの目の中でなにかがゆらめき、口をひらきかけた。が、そこまでだった。しゃべる前に、背後《はいご》からだれかが飛びだす足音がしたのだ。おれはふりかえる間もなく右脚《みぎあし》のふくらはぎを蹴《け》られ、全身に激痛《げきつう》を感じて絶叫《ぜっきょう》し、顔から地面にたおれこんだ。剣はどこかに飛んでいった。

海賊たちがどっと声をあげて笑い、よくやった、とおれを蹴った仲間をほめた。だが自分の剣をとりもどしたローデンが、海賊たちをつきとばしてさけんだ。「やめろ！　おれの決闘《けっとう》をじゃまするな！」

海賊たちは静まりかえり、おれを蹴った海賊がどなった。「殺されるところだったのに！」

「だとしても、まっとうな勝負だった。おまえの助けがないと片脚の敵《てき》に勝てないなら、おれに上に立つ資《し》格《かく》はない」

ローデンはおれを横目で見た。おれはやっとのことで横向きになったが、脚の激痛のせいで吐《は》き気とめまいをおぼえ、まともに息ができなかった。視界《しかい》がぼやけてきた。ローデンの体がかたむいているのか？ それとも、地面がかたむいているのか？

「剣をひろえ」と、ローデンがいった。「剣をとって、おれと戦え」

おれはローデンを見あげたが、すぐに腕に頭をのせて寝《ね》そべった。これ以上戦っても、むだだ。さっきまでは骨折《こっせつ》した脚でもバランスくらいはとれたが、いまは立つことさえできない。意識《いしき》を失わずにいるのがやっとだ。

ローデンが近づいてきた。「武器《ぶき》をとれ。おまえが始めた決闘だ。決着をつけろ」

いや、決着をつけるのは、ローデンのほうだ。

少しのあいだ、目をとじ、ようやく腹《はら》をくくった。どうせ死ぬなら、剣を持ったまま死のう。地面に指を食いこませ、さっき飛んでいった剣のほうへ這《は》っていった。骨折した右脚はずるずると引きずるしかなかった。無事な左脚もほとんど役に立たない。

ローデンは、自分の前を這っていくおれの頭上に切っ先を向けて、立っていた。ようやく指先がとどいたので、剣を必死にたぐりよせた。もう片方《かたほう》の手で体をささえて剣を持ちあげ、かすかに笑ってみせる。「おい、降参《こうさん》するなら……最後の……チャンスだぞ」自分でも、ききとるのがやっとの声だ。ローデンは、もっときこえないだろう。

「ならば、しかたない」と、ローデンが剣《けん》を持ちあげる。おれは覚悟《かくご》を決めた。ローデンの刃《やいば》に体をつらぬかれ、痛《いた》みとおさらばするのだ――。

だがローデンは、剣の切っ先をおれのそばの地面につき刺《さ》し、ひざまずいた。「降参《こうさん》するか、負けをみとめるしかないですね」

目をあけたら、おれを見つめるローデンのひきつった笑顔が見えた。おれに真意がつたわらないのがじれったいのか、軽く首をふっている。おれは、ようやく剣をさしだした。手は幼《おさな》い子どもくらいの力しかないが、声には力があった。「ローデン、おれに忠誠《ちゅうせい》を誓《ちか》い、海賊《かいぞく》と縁《えん》を切れ」

ローデンは頭を下げた。「ジャロンさま、この決闘《けっとう》はあなたの勝ちです。おれはいまの立場を捨《す》て、カーシア国王かつアベニアの海賊王でもあるあなたに、忠誠を誓います。あなたがどこに行こうと、つねに王とあがめます」立て、というおれの合図にローデンは立ちあがり、まだおれたちを囲んでいる海賊のほうを向いて、宣言《せんげん》した。「きこえたな。ジャロンさまは、この勝負に勝った。いまからおれたちは、ジャロンさまにしたがう」

その言葉をきいたあと、おれは気を失った。

39

気がついたら、まともなベッドに横たわり、毛布《もうふ》をかけられていた。ろうそくが三、四本、灯っている。たぶん小屋の中だ。そこまではわかったが、ここにいる理由がわからない。もしかして夢《ゆめ》か。体を少し動かしただけで、痛みが波のように全身をかけ抜《ぬ》け、息がつまった。夢じゃない。

「しーっ」セリーナがあらわれ、おれをそっとあおむけにもどし、背後《はいご》に目をやった。「ローデンさま、起きましたよ」

セリーナが脇《わき》にどき、ぼやけた視界《しかい》にローデンの顔がぬっとあらわれた。「おれがあなたを殺すなんて、ありえない。結局、むりだったんですよ」

「城《しろ》の庭でそういえばよかったのに」

「あのときはわからなかった。こうなるまでは、わからなかったんです。わかったからこそ、あなたを勝たせたんです。ずっと手加減《てかげん》してたんですよ」

「ならば、再《さい》試合だな」おれは眠《ねむ》たげな顔でほほえんだ。「でも、今日はだめだ」そして、小声でつけくわえた。「再試合できるようになったら、おまえはどこにいる？」

「おそばにいますよ、ジャロンさま、総《そう》隊長として」おれは笑みをうかべ、目をとじてまた眠った。

次にローデンに起こされたときは、明るくなっていた。セリーナが椅子《いす》にすわり、湯気のあがる皿を持っていた。が、なにか食べると考えただけで、吐《は》き気がこみあげた。

「かなり痛《いた》みますか？」

とローデンがたずねるので、おれはむっとして目を細めた。

「じょうだんのつもりか？　おれの脚《あし》は、いくつにくだけていると思う？」

ローデンはあきれて天をあおいだ。「怪我《けが》したあなたが赤ちゃん返りをするのを忘《わす》れてました」

おれはベッドの脇《わき》におかれたカップを見た。もしこんな状態《じょうたい》でなかったら、投げつけてやるところだ。

ローデンはおれのそばにすわり、もうしわけなさそうにほほえんだ。「脚を治せる者がここにはいなくて」

「骨《ほね》を折る前に、それくらい考えておけ」

「死人の脚の骨は、治す必要がありませんので」

「あっそ。おれが刺《さ》した脚はどうだ？」

「痛いです」

「それはなによりだ」もっと眠《ねむ》りたくて目をとじたが、ローデンに腕《うで》をゆさぶられた。おれはローデンの手をよけ、セリーナを見た。「アラバクの葉をできるだけ持ってきてくれ」

セリーナがいなくなると、ローデンがいった。「アラバクの葉で痛みは軽くなりますが、治りませんよ」

「馬車を用意してくれ。ライベスに行く。ルーロン・ハーロウという名の貴族《きぞく》がいるんだ。そこに行く……

まあ、もし受けいれてくれればだが」

「その体じゃ旅はむりです。具合が悪そうですよ」

「具合がいいとはいわないが、おれはここでは人気がないからな。ライベスに向かったほうがまだましだろ」

「海賊《かいぞく》のことはどうするんです？」

「それはおまえが決めろ」と答えてから、ローデンがおれを勝たせたことを思いだした。そうだ、いまはおれが海賊王だった。「エリックを呼《よ》んでくれ」まだ疲《つか》れていたので、舌《した》がもつれた。「フィンクも……。ふたりとも呼んでくれ」

ローデンが立ちあがったとたん、おれは眠りに落ちた。しばらくして目がさめたら、ドアがきしみながらあき、まずエリックが、すぐあとにフィンクが入ってきた。

エリックはおれを見て、幽霊《ゆうれい》でも見たように首をふった。「いつ岩壁《がんぺき》から落ちるかとずっと窓《まど》の外をながめてたけど、とうとう姿《すがた》を見なかったんで、別の場所に落ちたのかと思ってましたよ。まさか、まだ生きてるとは」

フィンクがおれにかけよろうとしたが、おれは手をあげてとめた。手をあげるだけでも痛い。「もしさわったら、首つりにするぞ」さわらないとは思うが、念には念を入れないと。

「決闘《けっとう》に勝ったそうで」

というエリックの言葉に、ローデンがせきばらいをする。おれは、ローデンのむっとした顔からエリックへと視線《しせん》をもどした。「そこは、まだ意見が割《わ》れているけどな。でも、いまはおれが海賊《かいぞく》王だ」

ローデンはかすかに苦笑してから、小声で毒づいた。

エリックは、なにも気づかなかったかのようにつづけた。「もう、あなたの話でもちきりですよ。だれもあなたを好いてはいませんが、尊敬《そんけい》はしてます」

おれはうなずいた。それでじゅうぶんだ。

「これから、どうなさるんで？」と、エリック。

おれは肩《かた》をすくめようとしたが、体を動かすのはあきらめた。「故郷《こきょう》にもどらなきゃならない。おれがいないあいだ、ここはだれかに任《まか》せることになる」

「そのためにローデンを選んだんですよね」どうやらエリックがとじこめられていた小屋に最新の情報《じょうほう》はとどいていなかったらしい。

「ばかも休み休みいえ。ローデンは、片脚《かたあし》しか使えない相手に負けたんだぞ。しかも、最後には意識《いしき》を失いかけていた相手に。エリック、ここはあんたに任せる」目を見ひらいたエリックに、おれは早口でつげた。「条件《じょうけん》はふたつ。第一は、例の懐中時計《かいちゅうどけい》をおれに返すこと。あんたから盗《ぬす》む機会をうかがうのは、もううんざりだ」

エリックはうめいて、シャツの中から懐中時計をとりだし、おれにさしだした。「時間がくるってますよ」

「時計として、ほしいわけじゃない」おれは懐中時計を握《にぎ》りしめた。「第二は、海賊王であるおれに忠誠《ちゅうせい》を誓《ちか》うよう、海賊たちに念をおすこと。ただしおれはカーシア国の国王でもあるから、カーシア国の民や領土《りょうど》や財産《ざいさん》への攻撃《こうげき》はおれへの攻撃とみなす。今後、カーシア国と海賊は平和を誓いあうんだ。海賊は、ひとり残らず、新たな誓いを立てること。それがいやなら追放だ」

エリックは、じょうだんじゃないといわんばかりに首をふった。「連中がうんというはずがないですよ」

「うんといわせるんだ。退屈《たいくつ》したら、おれの敵国《てきこく》の平和をいつでも乱《みだ》してかまわない、といっておけ。さあ、エリック、海賊たちの誓いをとりつけてこい」

エリックは立ちあがり、ふとためらった。「あのう……グレガーが会いたがっているそうです」

「おれは会いたくないね」あの顔を見ると思っただけでぞっとする。

「伝言があります。いろいろと罪《つみ》を犯《おか》したけれど、姫君《ひめぎみ》を守りつづけたのだから、数分でもいいから時間をさいてもらえないだろうか、とのことです」

おれはまぶたをとじ、目を休ませてから、つぶやいた。「いいだろう」

エリックが出ていってから、フィンクを見た。「おまえはどうする？　ここに残りたくはないよな」

フィンクは少し考えてから答えた。「ついていってもいいですか？」

「それはどうかな。おまえは、ものすごくうるさいしなあ」おれはそういってから、口の端《はし》をつりあげて、にやりとした。「いいとも、カーシア国の首都ドリリエドにおいで。ただし盗賊《とうぞく》はやめて、きちんとした教育を受けてもらう」

フィンクは鼻にしわをよせた。「えっ、教育？」

「そうだ。それと行儀《ぎょうぎ》作法も少々身につけないと。おまえの場合、教育と行儀作法のどっちを重視《じゅうし》したらいいんだろうな。おれの友だちのトビアスに先生になってもらう。もし困《こま》らせるようなことをしたら、トビアスにふだんの倍はつまらない男になるよう、命令するぞ。あいつは、それができるんだ」

「おれのネズミも連れていっていいですか？」

「だめだ」フィンクは首をかしげてぅったえたが、おれはフィンクを見すえていった。「だめといったら、だめだ」

フィンクはしぶしぶうなずいた。つづいておれはまぶたが重くなるのを感じながら、ローデンを見た。「おまえに見張《みは》っててもらえば安全かな？」

「安全ですとも」とローデンがきっぱりいうのを、うとうとしながらきいた。

ぐっすりとは眠《ねむ》れなかった。さっきから右脚《みぎあし》の痛《いた》みがぶりかえし、痛みをともなう悪夢《あくむ》に半分つかり、まどろむばかりだ。それでもグレガーが来たと起こされたときは、痛みと悪夢のほうがはるかにましだと思った。

ローデンに助けてもらって起きあがったら、頭がくらくらした。ひどい姿《すがた》なのはわかっているが、寝《ね》たきりの病人のように見られるのはいやだ。

エリックがグレガーを連れてきた。両手を後ろでしばられ、服の飾《かざ》りはすべてむしりとられている。グレガーはおれにすばやく目を走らせてから、口をひらいた。「ジャロンさま――」

「肩書《かたが》きで呼《よ》べ」おれは無愛想にいった。「おまえのとがったあごを床《ゆか》にこすりつけて、頭を下げろ」

「はい、陛下《へいか》」あごは床につかなかったが、努力のあとは見られた。

「無実だとおれを説得するつもりなら、時間のむだだ」

「いえ、陛下。ただ、コナーさまと同じ情《なさ》けを、わたしにもかけていただければと願うのみです。どうかわたしをドリリエドにお連れください。海賊《かいぞく》たちは――」

「海賊たちに、そこまでむごい仕打ちを受けることはないだろ。なにせおまえは海賊を頼《たよ》って、おれを殺そうとしたわけだし」

グレガーがあまりにも強く歯をかみしめるので、あごがくだけるかと思った。

「そうしたのには、理由があるのです」

「たとえば？」

グレガーは、ここで初めておれをまっすぐ見た。「あなたは重要な食事会を何度も欠席し、評議員《ひょうぎいん》たちをじょうだんの種にし、お父上の将来《しょうらい》の計画を無視《むし》しました。だからこそ、わたしのほうが王の仕事をまっとうにこなせると本気で思ったのです。しかしながらいまは、あなたのおっしゃることが正しかったのではないかと思っています。カーシア国は脅威《きょうい》にさらされているようです」

少しはおもしろい言い訳《わけ》をするかと思っていたのに、おもしろくもなんともない。「連れていってやってもいいが、そうすると、道中、いやでもおまえを見ることになる。おれは、いままでもじゅうぶん気分が悪いんだ。おまえはここに残って、海賊《かいぞく》たちのどんな報《むく》いも受けろ」

「いまのあなたは、海賊王でもあるんですよ」

おれはエリックのほうへあごをしゃくった。「だが、おまえをどうするかはこいつが決める。おまえの毒《どく》舌《ぜつ》で、せいぜい情《なさ》けを乞《こ》うんだな。さっさと失せろ」

エリックが進みでて、グレガーのしばられた手をつかんで引きあげる。

「城《しろ》から出発する前の晩《ばん》、おたずねになりましたよね。逃《に》げたがっているように見えるか、と」グレガーの声は、あせりと怒《いか》りがまざりあっていた。「見えましたよ。あのときは、あなたが腰抜《こしぬ》けだと信じて疑《うたが》わなかった。だからこそ、わたしが宰相《さいしょう》にならなければ、と腹《はら》をくくっただけです」

激痛《げきつう》が走るとわかっていたが、おれは身を乗りだしてささやいた。「あんた、おれについて、思いちがいをしてるよ」首をかしげたグレガーに、これまでになく強い調子でいった。「おれは、ぜったい逃げない！」

目を見ひらいて青ざめたグレガーをエリックが引きずりだし、部屋の外で待っていた海賊たちに引きわたした。

「誓《ちか》いはどうなった？」おれは、もどってきたエリックにたずねた。

「だれもいい顔をしませんでしたよ。でも全員が誓わないかぎり、あなたはここから出ていかないといってやりました。もしあなたがここに居《い》すわったとしても、海賊たちにはどうしようもありませんけれどね。誓いは万全です。海賊たちは正式にカーシア国と友好関係を結びました」

おれはほっとした。「よかった」

「よくなんかありませんよ」とエリック。「アベニア国王はすぐに、海賊の忠誠心《ちゅうせいしん》をあなたに盗《ぬす》まれたと気づきますよ。おもしろくないでしょうね」

「おもしろくないのは、おたがいさまだ」アベニア国王は海賊と共謀《きょうぼう》し、おれを王の座《ざ》から引きずりおろそうとした張本人《ちょうほんにん》だ。近いうちにお茶をともにすることなど、ありえない。おれは最後の力をふりしぼっていった。「なにがあろうと、海賊たちに誓いを守らせろ。もし戦争になったら、海賊たちをこちら側につかせるんだ」

「おれたちの王はあなたです」と、エリック。

おれはエリックにうなずいてから、ローデンにいった。「そろそろ行こう。家に帰りたい」

40

ライベスまでの道中は、拷問《ごうもん》の修行《しゅぎょう》かと思った。ローデンが馬車を走らせていたのだが、おれは痛《いた》みのあまり、路面のこぶやへこみにいちいちつっこむなと、何度も大声でなじった。本人も急いでいるといっていたから、あながち的はずれではないのだろう。ローデンに毒づいていたら、とうとうフィンクが海賊《かいぞく》でも使わないような単語をいくつもおぼえたなどといいだしたので、寝《ね》るから静かにしろとだまらせた。

はげしいふるえに襲《おそ》われたのは、その直後だった。フィンクが毛布《もうふ》で何重にもくるんでくれたが、おさまらない。空気が冷たいのではなく、体の内が冷えきっている。体中の血管に氷水がつまっているみたいだ。また吐《は》き気をもよおし、めまいもした。目をつぶっても、めまいはひどくなる。眠《ねむ》ることもできず、馬車が進むほど体調が悪化し、とうとうフィンクが夢《ゆめ》の中の人のように、かすんで見えなくなった。

夜遅《よるおそ》く、ようやく馬車がとまった。ローデンがおれに話しかけ、首の脈をはかるのはわかるが、おれがやりたいことを説明しても通じず、きょとんとしている。

少しして、ハーロウの顔がぐっと近づいてきた。ハーロウは、おれには見えないだれかに大声で命令してから、おれを屋敷《やしき》の中へかつぎこんだ。おれはハーロウに話しかけようとしたが、しーっととめられ、もうなんの心配もありませんよ、といわれた。そんなことは百も承知《しょうち》だ。そもそものために、海賊の元へ乗りこんだんじゃないか？　ああ、疲《つか》れた。だれになにをされても、なにをいわれても、さっぱりわからない。

ハーロウが見たことのない部屋のベッドにおれを寝かせ、毛布でくるんだ。おれは毛布を何度もおしのけ、そばにいる何者かにしつこくあらがい、ようやくシャツの中からあれをとりだした。

「ハーロウ……」とつぶやいたら、ハーロウがあらわれた。外科医を呼《よ》んだ、とかなんとかいっていたが、どうでもいい。脚《あし》の感覚は、もう、ほとんどない。ハーロウに懐中時計《かいちゅうどけい》を返せれば、それでいい。おれは懐中時計をハーロウの手におしつけ、「ゆるしてくれ」とささやいた。通じたかどうかわからないが、ハーロウはおれの顔から汗《あせ》にぬれた髪《かみ》をどけてくれ、眠るようにといった。今度はおれも素直《すなお》に眠った――。

骨折《こっせつ》した右脚に激痛《げきつう》を感じ、はねおきて絶叫《ぜっきょう》した。ナイフに手をのばしたが、最近はいつもナイフが近くにない。無事な左脚をくりだしたら何者かに命中し、そいつはうめいて後ろにひっくりかえった。

だれかにおさえつけられ、部屋のどこかでローデンが、医者が脚の治療《ちりょう》をしているだけだから落ちついてくれ、といった。いま蹴《け》とばしたのは、その医者か？　だとしたら、おれにあれだけ痛い思いをさせたのだから、ざまあみろだ。

最悪の痛みがおさまり、おれをおさえつけていた手がようやく離《はな》れた。なにかを飲ませられたが、熱かったので吐きだした。

イモジェンの名を呼ぶ声がし――また意識《いしき》が遠のいていき――。

次に起きたときは、状況《じょうきょう》がつかめるようになっていた。カーテンはとじてあるが、せまいすきまから陽光がさしこんでいる。寝返《ねがえ》りを打とうとし、うめいたおれの目に、イモジェンの顔が飛びこんできた。イモジェンは、かすかな陽光をあびて輝《かがや》いている。ひょっとして、悪魔《あくま》のいたずらか？　イモジェンは幻《まぼろし》か？

「これを飲んでください」はちみつ入りの紅茶《こうちゃ》を飲めるよう、イモジェンが体を起こしてくれた。紅茶のおかげで体があたたまり、かわいていたのどがうるおった。のどがからからにかわいていたことさえ、気づかなかった。

「どこまで……逃《に》げたんだ？」おれはイモジェンにたずねた。

「モットのいるダイチエルまで。モットと合流し、あなたを助けるためにふたりで海賊《かいぞく》の元へ向かおうとしたまさにそのとき、ハーロウさまの使者が到着《とうちゃく》し、あなたさまがここにいると知ったんです」

「もどってくるなといったのに」

「ええ、でもモットにはいってませんよね。残念ながら、あたしが乗っていたのはモットの馬でした」

おれは、ずっとほほえんでいた。「だんだん口調がおれに似《に》てきたな。よくないぞ」

イモジェンはそれには答えず、さらに飲み物をすすめた。おれは飲んでから、たずねた。「ここはハーロウの屋敷《やしき》か？」

「はい。あなたがまともに話ができるようになったら会いたい、とおっしゃってます」

「頭がぐちゃぐちゃでまともに話せなかったのは、おぼえてるよ。でもそれは、おれの言葉がだれにも通じなかったからだ」

「体がショック状態《じょうたい》だったんです。ここに来るまでよく生きのびられたものだと、医者もおどろいていました」

「おれもびっくりだ。ローデンの運転は荒《あら》かった」

「急がなくちゃならなかったんです。あなたが危《あぶ》ない状態だとわかってましたから」

おれの背後《はいご》でドアがあき、イモジェンが顔をあげ、どうぞ、と手まねきした。ハーロウがおれのベッドのそばにきて、深ぶかとおじぎをする。イモジェンはすわっていた椅子《いす》をゆずり、すぐにもどります、といって出ていった。

ハーロウは腰《こし》かけ、こわばった顔でおれにほほえみかけてから、両ひざに手をのせて身を乗りだした。

「あのとき、盗賊《とうぞく》たちはだれかを襲《おそ》うつもりだった」ハーロウには、なによりもまず、このことをわかってもらいたい。「もしおれが連中をここに連れてこなかったら――」

「別の場所に行って、別の者が被害《ひがい》にあったでしょう。わかっております。あなたさまがいなくなったあと、モットが説明してくれました」

「あの時点では、モットは知らなかった。おれは一言もいってない」

「ですが、モットはあなたさまのことをよく知っています。本人はそういってました」

「ハーロウ、すまなかった。ニーラをこわがらせてしまった」

「ニーラはあなたさまのことをこわがったのではなく、心配していたのですよ」

「ニーラはどうしてる？」

「落ちついてきてはいますが、まだ両親が恋《こい》しいようです」

「そのこともうしわけなかった。アベニアの盗賊《とうぞく》の略奪《りゃくだつ》について、知らなかったんだ」

ハーロウはせきばらいをして、いった。「少し前に国王に……あなたさまのお父上に直訴《じきそ》しようとしたのですが、首席評議員《ひょうぎいん》のベルダーグラスさまと話をするようにといわれました」

おれは胃をしめつけられた。あのけがらわしいベルダーグラスのことは、ネズミ以下だと思っている——ネズミとベルダーグラスの区別がつけばの話だが。「ベルダーグラスは、先月、首席評議員を罷免《ひめん》されたんだ。だとしても、あなたが城《しろ》に来た時点で、だれかがきちんと話をきくべきだった」次の質問《しつもん》はききづらかったが、答えを知っておかなければならない。「父上は、ここで起きていることを知っていたのか？」

ハーロウは顔をしかめた。「さあ、どうでしょうか。陳情書《ちんじょうしょ》は何度も送りましたが、国王にとどいていたかどうかはわかりません」

たぶん、そんなことは関係ないだろう。もし知っていたとしても、父上にアベニアをとめる気があったとは思えない。おれは横になって枕《まくら》に頭をのせ、少ししてからいった。「ニーラをここに連れてきた日、一晩《ひとばん》泊《と》まっていけといったよな。本気で泊めるつもりだったのか？」

「もちろんです」

「ニーラを助けたから？」

「泊まる場所が必要なように見えたからです」

「なぜ息子さんの時計をおれに？」

ハーロウは、ためらってからいった。「あなたさまがなぜ盗賊の一味といっしょに来たのかはわかりませんでしたが、盗賊じゃないのはわかっていました。息子の時計が本来の生き方を思いださせ、人生の道に迷《まよ》わないようにしてくれるのではないかと思ったのです」

まぶたが、また重くなった。ハーロウが出ていこうとしたが、おれは引きとめ、すわりなおしたハーロウにつげた。「ドリリエドの政界《せいかい》と関わりたくないのはわかってる。正直、おれも関わりたくない。でもカーシア国にはあなたが必要だし、おれにも首席評議員として必要なんだ」

ハーロウは背筋《せすじ》をのばした。「首席？　それは、いまの評議員の中でいちばん位の高い者にあたえられるべき称号《しょうごう》です。ほかにいくらでも——」

「あいつらは、全員ばかだ。わかってるだろ。頼《たの》む、ハーロウ、ドリリエドに来てくれないか？」

ハーロウの答えに、ためらいはなかった。「はい、陛下《へいか》、おおせのとおりに」

「おれは……ジャロンだ」舌《した》がもつれはじめた。もうすぐ眠《ねむ》りに引きずりこまれる。「陛下じゃなくて……ジャロンだ」

41

ファーゼンウッド屋敷《やしき》にいたころのイモジェンは召使《めしつか》いだったので、主であるコナーの命令にしたがわなければならなかった。けれどハーロウの屋敷では、おれの世話を仕切っているとすぐにわかった。

イモジェンはおれが口をとじるまで食料と水を流しこみ、胸《むね》と背中《せなか》の切り傷《きず》とすり傷の手当てをし、だれかが来ないかぎりずっとおれのそばにいた。そのあいだ、おれもイモジェンもほとんど口をきかなかった。おたがい、どんな言葉をかければいいのか、わからない。

おれはほとんど文句《もんく》をいわず、イモジェンにまかせていたが、できるだけ早くドリリエドにもどるということだけはつげ、アマリンダ姫《ひめ》とトビアスに使者を送る手配を頼《たの》んだ。姫たちに口実を見つけて城《しろ》を出てもらい、ファーゼンウッド屋敷で落ちあうつもりだった。城にもどる前に、ファーゼンウッド屋敷で態勢《たいせい》を立てなおすのだ。

「王が脚《あし》を骨折《こっせつ》してもどってきたって、国民にばれてしまうんじゃないですか？」イモジェンが、ほほえみながらたずねた。

「名ばかりの国王になっているかもな」グレガーがいなくても、宰相《さいしょう》はすでに選出されたかもしれない。

イモジェンはなにかいいかけたが、ドアをノックする音がし、モットが入ってきた。イモジェンはまたしても席をはずし、かわりにモットが椅子《いす》にすわった。

モットには、どう声をかけたらいいのだろう。国王であり、大怪我《けが》も負っているので、ていねいに接《せっ》してくれるのはわかっているが、おれには知りたいことがある。もし可能《かのう》ならばだが、どうすればモットがまたおれを友とみなしてくれるのか、つきとめたい。モットのほうも気まずそうで、おれよりも床《ゆか》ばかり見つめている。

ようやく、先におれが口をひらいた。「謝《あやま》る気はないが、さんざん苦労をかけたのは悪かった」

「よろしいでしょう」モットはそういってから、つけくわえた。「はっきりもうしあげますが、無断《むだん》でいなくなったあなたさまに腹《はら》を立てたことは、謝りませんぞ。こうなったからよかったものの、無謀《むぼう》なことに変わりはありません」

「だよな」おれは間《ま》をおいて、つづけた。「でも同じ状況《じょうきょう》になったら、またやるよ。ローデンを刺激《しげき》して脚をへし折られるのだけは、かんべんだけど」

しばらく沈黙《ちんもく》が流れ、モットがとても悲しそうな声でいった。「なぜ連れていってくださらなかったのです？　お守りできましたのに」

おれはモットを見た。「それが問題なんだ。おれを守ったりしたら、ふたりとも死にかねない。ひとりだけ行くとしたら、やはりおれだ。ローデンとはどこかで向きあわなければならないと、わかってたんだ。おれでなければ、あいつはもどってこなかった」

「あのように脅《おど》されたからには、始末するものと思ってました」

「それは最後の手段《しゅだん》だ。あいつをとりもどしたいと、ずっと思ってたんだ」

「ローデンは、われわれといっしょにいるほうがいいですよ」

「おれたちも、あいつがいてくれれば助かる。あいつは敵《てき》にまわしたら危険《きけん》だが、味方につければ最強だ。カーシア国には、あいつが必要なんだ」

「ですが、なぜいまだに信じられるのです？　あれだけのことをされたのに？」

「最後に戦ったとき、あいつはおれの骨折《こっせつ》した脚《あし》を打てば楽勝だったのに、一度もねらわなかった。もし本気でおれを殺す気なら、とっくにやられてるよ」

モットはうなずいた。「ならば、わたしも信じるようにつとめましょう。ジャロンさま、あなたさまには友がいますよ。われわれは、なにがあろうと味方です」

いまは、それがよくわかる。おれは、まだ包帯がきつく巻《ま》かれているモットの腕《うで》を指さした。「悪かったな。ハーロウの事務室《じむしつ》の外で、あんなまねをさせて」

「いいえ、あの晩《ばん》は、たまたま少し早く着いてしまっただけでして。ハーロウはあなたさまなど見たことがないと必死にいいはりましたが、うそが下手でしたな」モットは笑いをこらえるように、口の端《はし》をつりあげた。

「ドリリエドの貴族《きぞく》の元から逃《に》げてきた召使《めしつか》いだと思っていたそうです」

なんとなくおかしくて、体が痛《いた》くてつらくなるまで、おさえぎみに笑ってからいった。「ハーロウは誠実《せいじつ》な男だ。首席評議員《ひょうぎいん》になってくれと頼《たの》んだ」

モットが眉《まゆ》をつりあげた「首席に？　ほかの評議員たちがだまっていませんぞ。あなたさまが生まれる前から評議員だった者もおりますし」

「反逆者《はんぎゃくしゃ》にカーシア国をあずけようとした連中だぞ。グレガーの裏切《うらぎ》りが明るみに出たら、きっとおとなしくなるさ。連中の上に立つ人物として、ハーロウは適任《てきにん》だ」

「ハーロウは、おおいに役に立つでしょうな」モットは、くちびるをきつく結んでからいった。「本人は、王ともあろう者が、なぜすべてを捨《す》てて盗賊《とうぞく》や海賊の一味になれるのかと、理解《りかい》に苦しんでおりましたぞ。ご自分の立場をお忘《わす》れになったのでは、と心配しておりました」

「忘れたことなど一度もないさ」おれはつぶやいた。「それが、いちばんつらかった」そして、顔をあげてモットを見た。「自分のことを一生ゆるせないよ……もし、あんたにゆるしてもらえないのなら」

「それは、この傷《きず》のことですかな？」と、モットが首をかしげた。「べつに怒《おこ》っておりませんぞ」

「いや、そうじゃなくて……」おれは目をふせ、毛布《もうふ》のほつれた糸をいじくった。「こんなおれでも、ゆるしてもらえたらなと思って。たぶんこれからもずっと、苦労をかけることになるだろうし……」

モットの目がうるんだ。「ええ、もう、苦労するでしょうな。それでも、ずっとお仕えしますとも」

おれは枕《まくら》に頭をもどして、目をつぶった。またモットが話しはじめたので目をあけたが、天井《てんじょう》を見つめていた。

「あなたさまを疑《うたが》ったこと自体、浅はかでした」と、モットはおれの腕《うで》に手をおいた。「今日、あなたさまが生きておられるのは、これまでしてきたことが、すべて正しかったからです。本当によくがんばられました」

おれはほほえんで、また眠《ねむ》った。モットの言葉は、このうえなくやさしかった。

＊

目がさめたらイモジェンがいた。朝日で部屋があたたかい。ということは、一晩中《ひとばんじゅう》眠っていたのか。イモジェンが起きあがるのを手伝ってくれ、おれのひざの上に食事の盆《ぼん》をおいた。

「だいぶ元にもどりましたね……元がだれかは、別として」

おれはイモジェンに目の焦点《しょうてん》をあわせようと、何度かまばたきをした。「ずっと寝《ね》たきりなのに？　元のおれは寝たきりか？」

「いいえ、まさか。ただ――」イモジェンは言葉につまり、肩《かた》をすくめた。「なんというか、その……満足そうな顔をしていらっしゃいます。あなたらしいですよ」

おれは軽く笑った。「なにいってるんだか」

「そうですよね」イモジェンは少し間《ま》をおいて、つづけた。「たとえアマリンダ姫《ひめ》のご命令でも、あたしは海賊《かいぞく》の元へ行くべきではありませんでした」

「そうだな」

「あたしならあなたのお力になれると、ふたりで考えたんです。ヘアピンや花を使って、あなたを助けるつもりだったんです」

「いいや、イモジェン。おれを助けてくれるのは、いつだってきみだ。海賊から助けてくれただけじゃない。おれにはきみが必要なんだ。城《しろ》にもどったら――」

「あたしは城にはもどりません」イモジェンは、ゆっくりと息を吐《は》きだした。まるで息だけで、最悪の知らせをつたえたいかのように。「ジャロンさま、どうかわかってください。あたしは、城にはいられないんです」

「なぜだ？」イモジェンは、いっしょに来るに決まっている。そうでなければ、元どおりになるわけがない。おれの声はとがっていた。「もし召使《めしつか》いたちや姫のせいなら――」

「あなたのせいです。城にもどって、おそばにいることはできないんです」眉《まゆ》をくもらせ、眉間《みけん》に一本の短いしわができていた。「もう、前のようにはいかないんです。わからないんですか？」

その瞬間《しゅんかん》、おれは不満しか感じなかった。たしかにおれは、以前イモジェンを城から追いだして傷《きず》つけたが、いまはその理由をわかってくれているはずだ。「きみを城から追いだしたのは、ただ――」

「それは正しいご判断《はんだん》だったと、おたがい、わかっていますよね。デブリンはあたしを利用して、あなたから王国をとりあげようとしたのですから」

おれは首をふった。「たしかにそうだが、失敗しただろ」

「あのとき、もしデブリンがあなたの挑戦《ちょうせん》を受けなかったら？　あたしがムチで打たれないよう、財宝《ざいほう》の洞窟《どうくつ》の場所を白状《はくじょう》したんじゃないですか？」

痛《いた》いところをつかれた。あのときのおれは、デブリンがイモジェンを傷《きず》つけるのだけは阻止《そし》ただろう。それでも、こんな形で決着をつけるなんて、あんまりだ――。おれはつぶやいた。「イモジェン、いっしょにもどってくれ。友だちだろ」

イモジェンの目に涙《なみだ》があふれた。「いいえ、ジャロンさま、ちがいます。最初からただの友だちなんかじゃ……。あなたのおそばにいるのがどれだけつらいか、わからないんですか？」

そばにいるのがつらい――。おれは昔から、そばにいる人につらい思いばかりさせているようだ。カーシア国を救うためにとったおれの行動は必要だったかもしれないが、おれがなにかすると、つねになにかが犠《ぎ》牲《せい》になる。今回は、人生でもっとも大切な友を失ってしまった。

イモジェンは、こぼれおちた涙を指先でぬぐった。「それに、もしあたしがもどったら、あなたとアマリンダ姫《ひめ》のじゃまになってしまいます」

「そんなことを気にしてるのか？　すべて丸くおさめられるのに」

イモジェンは涙をうかべつつ、眉《まゆ》をひそめ、そっけない口調でいった。「どうやって？　あたしを選んで、姫さまに恥《はじ》をかかせるんですか？　ゆいいつの味方である姫さまの国との関係をこわすんですか？」と、首をふる。「ジャロンさま、姫さまは民に愛されています。愛されるべきなんです。あたしを選んだら、あなたは民を失います」

選ぶ？　おれはおどろきのあまり、どもってしまった。「お、おれは、だれも選ばない！」

「そう、あなたは選ばなくていいんです。あたしが選びますから」イモジェンはすばやく視線《しせん》をそらし、つけくわえた。「ハーロウさまから、ここに残ってニーラの世話をしてくれないか、と声をかけていただきました。お受けするつもりです。あなたはドリリエドにもどって、姫さまを信じてください。姫さまを頼《たよ》るようにしてください」

おれは自嘲《じちょう》ぎみに笑って、そっぽを向いた。さんざん苦労したのに、ふりだしにもどってしまった——。

イモジェンが椅子《いす》にすわり、おれの腕《うで》にふれた。「ジャロンさま、姫さまは味方ですよ。ずっと味方だったんです」

「姫は裏切《うらぎ》り者の味方だった」

「あなたの味方ですよ。姫さまとちゃんと向きあえば、わかったはずです。敵《てき》ははっきりとわかるのに、なぜ味方がわからないんです?」イモジェンは気持ちを落ちつかせようと、ほんの一瞬《いっしゅん》目をとじた。「あなたは国王で、姫さまは王妃《おうひ》となられる方。いずれ結婚《けっこん》なさるのに」

今度は、イモジェンの声がふるえていることに気づいた。ひょっとして、おれはずっと、かんちがいしていた? イモジェンは、もう友だちではないといっていたのではなく、ただの友だちではいられないといっていたのか?

イモジェンをまともに見られないまま、つぶやいた。「イモジェン……おれを愛してくれるのか?」

心臓《しんぞう》をどきどきさせながら、返事を待った。永遠《えいえん》にも感じられる時間が刻々《こっこく》とすぎていく——。こんな質《しつ》問《もん》はするべきじゃなかった、という思いがふくらんでいった。愛情《あいじょう》というものは知っているが、おれにそんな感情《かんじょう》を抱《いだ》いてくれる人などいるわけがないと、とうの昔にあきらめていた。イモジェンには友だちになってほしいと思っていただけなのに、それすらかなわなくなってしまうのか。

長くて恐《おそ》ろしい沈黙《ちんもく》のあと、イモジェンは首をふってささやいた。「ジャロンさま、住む世界がちがいます。あなたには姫《ひめ》さまがいます。姫さまの心をつかんで、姫さまとともに暮《く》らしてください」

本心をかくしているのではないかと、イモジェンの顔をさぐった。おれだって、イモジェンを城《しろ》から追いはらったあの晩《ばん》、ひどい言葉の裏《うら》に本心をかくしていたではないか。おれの心の中で、さまざまな感情がぶつかりあった。あの晩、おれはイモジェンにこんな思いを味わわせたのか？　世界が足下からくずれていくような思いを？　そう、イモジェンはいま、苦しみをかくしている。イモジェンを知っているから、痛《いた》いくらいわかる。いまだに確信《かくしん》が持てないのだが、その苦しみの原因《げんいん》はおれだ。

しかし原因は関係ない。イモジェンのいうとおりだ。おたがいの気持ちがどうであれ、おれとイモジェンでは住む世界がちがう。おれの将来《しょうらい》の道は一本しかなく、そこにいるのは婚約者《こんやくしゃ》の姫だけだ。

おれが無言でうなずくと、イモジェンは立ちあがり、部屋の中でいそがしく働きはじめた。「すぐに出発する支度《したく》をしませんと。ハーロウさまが荷馬車にベッドをしつらえているところです」

そんなことは、どうでもいいのに。おれはそっけなくいった。「ベッドはいらない。馬車に乗っていく」

「わかりました。それでよろしいのでしたら」

もう、こっちを見ようともしない。あんまりだ。でもイモジェンの目をのぞきこんで、そこになんの感情もなかったら、そのほうがはるかにつらいだろう。

最後にもう一度、イモジェンにわかってもらいたくて、声をかけた。「おたがい、どんな人生を送ろうとも、これだけはいえる。おれときみは、これからもずっとつながっている。きみはちがうというかもしれないが、おれにはいえない。そんなうそはつけないよ」

イモジェンはうなずいて、おれのほうへ向きなおり、すぐにひざを折って、深ぶかとおじぎをした。「では失礼いたします、陛下《へいか》。もう二度とお目にかかることはありません。どうかお幸せに」

そして、イモジェンは去っていった。

42

モットとローデンのあやつる馬車で、ファーゼンウッド屋敷《やしき》に向かった。となりにはハーロウ、その向かいにフィンクがいる。上半身を起こしているのはまだつらいが、がまんできないほどではない。右脚《みぎあし》は向かいの席に乗せ、ライベス中のよぶんな毛布《もうふ》をすべてかき集めてきたかと思うほど、大量の毛布でくるんであった。たとえカーシア国が大地震《じしん》に見舞《みま》われても、おれの脚はほとんどゆれないだろう。

道中は、ほぼ無言ですごした。ハーロウは口数が少ないのがいい。意味のない雑談《ざつだん》をせず、じょうだんもいわず、たいていはまわりに耳をかたむけ、風景を見ているだけで満足している。それにひきかえフィンクは、体にたまったエネルギーをもてあまし、しゃべりたくてたまらないようだが、しゃべるなと釘《くぎ》をさされているようだ。おれを見るたびに口をひらきかけるが、すぐにとじ、だまって外をながめている。

ファーゼンウッド屋敷に到着《とうちゃく》したときは、日が落ちていた。フィンクは眠《ねむ》っていて、馬車がとまっても起きない。王室の馬車は先に到着していた。

おれたちの馬車がとまったとたん、トビアスが迎《むか》えにあらわれた。顔はあざだらけで、片脚に添《そ》え木をあてたおれを見て、はっと息をのんだが、なにごともなかったかのように健気《けなげ》にほほえんでから、ローデンをうさんくさそうに見た。ローデンはしばらく、こういう視線《しせん》にさらされることになるだろう。でも事情《じじょう》をすべて説明すれば、トビアスはきっとわかってくれる。

「やはりおまえには、先生になってもらう」すれちがいざまに、トビアスに声をかけた。「初の生徒は馬車の中で眠ってる。うまくいくといいな」

トビアスが眉《まゆ》をひそめながら、馬車を疑《うたが》わしげにのぞきこんだ。

「面倒《めんどう》ついでに、もうひとつ頼《たの》みたいことがある」と、おれはさらにいった。「評議員《ひょうぎいん》が、まだひとり足りないんだ。トビアス、引きうけてくれ」

トビアスが目を見ひらいた。「ええっ、そんな大役をぼくに？　いいんですか？」

「ありがたがるのは、いまのうちだけだ。あのばかどもにつきあったら、すぐに後悔《こうかい》するぞ」

「じゃあ、お礼をいうのは後にします、陛下《へいか》」トビアスはあずかっていた国王の指輪にキスし、おれにもどした。「着がえを持ってきたので、ぼくは元の姿《すがた》にもどりますね。あなたさまの着がえも、お持ちしましたよ。でも、その脚でズボンをはけるかどうか」

「なんとかするよ。姫《ひめ》は？　来てるのか？」

トビアスはうなずいた。「もし話をしたければ、どこへでも行くとおっしゃってます」立ちさりかけたおれに、トビアスはさらにいった。「今週は姫さまといっしょにすごすことが多かったんですが、姫さまは本気であなたさまのことを思っていますよ」

「腹《はら》がすいているんで、できれば食事をしたい」おれは、トビアスの姫にたいする意見を無視《むし》してつげた。「着がえにしばらく時間がかかるだろうが、終わったら来てくれと姫《ひめ》につたえてくれないか?」

服を着がえ、こぢんまりとした食堂で姫を迎《むか》えることになったのは、一時間ほどたってからだった。骨折《こっせつ》した右脚《みぎあし》をテーブルの下の椅子《いす》にのせるまで待たせてから、トビアスに姫を案内させたのだが、姫が真っ先にその椅子を見たことからすると、すでに知っていたようだ。姫は、おれがきちんと立ってあいさつするのを待たずに——もちろん、おれにはむりだったが——トビアスが引いた椅子に腰《こし》かけた。

今夜の姫は、白のシュミーズ・ドレスの上に綿《めん》の青い胴着《どうぎ》と青の縞柄《しまがら》のスカートという、あっさりとした服装《ふくそう》だった。あたたかみのある茶色の髪《かみ》を滝《たき》のように背中《せなか》へ流し、白いリボンで結んでいる。おれにとって姫がどのような存在《そんざい》にしろ、美しいのはまちがいない。粗末《そまつ》な服を着ていたとしても、人目をひくだろう。

アマリンダ姫が先に口をひらいた。「その髪はどうしたの?」

切り傷《きず》だらけ、あざだらけなのに、一目で怪我《けが》しているとわかる脚ではなく、髪の毛についてたずねるなんて。奇妙《きみょう》だと思ったが、すぐにわざとそうしたのだと気づいた。ひどいありさまにはあえてふれず、ちゃんとわかっていることをつたえたのだ。おれはにやりとして答えた。「城《しろ》の理髪師《りはつし》に挑戦《ちょうせん》しようかと思って」

「つねに召使《めしつか》いたちを楽しませる方法を見つけるなんて、さすがね」

「そういうお方なんですよ」と、トビアスが口をはさむ。

アマリンダ姫はトビアスにほほえみかけた。「トビアスをほめてあげて。あなたのいないあいだに、めざましい働きを見せたのよ。宰相《さいしょう》の採決《さいけつ》予定日に、評議員《ひょうぎいん》が十八名しかいない状態《じょうたい》では票決に拘束力《こうそくりょく》がないことを、十ページものくわしい文書にまとめて送りつけたの。みごとだったわ！」

「ありがとうございます、姫さま」と、トビアス。

「じゃあ、投票は延期《えんき》になったのか？」

というおれの問いに、姫は首をふった。「いいえ、投票そのものがなしよ。カーシア国の支配者《しはいしゃ》はあなただけ」

安堵感《あんどかん》が全身をかけめぐり、おれはいったん目をとじてから、トビアスを見た。「この恩《おん》をどう返せばいい？」

「二度とぼくを身代わりにしないと、約束してくださるだけでけっこうです。ジャロンさま、気を悪くしないでもらいたいんですが、あなたさまの生活はごめんです。部屋にとじこもっているだけでも、とんでもない生活だってわかりましたよ」

「命をねらわれたか？」

「いいえ」

「じゃあ、ぜんぜんわかってないな。そろそろ、ふたりだけにしてもらってもいいか？」

トビアスがおじぎをして出ていってから、おれはアマリンダ姫のほうへ向きなおった。「イモジェンを海《かい》賊《ぞく》の元へ送りこんだんだね」

姫はゆっくりとうなずき、一房《ひとふさ》の髪がはらりと顔にかかった。「イモジェンが城を出る前に、じっくりと話しあったの。城での暗殺未遂《みすい》について。そうしたら、イモジェンがあなたならぜったい海賊の元へ向かうといって、自分も行くといいだした。あなたの考えを変えられる人がいるとしたら、それは自分だし、たとえ変えられなくても、あなたの身を守ることくらいはできるからって」

「とめるべきだったのに」

「太陽に昇《のぼ》るなって命令してもむだでしょ。イモジェンも、わたくしがとめても行ったと思うわ」

「きみはどうだったんだ？　苦労をかけたよね」

「そうでもないわ」アマリンダ姫《ひめ》は長いまつげをしばたたいて、つけくわえた。「わたくしは、たいしたことをしてないし」

「カーシア国を任《まか》せたんだから、これ以上の重責《じゅうせき》はないよ。しかもおれは、きみを危険《きけん》にさらした。頼《たよ》りになるモットはいなかったし、グレガーは裏切《うらぎ》り者だったし」姫をまともに見られなかった。姫はグレガーととても仲がよかったのだ。「もしおれがもどれなかったら、きみがどうなるか、心配でならなかった」

「たとえ危険がせまったとしても、グレガーが守ってくれたと思うわ。あなたのことはおとしいれたけれど、わたくしの身の安全は守ってくれたはずよ」姫はそういって、目をふせた。「王の座《ざ》をうばったら、妻《つま》にできると信じていたから」

「そのつもりだったのか？」

とたずねたら、姫は顔をしかめた。

「あんな男の妻になんて、まさか。あれだけいっしょにすごして、本性《ほんしょう》が見えなかったと思う？」

「じゃあ、きみはわかってたのか？」

「確信《かくしん》があったわけじゃないけれど、疑《うたが》ってはいたわ。あなたの家族が亡《な》くなったあと、グレガーが王室に背《そむ》いたことをしめす細かな形跡《けいせき》が、そこかしこにあることに気づいたの。だから近づいたのよ。親密《しんみつ》になれば、裏切りの証拠《しょうこ》が見つかるんじゃないかと思って。コナーに夕食を運んだのは、たんにグレガーにすすめられたから。そうすることで、グレガーはわたくしをますますあなたから遠ざけたのよ」

「そいつはやられたな。あやうくきみを裏切り者だと決めつけるところだった」一歩まちがえればとんでもないことになっていたと思うと、ぞっとする。「ずいぶん危《あぶ》ない橋をわたってくれていたんだね。なぜいってくれなかったんだ？」

姫は背筋《せすじ》をのばした。「いま何時かいおうとしただけでも、あなた、すぐに話を打ちきるじゃないの。仮《かり》にもグレガーは総《そう》隊長だから、ちゃんとした証拠もなしに非難《ひなん》するのはどうかとも思ったし。そのあと例の暗殺未遂事件《みすいじけん》とか、いろいろなことがたてつづけに起きたしね。あの晩遅《ばんおそ》く、あなたと話をしようとしたのよ。でもあなたの部屋の見張《みは》り番が、あなたは部屋を抜《ぬ》けだして行方不明だっていうし、次の日の朝、あなたはさっさと行ってしまったし」

おれは椅子《いす》の背《せ》によりかかり、軽く笑った。姫がふしぎそうに首をかしげていった。「わたくしは、あなたの命にかかわりかねない事実をかくしていた。怒《おこ》られるとばかり思っていたわ。まさか、おもしろがるなんて」

「怒《おこ》ってるさ、自分自身に」と、おれはため息をついた。「イモジェンは最初から正しかったんだな。おれはばかだ。きみがあまりにもグレガーと親しいから、話なんかするものかと思ってたんだ。ちゃんと話さえしていれば、なにもかもすっきりしてたのにな」

「あら」と姫《ひめ》ははずかしそうにほほえんだ。「わたくしたちに共通の話題があったなんて、奇跡《きせき》だわ」

「話題があったとはいえないんじゃないかな。きみと仲良くするよう、イモジェンにずっといわれていたのに、おれはきこうとしなかった。おれたちがうまくいかなかったのは、すべておれのせいだ」

アマリンダ姫は、くちびるをきつく結んでからいった。「イモジェンはライベスに残ったそうね」

「ああ」

「わたくしのことをうらんでる？　イモジェンではなく、わたくしと結婚《けっこん》せざるをえないから、うらんでる？」

おれは少しのあいだ姫を見つめてから、またしてもぶしつけに笑ってしまった。姫はおれをにらんだが、すぐにつらそうな表情《ひょうじょう》をうかべた。

「ごめん」おれは、姫にいった。「ずっときみにいいたかったのに、とうとういえなかった言葉を、きみからいわれてしまったんで、つい」姫がなにかいう前に、おれはつけくわえた。「おれのことをうらんでる？　兄上ではなく、おれと結婚せざるをえないから、うらんでる？」

姫の顔にじわじわと笑みがひろがり、姫はわかったというふうにうなずいて手をひろげた。その手がおれの手をかすめ、姫は引っこめようとしたが、おれは姫の手をつかんで引きもどし、これからはパートナーとしていっしょに生きていこうという意味をこめて、握《にぎ》りしめた。最初、姫は手を拳《こぶし》にしていたが、すこしずつ力を抜《ぬ》いて、握りかえしてくれた。だれかの手をこんなふうに握るのは、生まれて初めてだ。それはすてきで、同時にこわかった。

「おれはイモジェンを忘《わす》れる。だから、きみも兄上を忘れてくれ」

姫はゆっくりとうなずいた。「ジャロン、わたくしたちは友だちよね？」

「ああ」

姫はもう片方《かたほう》の手で、おれの腕《うで》の海賊《かいぞく》の焼印を軽くなでた。まだ赤くてひりひりするが、姫にそっとふれられても、なぜか痛《いた》くなかった。

「いずれうすくなるが、一生消えないだろうな」

「消えちゃだめよ。あなたの人生の一部ですもの。あなたがしてきたことは、カーシア国の歴史の一部でもあるのよ」

「でも、できるかぎりかくすようにするよ」

アマリンダ姫が、おれの手を強く握った。「かくす必要はないわ。わたくしには、なにもかくさないで」

また沈黙《ちんもく》が流れたが、さっきのように気まずくはなかった。姫の手はやわらかい。おれの荒《あ》れた手を、姫は不快《ふかい》に思っていないだろうか。おれ自身ががさつだと、姫に思われていないといいのだが。

しばらくしてから、おれはにやりとしていった。「焼きすぎた肉は食わないぞ」姫《ひめ》がきょとんとしているので、つけくわえた。「知っておいてもらおうと思って。友だちなんだし」

姫の顔に笑みがひろがった。「女性《じょせい》がズボンをはいてはいけないなんて不公平よ。ドレスよりよっぽど動きやすそうだわ」

おれはくすくすと笑った。「それはどうかな。毎年流行が変わって、飾《かざ》りが増《ふ》えていくばかりだし」

「スカートの厚《あつ》みも増《ま》していくわ」姫は少し考えてからいった。「あなたが料理人に文句《もんく》をつけるのは、見ていて楽しいわ。こういってはなんだけど、料理人の顔色がころころ変わるし、顔色だけにどうしようもないし」

「おれの肉を焼きすぎたりするからだ」

姫は今度は声をあげて笑い、おれの手をぎゅっと握《にぎ》ってくれた。そのあとまた沈黙《ちんもく》が流れ、しばらくしておれはいった。「おれは父上のような国王にはならない。兄上のようにもならないから、そのつもりでいてほしい。でもおれは最善《さいぜん》をつくすし、いずれきみが王妃《おうひ》として誇《ほこ》りを持てるようにしたいと思ってる」

「じゃあ、今日は？」と、姫がおれにほほえみかける。おれたちのあいだで、まちがいなくなにかが変わっていた。姫がつづけた。「ジャロン、あなたがカーシア国のためにしたことや、あなたが国をあけるあいだ、わたくしに国を任《まか》せてくれたことを誇りに思います。いまは、あなたのそばにいられることも、誇りに思ってます。わたくしたちの未来は明るいわ」

国王になってから初めて、おれはアマリンダ姫を信じた。

43

ドリリエドに到着《とうちゃく》したのは、夜中だった。夜遅《よるおそ》くとはいえ、通りはいつもよりひっそりしていて、暗い家いえがめだつ。真夜中どころか、もっと遅《おそ》い時間なのか。まだ疲《つか》れが抜《ぬ》けないので、背《せ》もたれに頭をつけたまま、城《しろ》の門を通過《つうか》した。フィンクがカーテンのしまった窓《まど》をあけて、おれに話しかけようとしたが、ハーロウがきつくとめ、おれに静かなひとときをあたえるように命じた。

二週間ほど前に城を出たときとは、ずいぶん変わった。いいほうに変わったこともある。カーシア国はグレガー総《そう》隊長の陰謀《いんぼう》と海賊《かいぞく》の攻撃《こうげき》をまぬがれたし、ローデンもアマリンダ姫《ひめ》も味方になってくれたし、宰相《さいしょう》がもうけられる危険《きけん》はなくなった。でも、すべてが思いどおりにいったわけじゃない。父上はおれのしたことをみとめてくれるだろうかと、ぼんやりと考えた。たぶんみとめてくれないだろう。でもいまは、それはそれとして受けとめられる。

「覚悟《かくご》はいいか？」馬車がとまると同時に、おれはハーロウに声をかけた。「先に謝《あやま》っておくよ。おれと関わるとどうなるか、すぐに思い知らされることになるから」おれはどう思われようとかまわないが、民にはハーロウにきちんと敬意《けいい》をはらってほしい。

ハーロウはあたたかくほほえみかえしてくれた。「陛下《へいか》、そんなことより、ご自身の覚悟ができているかどうか、おたずねになるべきですよ」

最初にハーロウが馬車をおりた。見れば、城の庭がふだんの夜よりはるかに明るく照らされている。ハーロウがアマリンダ姫に手をさしのべ、姫が馬車からおりたとき、外のざわめきと足音がきこえた。

ハーロウが馬車の中へと身を乗りだした。「陛下、おりるお手伝いをいたします」

おれはむっとして首をふった。「いったい何人の召使《めしつか》いが見物に集まってるんだ？　王のくせにまともに歩けないのかと、あざ笑われるだろ。ひとりでおりる」

それでもハーロウは、おれに手をさしだした。「お願いですから、わたしの腕《うで》をおとりください。どうか、わたしを信じて」

ドアのほうへ体をすべらせたら、ハーロウがドアを大きくあけてくれた。まっさきに目に飛びこんできたのは、庭をうめつくすたいまつだった。まぶしすぎて、思わず目を細めたほどだ。つづいて地面におりたった瞬間《しゅんかん》、庭全体から歓声《かんせい》があがった。

おれはとまどった。ハーロウがささえてくれなかったら、バランスをくずしてたおれたかもしれない。ひょっとして、この歓声はおれに？　ハーロウが、ほほえみながらいった。「これが、さきほどおっしゃっていたことですか？　陛下と関わった結果ですかな？」

おれはわけがわからず、首をふった。と、頭上でカーウィン卿《きょう》の声がひびいた。「カーシアの新生王、ジャロン陛下、万歳《ばんざい》」さらに歓声があがる。

となりでアマリンダ姫《ひめ》がいった。「まあ、新生王ジャロン……。すてきね。ほら、国民が大歓迎《だいかんげい》しているわ」

明かりがそれほどきつくなく、周囲をもっとよく見られる場所へと、ハーロウがおれを連れていった。庭は、どこもかしこも人でうめつくされていた。そう、おれの民だ。民はゆっくりと、うやうやしいといっていいしぐさでひざまずき、あたりが静まりかえった。

モットとカーウィン卿《きょう》がならんで近づいてきて、おじぎをした。カーウィン卿は腰《こし》をのばすと同時に涙《なみだ》をぬぐい、おれを見つめて首をふった。

「わかってるよ、ひどいありさまだって」と、おれはいった。

カーウィン卿は口の端《はし》をつりあげて苦笑した。「いえ、われわれの目にご自分がどう映《うつ》っているか、おわかりになっていないと思いますぞ」

おれは、まだとまどっていた。「民に集まるように命じたのか？」

「民がひとりでに集まってきたのです。あなたさまが民のためにしたことを耳にして」

「耳にしてって、どうして――」おれは、疑《うたが》うように目を細めた。「モット、あんたか？」

「まあ、何人かには、噂話《うわさばなし》をしたかもしれませんな」モットはあきらかに満足そうに軽く笑った。

おれはあっけにとられ、また群集《ぐんしゅう》を見わたした。おれが王になったのは民に望まれたからではなく王家の人間だからしかたなく選ばれたのだ、とコナーにいわれたことがあったが、いまはちがう。永遠《えいえん》に味わえないと思っていた感情《かんじょう》がこみあげてきて、目に涙があふれた。いまのおれは、安らかだった。海賊《かいぞく》との戦いよりもはるかにきびしい戦いが、終わったのだ。

心の底からほがらかにほほえみ、両腕《りょううで》をあげ、新たな力のこもった声でいった。「わが民、わが友よ。われらはカーシアだ！」

群集がふたたび歓声《かんせい》をあげるあいだ、おれはずっと腕《うで》をあげていた。やがて腕をさげ、モットのほうを向いたときには、疲労《ひろう》との闘《たたか》いに負けつつあった。「おれの部屋に連れていってくれないか？」

モットは軽く頭を下げた。「はい、陛下《へいか》」

庭から去っていくおれを、さらなる歓声が見送ってくれた。

＊

それからの二カ月間は、おだやかだった。右脚《みぎあし》を骨折《こっせつ》していたので公式な行事は減《へ》ったが、必要なときはアマリンダ姫といっしょに姿《すがた》を見せ、それ以外でも姫とはふたりきりでよく夕食をともにした。ときにはほかの人が同席することもあったが、どのような顔ぶれでも楽しかった。

八週間たち、医者からギプスをはずしてもよいといわれ、できるだけ歩く練習をするようにすすめられた。すすめられなくても、いい季節なので、外に出たくてたまらない。朝夕にできるだけ長時間走るようになった。脚が完全には治っていないのだとモットにきつくしかられ、走り終わるのが日課となった。モットにしかられるたびに、脚の痛《いた》みは完全には消えないから慣《な》れたほうがいいのだ、といいかえしている。

ある日の夕方、モットが芝《しば》をつっきって近づいてくるのが見えた。ふだんならモットが声をかけてくるまで走りつづけるのだが、今日はモットひとりではなかった。カーウィン卿《きょう》とアマリンダ姫《ひめ》もいっしょで、三人ともはりつめた顔をしている。

おれが立ちどまったのに気づき、おつきの召使《めしつか》いがタオルを持って走ってきた。おれはタオルを肩《かた》にかけ、召使いを下がらせた。

「どうした？」おれは、だれとはなしにたずねた。

カーウィン卿が答えた。「ジャロンさま、まずいことになりました。昨晩《さくばん》、アベニア軍が国境《こっきょう》を越《こ》えて侵入《しんにゅう》し、ライベスがやられました」

しばらくのあいだ、息ができなかった。そのような暴挙《ぼうきょ》を頭が受けつけなかったのだ。近いうちになにかあるとは思っていたが、まさか、こんなことになるとは——。言葉につまってモットを見たら、モットが口をひらいた。「ニーラがハーロウの召使いと逃《に》げてきました。おかげで、侵略《しんりゃく》のことがわかったのです。いま、ハーロウが話をきいているところです」

「イモジェンは？」

アマリンダ姫が静かに首をふった。「連れさられたわ。ハーロウの召使いは、アベニア軍がライベスを襲《おそ》ったのはそれが目的だろうといってる。イモジェンがねらいだったと」

いや、連中の本当のねらいは、おれだ。

「イモジェンを見つけましょう」モットは、早くも剣《けん》の柄《つか》を握《にぎ》っている。

「しかし、事態《じたい》はさらに深刻《しんこく》ですぞ」と、カーウィン卿がいった。「いまとどいた知らせによると、北からジェリン国、東からメンデンワル国もせまりつつあります。組織《そしき》的な攻撃《こうげき》で包囲されました。ジャロンさま、戦争勃発《ぼっぱつ》です」

著者・訳者紹介

ジェニファー・A・ニールセン　Jennifer A. Nielsen
米国の作家。ユタ州に生まれ、現在も夫と３人の子どもたちと犬とともに、ユタ州北部に住んでいる。小学生のときからお話を書きはじめ、2010年に "Elliot and the Goblin War"（未訳）でデビュー。本書は６作目。

橋本 恵　はしもと めぐみ
東京生まれ。東京大学教養学部卒。翻訳家。主な訳書に「ダレン・シャン」シリーズ、「デモナータ」シリーズ、「スパイスクール：〈しのびよるアナグマ作戦〉を追え」（以上、小学館）、「アルケミスト」シリーズ（理論社）、「１２分の１の冒険」シリーズ（ほるぷ出版）など。

カーシア国３部作Ⅱ
消えた王

作…ジェニファー・A・ニールセン
訳…橋本恵
2015年９月25日　第１刷発行
2018年３月10日　第２刷発行

発行者…中村宏平
発行所…株式会社ほるぷ出版
〒101-0051　東京都千代田区神田神保町3-2-6
電話03-6261-6691／ファックス03-6261-6692
http://www.holp-pub.co.jp
印刷…共同印刷株式会社
製本…株式会社ブックアート
NDC933／360P／209×139mm／ISBN978-4-593-53493-7

日本語版装幀：城所潤